PSY MALGRE MOI

Marie-Sissi Labrèche

la courte échelle

DOSSIER I:
De l'arrivée tonitruante dans une nouvelle poly

Mon père, qui est très débrouillard, a empilé une bonne partie de nos meubles sur le toit de la voiture. Quand je vois notre reflet dans les vitrines des boutiques de l'avenue Mont-Royal, j'ai l'impression qu'on roule avec la tour Eiffel sur le capot. Tous les passants et les automobilistes se retournent sur notre passage. Fred, mon petit frère de trois ans, et moi tenons la seule courroie qui maintient nos objets en équilibre sur le toit ! Papa nous a dit d'espérer qu'on ne se fasse pas prendre par la police, parce qu'on n'a pas le droit de déménager comme ça. Alors, pendant que ma famille fait la gueule, moi, j'espère.

Ma mère, le visage gris, baboune en mangeant sa énième barre Mars. Elle se serait fait une fondue au chocolat si ça avait été possible. Ma mère passe sa vie claquemurée dans son monde rempli de petits fours, de lasagnes, de canapés et de barres Mars. En résumé, elle mange ses émotions pour fuir le mauvais souvenir. En fait, toute ma famille est dans sa bulle pour fuir le mauvais souvenir.

Fred murmure en continu des bips-bips. Il pense de cette manière entrer en communication avec des extraterrestres. S'il n'arrête pas, c'est avec ma main qu'il va entrer en communication. Il m'énerve! Papa, lui, fixe la route en faisant des calculs mentaux pour l'antenne cosmique qu'il est en train de concevoir. De temps en temps, il lâche un «oui» sonore. Ma mère lui jette alors son regard de saint-bernard dépressif, lève les yeux au ciel et retourne à sa mastication. Côté ambiance familiale, on repassera!

Moi aussi, si je pouvais, je me réfugierais dans mon monde. Mais dès que je ferme les yeux, je revois les mêmes images: Nadia qui tombe dans les pommes pendant qu'on se dispute pour une niaiserie, les gros tuyaux reliés au moniteur cardiaque et le trou dans la terre. Rendue là, je m'ébroue. Pas question de me laisser envahir par des idées noires. Je me dépêche de penser au fait qu'on change d'univers pour le mieux. On quitte la campagne. Ciao, notre bungalow à Saint-Marc-sur-Richelieu. Adieu, les maringouins qui nous font ressembler à des passoires. Fini les kilomètres de vélo pour aller acheter du lait au dépanneur.

Bienvenue à Montréal avec ses cinémas pleins de nouveautés, ses boutiques qui vendent des vêtements à la mode. Je pense aussi aux nouveaux amis que je me ferai. Peut-être qu'un beau gars, sosie de Justin Timberlake, m'attend à la polyvalente Saint-Antoine ? Moi, j'espère. Je suis un monstre d'espoir. Il n'y a pas plus positive que moi à l'est de Papineau. Après la pluie, le gazon pousse !

* *
*

5 septembre

On ne s'est pas fait prendre par la police, mais par la pluie. Résultat ? Depuis une semaine, je dors sur un matelas humide. J'ai la peau du dos ratatinée ! Et ça n'ira pas en s'améliorant, car depuis qu'on a emménagé dans notre nouvelle maison, Fred a peur et dort avec moi… et fait pipi au lit presque toutes les nuits. Je n'arrive pas à dormir. Même les moutons que je compte cognent des clous avant moi ! Il y a trop de bruit dehors : pneus qui crissent, coups de klaxon, couples qui s'engueulent… Avant, je m'endormais sur le récital des grenouilles insomniaques. Ici, je tressaille au moindre bruit. Il faut dire que je suis un peu nerveuse. Demain, c'est ma première journée à la poly. Et si mes vêtements n'étaient pas à la mode? Les élèves sont-ils tous super bons à l'école? Tout à coup qu'on ne m'aime pas? Tout à coup que... stop! Tu vas t'en faire, des amis, c'est sûr! T'es bonne. T'es belle. T'es fine. Dors.

* *
*

6 septembre

On est lundi, jour de la rentrée scolaire et, depuis que je suis levée, le ciel n'arrête pas de me tomber sur la tête! Mon frère a renversé son bol de céréales sur le jean que je voulais mettre, celui avec des paillettes sur les poches arrière. Il a fallu que j'enfile un pantacourt blanc, seul vêtement propre de ma garde-robe. J'ai l'air d'une touriste rescapée d'un tsunami! Ensuite, en me rendant à l'école, je me suis perdue. Mon père m'avait pourtant tracé un plan sur une feuille, mais mon itinéraire s'est drôlement déplacé. En temps normal, je suis débrouillarde, mais j'avais beau demander mon chemin, personne ne s'arrêtait pour me répondre. Finalement, un squeegee m'a expliqué comment me rendre, mais il m'a envoyée promener quand j'ai refusé de lui donner cinq dollars. Oui, vraiment, le pire m'arrive, et ça n'a pas l'air de vouloir se calmer: je suis en retard à la poly.

Après un sprint digne d'une athlète olympique, j'aboutis enfin devant la poly. Je dois faire deux fois le tour de la bâtisse pour trouver l'entrée principale. L'école a l'air d'un immense cube de ciment entouré de béton. Pas de gazon ni d'arbres. Une prison du savoir, d'autant plus que les portes sont barrées avec des chaînes. Je cogne fort sur la porte blindée où il y a l'écriteau *Entrée du personnel*. Enfin, on m'ouvre. C'est la secrétaire de l'accueil, alias face de bouledogue. Je lui fais mon plus beau sourire.

— Bonjour ! Je me suis perdue et...

Face de bouledogue se fait aller les bajoues. Trop contente d'avoir quelqu'un à sa merci.

— Vous commencez mal l'année, jeune fille ! Vous savez que ce n'est pas poli d'arriver en retard et que blablabla...

Je tourne ma langue dans ma bouche pour ne pas l'envoyer au diable.

Ensuite, j'essaie de trouver le local 53B pour mon premier cours. Après avoir visité tous les étages et à peu près tous les locaux, je me rends compte que les chiffres représentent le local et la lettre, l'escalier. Je trouve enfin, mais la classe est vide. Est-ce que je me suis trompée de cours ? D'école ? De pays ? De planète ? J'ai l'adrénaline dans le plafond. Après plusieurs minutes de panique aiguë, je remarque le mémo sur le mur, à côté de la porte : *Le directeur attend tous les élèves à l'amphithéâtre pour le discours de bienvenue.* Vite, à l'amphi ! Je cours comme une débile, sans savoir où je vais. Je dévale les cinq étages, je traverse la cafétéria déserte. Je vais voir dans le hall d'entrée, reviens sur mes pas. C'est alors que j'aperçois trois filles devant la pastorale, qui fument des cigarettes en cachette. On dirait trois clones blondes, hyper maquillées, portant des minijupes au ras du pompon et des talons hauts.

— Salut ! Je suis nouvelle, et perdue ! Pouvez-vous me dire où est l'amphithéâtre, s'il vous plaît ?

Les trois filles me jettent un regard dédaigneux. Elles continuent leur conversation remplie de rouge à lèvres.

— Excusez-moi, je suis vraiment perdue... Pouvez-vous m'aider ?

La plus grande me regarde. Après un long silence, elle me répond, un sourire en coin...

— Tu vois la porte là-bas, eh ben, c'est là.

Je la remercie et je cours vers la porte que je trouve très petite pour un amphithéâtre. À mon ancienne poly, un immense panneau annonçait l'amphi, mais ici rien, pas d'indication. Peut-être que les écoles en ville sont ainsi faites ? J'ouvre. C'est très sombre. Je grimpe quelques marches et j'avance à tâtons. Je touche du velours, ça doit être les rideaux. J'approche sûrement, d'autant plus que j'entends une voix, et je tire sur le rideau de velours et... oh, oh ! J'aboutis sur la scène, en face de centaines d'étudiants qui me regardent comme si j'étais une extraterrestre, et en plein milieu du discours du directeur. J'aurais dû me méfier de la grande blonde.

— Il faut être bien armé pour le futur, car la vie est parfois un dur combat... Euh... Tiens, une jeune fille perdue ! lance le directeur.

Tout le monde éclate de rire. Je ne sais plus où me mettre, je trébuche dans le fil du micro et je m'étale sur le sol. Ayoye ! Le directeur m'aide à me relever et fait une blague que je ne comprends pas tellement j'ai honte. Je veux me mettre des timbres dans les cheveux et m'expédier à Tombouctou ! Et, comme si je n'étais pas assez humiliée, le directeur en rajoute. Me tenant le bras comme à une vieille dame, il me fait descendre les trois marches de la scène.

— Au cas où vous retombiez comme une... euh... Olivier Guimond, pouffe-t-il.

Je vais lui en faire, moi, Olivier Guimond. C'est qui, au fait, Olivier Guimond ? Le directeur me lâche le bras en souriant comme dans une publicité de dentifrice. Je peux enfin me perdre dans la salle parmi les étudiants, là où il fait le plus sombre possible, en priant pour qu'on m'oublie.

Comme il n'y a plus de siège libre, je me retrouve debout avec les retardataires, quelque part en arrière à gauche de la salle. J'essaie de reprendre mes esprits en fixant le directeur sur la scène. Soudain, mon regard est attiré par une tête blonde située trois rangées devant moi, une tête blonde qui se retourne et regarde dans ma direction. Ciel ! Un blond comme Justin Timberlake. Encore plus beau. J'ai tellement honte qu'il m'ait vue à quatre pattes. Zut ! Mon chien est mort avec lui. Beau blond sourit et m'envoie la main. Hein ? Je lui fais signe à mon tour, lorsque j'entends...

— Jessica ! Justin te regarde !

Je me retourne et qui je découvre derrière moi ? La grande blonde et ses mini-clones ! La grande blonde souffle un baiser à Justin, alias Justin Timberlake, qui fait mine de l'attraper. Me voyant avec la main dans les airs, la grande blonde comprend soudain que je faisais bye-bye au beau blond. Ce qui la fait sourire méchamment.

— Je m'excuse pour tantôt. Je me suis trompée de porte, dit-elle.

Ses deux clones éclatent de rire.

— C'est fini, tout ce boucan ? lance le directeur, en regardant dans ma direction.

J'essaie de me faire minuscule. Trop tard.

— C'est encore notre Olivier Guimond en jupon.

Tous les élèves rigolent de nouveau. Je me sens tellement stupide. Pendant le reste du discours, je ronge mon frein dans mon coin. Je voudrais disparaître.

Quand le directeur nous laisse partir, je me rends à mon cours en marchant la tête enfoncée dans les épaules. Je veux qu'on me fiche la paix. C'est l'enfer ! J'en veux à la planète au complet, mais en particulier à mon père de nous avoir fait quitter Saint-Marc. Je ne suis pas faite pour la ville. Les gens sont arrogants, individualistes...

— Tu as fait la connaissance de Tarentula !

La voix vient presque des nuages. C'est celle du garçon qui marche à côté de moi. Plus grand que lui, tu remplaces la grande roue à La Ronde.

— Euh... Tu parles de la blonde ? Oui ! Elle est toujours comme ça ?

— Oui, mais ne t'en fais pas. Tiens-toi juste loin d'elle. C'est une araignée. En passant, je m'appelle Axel.

— Moi, c'est Ariane.

— Tu as un drôle d'accent, Ariane.

— Je suis à moitié française... Mon père est français.

— Tu es nouvelle ici ?

— Oui.

— Tu es en quelle année ?

— Deux !

— Moi aussi. On a peut-être des cours ensemble. Montre-moi ton horaire.

Je fouille dans mon sac à dos et je lui tends mon horaire qu'il s'empresse de comparer au sien.

— On n'a que le cours de maths ensemble, avec Mme Bouthillier. Je l'appelle le robot culinaire.

— Pourquoi ?

— Tu verras...

— Donnes-tu des surnoms à tout le monde ?

— Non, juste à ceux qui m'embêtent.

— Moi aussi. Ça me fait du bien.

— Tu écoutes quoi comme musique ? demande-t-il en pointant mon iPod vert.

— Euh, j'écoute Death Cab For Cuties ! Radiohead... Et du vieux Sonic Youth...

Je ne lui révèle pas mon vice caché : Justin Timberlake. Personne n'est au courant, sauf mon petit frère à qui j'ai fait promettre de garder le secret sous peine de le renvoyer dormir dans sa chambre, seul pour l'éternité.

— Pourquoi tu me demandes ça ?

— Pour savoir si je peux te parler !

— Hein ?

— Ça a l'air que oui ! La musique, c'est ma religion. Je ne tolère pas les hérétiques, en d'autres mots, les quétaines ! Pas question que je perde mon temps avec des personnes qui se pensent *hot* parce qu'ils écoutent les Cowboys fringants ! En passant, je joue de la guitare dans un band, aussi. Borderline. Je te ferai entendre, si tu veux...

Axel fait un gros détour pour venir me reconduire jusqu'à mon cours d'arts plastiques, au cinquième, puis s'en va au sien, anglais au quatrième. Il me quitte en me promettant de m'expliquer les us et coutumes de la poly un de ces quatre. Je suis contente qu'on se soit rencontrés. Enfin, quelqu'un de normal. Enfin « normal », mais avec une drôle de bouille. Grand, frêle, une bouche avec des dents plantées un peu partout comme un personnage de BD et des yeux noisette enfoncés dans les orbites. Mais un look du tonnerre : pantalon cigarette ultra serré, veston une taille trop petite. Et sa coupe de cheveux... Wow ! Une longue frange qui descend sur la moitié de son visage en ondulant. On dirait qu'il sort tout droit des années soixante. Voilà ce à quoi je pense pendant que je dessine au fusain un ficus qui manque visiblement d'eau. Je comprends pourquoi le prof appelle ça des natures mortes.

La suite de la journée s'est déroulée plutôt normalement. Si je fais abstraction de la prof de français qui m'a obligée à me présenter devant la classe parce que je suis nouvelle. Évidemment, tout le monde s'est rappelé que j'étais la perdue de l'amphithéâtre. Et chaque fois que je suis passée devant Tarentula, elle s'est moquée de moi, avec ses mini-clones. Autrement, je suis toujours en vie.

Souhaitons que ma journée de demain soit plus réussie.

* *
*

7 septembre

Enfin. Aujourd'hui, j'ai pu mettre mon fameux jean. Je me sens tellement mieux. En fait, je me *sentais* mieux, jusqu'à mon premier cours : mathématiques. Pas que ce soit difficile. Mais les exemples de la prof donnent mal au cœur... J'ai compris pourquoi Axel surnomme Mme Bouthillier le robot culinaire ! Elle enseigne en s'aidant de recettes de cuisine.

— Combien de cuillères à soupe va-t-il falloir si le cosinus de la tarte au sucre est de...

Heureusement, je suis bonne en maths (mon père me parle comme une calculatrice depuis ma naissance), sinon je serais en train de faire une indigestion. Axel, quant à lui, est carrément perdu. Il n'arrête pas de lever la main. La prof pense qu'il niaise. À l'air qu'il fait, je vois bien qu'il est sincère. Je vais lui proposer de l'aider. En attendant, je dois me concentrer pour ne pas vomir mon petit déjeuner, parce que Mme Bouthillier est en train de mélanger un tiers de sauce tomate à trois quarts de sucre à la crème. Je pense que je suis verte... Ouache, j'espère que mon prochain cours sera moins écœurant que ces maths à la di Stasio.

* *
*

Axel est tellement content que je lui propose mon aide qu'il fait un autre grand détour afin de me reconduire à mon cours suivant : morale. En me quittant, il me dit que je suis chanceuse de suivre ce cours. Et je comprends donc ! Justin est dans mon groupe. En plus, il est assis à côté de moi. Je ne suis plus verte, mais rouge passion. Je ne peux pas m'empêcher de lui jeter des coups d'œil à la dérobée.

Le prof nous fait mettre tous les pupitres en cercle. Ensuite, il tamise l'éclairage et allume une bougie qu'il place au centre de la classe.

— Je m'appelle Guy Charron. Je serai votre prof. À moins qu'il m'arrive un accident ou que des extra-terrestres m'enlèvent pour expérimenter des choses sur moi.

Toute la classe éclate de rire. Le prof aussi. Je comprends pourquoi Axel trouve que j'ai de la chance d'être dans ce cours-ci. Guy Charron est une espèce d'excentrique qui n'est jamais sorti des années « Peace and love » ! Un super flyé. Ce qui change des profs coincés.

— Cette heure est pour vous, poursuit Guy. On va parler de ce qui vous préoccupe. Vous allez même décider des sujets : l'amour, l'amitié, l'infidélité, la mort, le réchauffement de la planète... Et je vous incite à me poser des questions. Je ne sais pas si je pourrai y répondre, mais je sais que vos questions nous feront avancer.

Wow. Guy Charron a l'air vraiment cool. Je pense que je vais avoir du fun ici : un prof super, le plus beau gars du monde entier à côté de moi...

— Tenez, pour briser la glace, je vous propose un exercice. Ça vous tente ?

On murmure tous un oui, pas trop sûrs quand même du prof.

— L'exercice consiste à se laisser tomber dans les bras d'une autre personne. C'est un exercice sur la confiance en l'autre. Choisissez-vous un partenaire !

Je sais dans les bras de qui je veux tomber. Je me tourne illico vers Justin, mais toutes les filles sont déjà sur lui. J'ai de la compétition. Pourquoi je dis ça ? Je n'ai aucune chance avec lui. Je suis beaucoup trop ordinaire. Cheveux châtains, peau blanche presque translucide (quand j'ai froid, on voit mes veines bleues), grands yeux bruns, taille moyenne. J'ai l'air de la *girl next door*. Je n'ai rien de spécial. Pas comme ma sœur, qui était une magnifique rousse avec une peau de porcelaine. Alors que moi, je me perds facilement dans le décor. Pas étonnant que le beau Justin ne m'ait pas remarquée.

Je fais donc équipe avec une espèce de gros mou qui passe sûrement ses journées à manger du poulet frit Kentoky, parce qu'il empeste la sauce PFK et il suinte aussi la graisse. Oh boy !

— C'est quoi ton nom ?

— Ariane. Pis toi ?

— Charles, mais mes amis m'appellent tous C.

Ça doit être C pour C difficile ou C pour Colonel Sanders.

— Ariane, veux-tu que je t'attrape en premier ?

— OK.

Je me mets de dos et j'essaie de me laisser tomber dans les bras de C, mais ce n'est pas évident. Je me retourne constamment pour m'assurer qu'il est là, qu'il ne me fera pas faux bond à la dernière minute. Après trois essais infructueux, je me lance. Je me laisse tomber dans les bras de C, en m'imaginant que ce sont ceux de Justin qui m'attendent. J'atterris sur un matelas de graisse. C'est confortable. Mais il empeste vraiment la sauce PFK. Ça se complique quand j'essaie de me relever. C me tient solidement, les mains un peu trop près de mon soutien-gorge…

— Euh, C, c'est à ton tour, OK ?

C est si content de faire l'exercice avec moi, qu'il n'en finit plus de se jeter dans mes bras. J'ai l'impression de soulever le Titanic. À la fin du cours, mes bras sont mous comme des spaghettis trop cuits.

— Si ça te tente qu'on refasse l'exercice après l'école, tu me fais signe !

Dans tes rêves, Cuisse de poulet ! que je pense, en lui faisant un sourire banane. Ce n'est pas le moment de me faire des ennemis.

Alors que je suis sur le point de quitter le cours, le prof me dit qu'il souhaite me parler en privé. Qu'est-ce qu'il me veut ? Une fois seuls, c'est avec beaucoup de délicatesse qu'il aborde le sujet de ma sœur décédée.

— Ariane, je veux que tu saches que, si tu as besoin de parler, je suis là.

— Oui, oui. Euh... Merci ! Mais... Euh... Je dois y aller, lui dis-je en me sauvant à toutes jambes.

Je ne veux pas parler de ma sœur. Non.

La suite de la journée se déroule assez bien. Pas de cours compliqués, pas de Cuisse de poulet énamouré ni de Tarentula venimeuse. Et, cerise sur le sundae : on finit en gym. Ça, j'adore ! En plus, on joue au hand-ball. Mon sport préféré !

Le prof de gym n'aime pas que ses élèves se sentent rejetés, alors il constitue lui-même les équipes. J'aime le principe. Comme ça, pas d'animosité. Et comme je suis nouvelle, j'aurais été mise de côté. Dommage, car depuis tantôt j'intercepte les passes de l'équipe ennemie et j'ai marqué le premier but.

— Hey ! Fais-moi une passe ! Je ne suis pas loin du but ! crié-je à la fille au short Adidas.

La fille me fait une passe que j'attrape, mais au même moment, quelqu'un me plaque avec la puissance d'un camion-citerne. Je me retrouve encore une fois les quatre fers en l'air ! Des étoiles dansent autour de ma tête. À travers ces étoiles, j'aperçois quelque chose qui ressemble... à Shrek. Et il me parle...

— Tu as cruisé mon chum. Tu n'as pas fini avec moi. Je t'attends après le cours.

Quand je parviens à faire le focus, je vois Shrek en détail. Il s'agit d'une grande brune super baraquée, qui mesure au moins une tête de plus que moi. Je fais cinq pieds quatre pouces, mais elle, elle doit bien atteindre six pieds. Son regard est noir, sans expression, avec de grands cils, comme des yeux de vache. Point de vue look, son côté féminin se bat ouvertement avec son côté masculin : de beaux cheveux qui ondulent mais le reste se complique. Un chandail d'un groupe métal inconnu, qui semble avoir été porté par trois générations. Son pantalon de gym est en fait un vieux jean coupé aux genoux. Et des bas bruns et des souliers de course troués.

— Ça va, Ariane ? demande le prof, en m'aidant à me relever.

— Oui… Euh… Je pense.

— Roxanne! Tu ne vas pas terroriser mon groupe de gym comme l'année dernière! Tu t'en vas chez le directeur! dit-il à Shrek qui me jette un regard de caïd de la mafia sicilienne.

Qu'est-ce que je lui ai fait? C'est quoi cette histoire de mec? De qui parle-t-elle? Je suis toute croche. Non, je ne m'y ferai pas, à cette école. C'est une bande de cinglés. Roxanne est en punition, mais c'est moi qui suis sur le banc, trop sonnée pour retourner sur le terrain. Et même si je revenais au jeu, je ne suis pas certaine que les autres élèves me feraient des passes. Aux regards qu'ils me jettent, je comprends qu'ils ont pitié de moi et qu'ils m'offrent leur sympathie pour le peu de temps qu'il me reste sur terre. Je n'ai pas hâte que le cours se termine. J'avoue avoir peur de Roxanne. Malheureusement, la cloche se fait entendre. Je me rends au vestiaire et change de vêtements, la mort dans l'âme. Plus la fin des classes approche, plus j'ai la chienne. Je vois ça d'ici: Shrek me réduit en purée devant un attroupement qui crie: «Du sang! Du sang!» Je suis toute habillée. Allez, ma vieille. Tu ne peux quand même pas passer l'année dans le vestiaire. Il faut que tu sortes.

* *
*

Shrek n'est pas à la sortie des classes comme promis. Fiou ! Je m'empresse de retourner chez moi en tenant mes livres devant moi comme une écolière sage, mais, en fait, c'est mon cœur que je porte dans mes bras. J'ai tellement de peine. Je ne comprends pas ce qui m'arrive dans cette poly. Je me sens seule. Je m'en veux d'avoir peur de la *tough*. Je ne me trouve pas *hot* du tout.

Après une marche de quinze minutes, j'arrive enfin chez moi. J'ouvre. Comme d'habitude, on entend la télé. Depuis le drame, ma mère est branchée en permanence sur la télé comme s'il s'agissait d'un poumon artificiel. Les seules fois où on ne la retrouve pas devant le petit écran, c'est parce qu'elle est couchée dans son lit et qu'elle pleure.

J'ai à peine déposé mes livres sur la table de la cuisine que mon petit frère sort de sa chambre. Dès qu'il me voit, il se jette dans mes bras en criant :

— NINININININININININI !

— Arrête. Je ne suis pas ta mère ! Et ne m'appelle pas Nini.

Il me regarde avec ses grands yeux de manga. Bon, je lui ai fait de la peine, ce n'est pas ce que je voulais... Mais j'aimerais ça avoir la paix, des fois ! Fred se rapproche de moi, doucement.

Je craque.

— Ah, excuse-moi, Fred ! Je suis fatiguée. Ce n'est pas de ta faute.

Je prends mon petit frère dans mes bras.

— J'ai faim, Nini.

— Viens, je vais te faire des tartines.

— Oui, des tartines ! Des tartines au chocolat !

Je dépose mon petit frère par terre, en souhaitant qu'il reste quelque chose à manger dans cette cuisine laissée à elle-même. Depuis que ma mère fait une dépression, elle ne s'occupe plus de la maison. Évidemment, la première pièce à pâtir du relâchement maternel est la cuisine. La vaisselle sale s'entasse dans l'évier. Toutes les portes des placards sont ouvertes. Le vaisselier bave ses tiroirs. Des traces de farine, de moutarde et de confiture décorent le comptoir et le plancher.

Je devrais aider ma mère et reprendre le flambeau du nettoyage, mais je n'ai pas le temps. Je nettoie déjà la salle de bain et je m'occupe de mon petit frère. Mon père, pour sa part, préférerait acheter un autre ensemble de vaisselle plutôt que de laver celui qui pourrit dans l'évier. Pendant un moment, j'ai harcelé mon père pour qu'il engage une femme de ménage. Mais depuis que ma mère ne travaille plus, mon père est seul pourvoyeur. Et il semble qu'un seul salaire ne soit pas suffisant, même si mon père est ingénieur et ramène des chèques de paye assez confortables. Le problème est que mon père a contracté des dettes en achetant du matériel électronique hyper coûteux pour confectionner des antennes cosmiques à la maison. C'est un vrai savant fou, mon père.

Je fouille dans l'armoire et dans le frigo, mais pas de trace de Nutella. En fait, il n'y a plus rien. Ma mère a tout mangé sans se soucier de nos estomacs. Elle n'était pas comme ça avant que le drame arrive. Ma mère était une femme active et connue. Elle animait sa propre émission de télé sur le câble, *Les secrets de ma maison*, une émission de décoration intérieure. Elle pouvait revamper de petits appartements avec du papier d'aluminium et de la colle Lepage. Ma mère était vraiment une magicienne de la déco écologique et économique. Avec sa formation en arts plastiques, elle faisait des choses incroyables. Pas étonnant que mes amis tripaient sur ma mère et se bousculaient le samedi pour passer l'après-midi chez nous; elle nous donnait des ateliers maison de *relooking* d'abat-jour, par exemple. Et ma mère était toujours souriante, toujours là pour nous. On était heureux.

— J'ai faim, Nini!

— OK, Fred. Je vais au supermarché te chercher du Nutella.

Je prends des sous dans la sacoche de ma mère et je sors. Je me rends à l'épicerie, en me lamentant sur ma vie. Je me sens tellement seule. J'ai plein de bleus à l'âme et je donnerais tout pour que quelqu'un s'occupe de moi.

Rendue au supermarché, j'en profite pour faire un brin d'emplettes : céréales, pain, Nutella et beurre d'arachide. J'achète des aliments qui me font penser à une vie de famille normale. Je prends même des légumes et des fruits, c'est tout dire !

Pendant que je fais la queue à la caisse, je me mets à feuilleter un magazine. En temps normal, les magazines d'ado, je trouve ça débile. Mais comme il n'y a rien d'autre... Je tourne machinalement les pages quand je tombe sur le courrier du cœur de Lila, une psy qui donne des conseils. Elle parle du deuil, et moi, j'en connais un rayon sur le sujet. Mais une psy... Qu'est-ce qu'elle en sait, du deuil ? Je gage que le seul deuil qu'elle a eu à faire dans sa vie, ça a été la perte de son poisson rouge.

Le deuil, c'est beaucoup de souffrance. Tu as l'impression de perdre une partie de toi-même. C'est un immense stress. Mais sache qu'on vit tous et toutes des deuils dans notre vie. Mort d'une personne chère, perte d'un amoureux, perte d'un rêve. Sache que tu n'es pas seule.

Les larmes me montent aux yeux. Une petite porte s'ouvre en moi, une porte que je tenais fermée à double tour, et cette psy de magazine vient de la débarrer. Le pire, c'est que cela me fait du bien. Je ne suis pas seule. Pas seule. Pas seule !

J'achète la revue et m'empresse de rentrer chez moi faire des tartines à Fred. Ensuite, je m'enferme dans ma chambre pour lire l'article et chercher sur Internet tout ce qu'aurait pu écrire cette psy.

* *
*

Nadia et moi courons dans un champ de maïs. Nos amis Cédric et Lou nous poursuivent avec des vers de terre dans les mains pour nous faire peur. On crie, on hurle et on court. On fait semblant d'être effrayées pour qu'ils nous poursuivent encore plus loin. Soudain, je ne vois plus Nadia. Elle court trop vite. Je n'arrive plus à la rattraper. Elle disparaît dans la mer d'épis de maïs, tout comme Cédric et Lou. Je me retrouve seule. Hey ! HEYYYY !

8 septembre

— Biiiiiip !

Mon réveil sonne. J'ouvre les yeux. Je ne suis pas dans le champ de maïs, mais à Montréal, dans mon lit, avec mon petit frère à mes côtés. Soudain, je me rappelle la journée d'hier à l'école : Shrek qui veut me planter ! Mes cauchemars et ma réalité, c'est pas mal la même affaire. Des deux côtés, l'angoisse m'attend. Je n'ai pas envie d'aller à la poly. Je n'aime pas du tout cet endroit.

— Niniiiiiiiiiiiiii !

Mon petit frère est réveillé.

— Quoi, Fred ?

— Veux pas aller à la garderie !

Je le regarde avec compassion. Je le comprends, mais je ne peux pas lui dire que, moi non plus, je n'ai pas envie d'aller à l'école.

— Voyons, Fred. Tu dois aller à la garderie pour apprendre plein de belles choses !

— J'aime pas ça. J'ai pas d'amis. Les autres y jouent pas avec moi. Ils m'appellent Fred Pipi.

Fred ne peut pas s'empêcher de faire pipi au lit. Or, à la garderie, les petits font une sieste... Pauvre Fred.

— Bon, regarde ce que tu vas faire. Il faut affronter les vilaines langues, OK ? Tu vas aller trouver ceux qui te disent des affaires pas fines. Tu leur diras que s'ils n'arrêtent pas de t'appeler Fred Pipi, ils vont avoir affaire à ta grande sœur.

— Oui !

— Ça, mon Fred, ça s'appelle de la communication, et avec la communication, on arrive à tout !

Moi aussi, je vais appliquer le principe. Je vais lui dire deux mots, à Roxanne. Comme Lila, la psy, le dit, il est bon d'exprimer nos sentiments. Donc, je vais lui dire à ce mastodonte de fille qu'elle m'a fait de la peine. Et si ça ne marche pas, je vais bien trouver une idée grandiose pour régler mon problème. Je suis super Ariane, la duchesse du carnaval de la bonne idée ! Monstre d'optimisme ! Je ne vais pas me laisser démonter par elle ! Je ne pensais pas que ça me ferait autant de bien de lire les articles de Lila, la psy. Allez hop ! Je vais affronter ma journée. À nous deux, face d'ogre !

* *
*

Je me rends à l'école d'un pas décidé, mais plus j'approche de l'édifice, plus je perds courage. C'est qu'elle est grande et forte, Roxanne. Je ne suis pas de taille contre elle. Et qu'est-ce que je fais là avec la communication? Roxanne doit comprendre une espèce de langage préhistorique à coup de massue sur le crâne. Qu'est-ce que je vais lui dire? Pourquoi t'en prends-tu à moi? Pourquoi ne t'en prends-tu pas à ceux de ta taille, genre un commando d'élite? Et je n'ai pas dragué ton chum. Je ne sais même pas qui c'est! Ça ne donnera rien. Je suis sûre que son histoire de drague, c'est juste un prétexte pour me planter, pour préserver sa réputation de terroriste. Pourquoi on a quitté Saint-Marc? Pourquoi ma famille est-elle au bord d'un précipice?

* *
*

La cloche sonne. Tous les élèves entrent docilement à la manière de veaux qu'on mène à l'abattoir. Contrairement à mon ancienne poly, ici il n'y a presque pas de bousculade le matin. Tous les élèves dorment debout. Comme s'ils étaient asphyxiés par l'air vicié de la ville. Je pénètre dans la poly la mort dans l'âme en regardant par terre. Je tourne vers la droite où se trouvent nos cases jaunes alignées comme une armée de soldats au garde-à-vous. La mienne se situe dans l'avant-dernière rangée, juste à côté de la porte C. Je consulte mon horaire scotché dans mon casier. Mon premier cours, c'est expression dramatique. Ça devrait bien aller... si Shrek n'y est pas.

Axel se pointe. Son casier est face au mien. Hier, j'aurais sauté de joie de le savoir dans la même rangée de cases que moi, mais aujourd'hui, rien ne m'enthousiasme.

— Salut, Ariane !

— Salut, Axel !

— Tu n'as pas l'air bien.

— Non, non... Ça va...

— Tu es sûre ?

— Ouais.

— Ben, avertis ton visage que t'es de bonne humeur parce qu'on dirait qu'il le sait pas !

Je fais mine de sourire.

— Ta proposition de m'aider en maths, ça tient toujours ?

— Ben oui, quand tu veux... si je suis encore de ce monde...

— Qu'est-ce que tu veux dire ?

— …

— Toi, tu as des problèmes, hein ?

— Non…

— C'est quoi ? Ton petit ami te trompe avec Angelina Jolie ?

— Je n'ai pas de petit ami.

— Tu veux quitter les scientologues, mais Tom Cruise ne veut pas !

— Ben non, nono !

— Tu as des problèmes avec Tarentula ?

— Non… avec Roxanne.

— Hein ? Comment ça ?

— Elle dit que j'ai dragué son chum. Mais j'ai dragué personne !

— Ouille ! Je voudrais pas être à ta place.

— Merci de m'encourager !

— Je te niaise. Roxanne n'est pas si pire que ça. Parle-lui, tu vas voir, il y a une personne sous son air de *tough*.

— Tu es sûr ?

— Oui. Fais-toi confiance. Tu vas être capable de régler le problème. Hey, je dois te quitter ! C'est mon cours de musique. Comme d'hab, je vais donner un spectacle. Ciao !

Je regarde Axel s'éloigner, heureux, léger. Je le suivrais bien dans son cours de musique, il me semble qu'il me protégerait.

Je me rends lentement à mon cours d'expression dramatique, en espérant ne pas avoir d'ennuis. Je suis tellement fatiguée.

J'entre dans la classe où il n'y a pas de pupitres ni de chaises, seulement un grand tapis gris sur le sol pour nous permettre de nous exprimer physiquement. Quelques élèves sont déjà assis sur le tapis. Parmi eux, Tarentula et ses mini-clones. Non! Je ne peux pas avoir la paix deux minutes. Je vais avoir droit aux remarques de ces chipies. En tout cas, ça aurait pu être pire, car la cloche vient de sonner et Shrek n'est pas dans le groupe.

Je m'assois par terre parmi les autres élèves. Le prof, qui semble sorti d'un film français, la réplique parfaite du comédien Fabrice Luchini mais avec un air fendant plus prononcé, nous demande d'enlever nos chaussures. Je remarque que Tarentula et ses mini-clones perdent plusieurs pouces, en débarquant de leurs échasses.

— Ici, vous apprendrez l'art de la scène et...

Le prof qui est québécois parle avec un accent français. Ça m'agace, ceux qui se prennent pour d'autres. J'ai tellement travaillé dur pour atténuer mon accent français, pour parler comme les autres. Je ne comprends pas qu'on fasse le contraire.

— Premier exercice. J'aimerais que vous mimiez quelque chose. Un animal, une plante, une chaise... Pendant que vous mimerez, le reste de la classe tentera de deviner...

Mon cœur se met à battre la chamade. Shrek vient d'entrer. Elle était juste en retard. Des chocs électriques traversent mon cerveau pendant que des bouffées d'adrénaline envahissent ma poitrine. Shrek vient s'asseoir derrière moi, un sourire en coin. Je n'arrive plus à me concentrer. J'ai la frousse. Je suis certaine que Shrek mijote quelque chose.

Comme de fait, elle se met à me pousser, de petites poussées dans le dos. Je me retourne et lui lance mon pire regard, mais ça l'encourage à continuer. Encore une poussée, puis une autre. Je me sens mal. Je voudrais disparaître. Encore une poussée. Je n'en peux plus.

— Arrête, espèce de folle !

J'ai crié, c'était plus fort que moi. Comme si une autre fille à l'intérieur de moi avait crié à ma place. Toute la classe semble sur pause, surprise. Le prof intervient...

— Non, ça ne se passera pas comme ça ! Les filles, chez le directeur ! Je n'ai pas de temps à perdre à faire de la discipline.

Roxanne et moi sortons de la classe. Mes larmes menacent de couler. C'est la première fois qu'on m'envoie chez le directeur. C'est la pire période de ma vie. Je suis foutue. Tout est foutu.

Roxanne semble être une habituée du bureau du directeur, car la secrétaire ne s'étonne pas de la voir.

— Tiens, encore toi ! Qu'as-tu fait cette fois-ci ? Puis non, je ne veux pas le savoir. Ta nouvelle amie et toi raconterez tout au directeur. Il viendra vous chercher dès qu'il raccrochera.

On s'assoit une en face de l'autre et on attend que le directeur lâche le téléphone. On évite de se regarder. On fait comme si l'autre n'existait pas, mais je trouve ça difficile. Je me sens si petite dans mes souliers.

Soudain, la porte s'ouvre et M. Gagnon, le directeur, demande à sa secrétaire de venir dans son bureau. Quelques minutes s'écoulent et le directeur sort de son bureau en soutenant la secrétaire qui est blanche comme un drap.

— Les filles… Euh… Je ne peux pas vous recevoir… Je dois aider…

Et là, la secrétaire s'écroule par terre. Roxanne et moi, on se précipite pour aider M. Gagnon à la relever et à l'asseoir sur une chaise.

— Ma mère est moooorte ! crie-t-elle.

Elle éclate en sanglots. Des images de Nadia me reviennent en mémoire. Nadia qui rigole, qui se regarde dans le miroir, qui me serre dans ses bras... C'est alors que ma bouche s'ouvre et que je me mets à parler.

— Madame. Le deuil, c'est beaucoup de souffrance. On a l'impression de perdre une partie de soi-même. Mais il faut que vous sachiez qu'on vit tous et toutes des deuils dans notre vie... Vous n'êtes pas seule. Je le sais... J'ai perdu ma sœur.

Le directeur, la secrétaire et Roxanne me regardent, surpris. Je n'en reviens pas d'avoir parlé de mon drame. La secrétaire pleure doucement. Elle me remercie, se lève et se dirige vers la sortie, soutenue par M. Gagnon. Je reste seule avec Roxanne dans le corridor désert. Ça y est. Elle va me sauter dessus, et personne n'est là pour nous séparer. Roxanne s'approche de moi et tend son bras. Je viens pour me protéger quand je constate qu'elle veut juste me serrer la main. Je tends la main à mon tour.

— C'était vraiment bien ce que tu as dit à la secrétaire. Tu es meilleure que la psy de l'école, cette espèce de greluche qui ne pense qu'à soigner son apparence. Quand on lui parle, elle ne fait que se limer les ongles et faire *hum hum*. Moi, j'ai perdu quelqu'un de très important, l'année passée... J'aurais aimé ça, qu'on me dise ce que tu viens de dire. Merci.

Roxanne me serre l'épaule pour me montrer une marque affection (en fait, elle me déboîte presque la clavicule). Et elle s'éloigne.

Je suis épuisée, tellement épuisée.

* *
*

9 septembre

J'espère que la journée qui s'annonce sera moins remplie d'émotions. Il y a une limite à ce qu'une fille peut supporter ! Hier, après l'histoire avec Roxanne et la scène chez le directeur, je suis retour-née chez moi, et j'ai raté mes autres cours. Je me suis couchée et j'ai dormi comme la Belle au bois dormant. Mon père m'a écrit un billet d'excuse pour mon absence et m'a conseillé de ne pas faire ça trop souvent. Je croise les doigts pour qu'on me laisse en paix aujourd'hui, parce que même si je viens de me lever, je suis déjà fatiguée. Là, je me dirige vers la poly avec la légèreté d'un condamné à la chaise électrique.

Tous les élèves attendent sous une bruine que la cloche sonne pour que le concierge ouvre les portes et qu'on entre dans le bloc de béton. Mes vêtements sont déjà humides et mes cheveux sont tapés sur ma tête. Ça sonne. J'entre dans la poly. En marchant vers ma case, je vois Tarentula et ses mini-clones qui me bloquent le passage.

— Toi, tu fais mieux d'aller te penser bonne ailleurs ! dit Tarentula.

De quoi parle-t-elle ? C'est quoi son problème ? Alors que je m'apprête à l'envoyer au diable, je suis tirée vers l'arrière. Quelqu'un se place entre Tarentula et moi... C'est Roxanne.

— Toi, tu la laisses en paix.

Roxanne et Tarentula s'affrontent du regard au moins trente secondes. Puis Tarentula bat en retraite, avec ses mini-clones qui la suivent comme des chiens de poche.

Je n'en reviens pas. Pas plus tard qu'hier, cette fille-là voulait m'arracher la tête et, là, elle me défend. Je ne comprends plus rien.

— Eh ben, je ne sais pas comment te remercier, Roxanne. C'est vraiment gentil ce que tu as fait pour moi...

— Viens-t'en, ça presse !

Je marche rapidement derrière Roxanne qui avance d'un pas décidé vers les toilettes des filles.

Une fois là, Roxanne fait sortir les filles qui s'y trouvent. Elles s'en vont toutes sans s'obstiner. Elle a tout un pouvoir, Roxanne ! Elle cogne sur une porte. Ça s'ouvre. Assise sur la cuvette, il y a une jeune fille, toute frêle et nerveuse, qui me regarde avec des yeux rougis. On dirait un chihuahua paniqué ! À mon tour, je regarde Roxanne avec un visage en forme de point d'interrogation.

— Qu'est-ce qui se passe ?

— C'est ma sœur. Elle a de gros problèmes, pis tu vas l'aider.

Oh boy ! Dans quoi est-ce que je viens de m'embarquer ?

DOSSIER 2:
De celle qui se faisait allègrement manipuler par son chum

9 septembre

Les larmes jaillissent des yeux de Natacha, comme si de minuscules geysers étaient cachés sous ses paupières. Elle pleure comme une Madeleine pendant que moi, au lieu de compatir, je crève de chaleur. Me voilà à huit heures du matin dans les toilettes des filles, prise en sandwich entre Natacha en larmes, assise sur la cuvette, et sa sœur Roxanne qui remplit le cadre de porte du cabinet. On dirait qu'elle fait exprès d'être aussi imposante. Comme si elle voulait me bloquer le passage au cas où j'aurais envie de me sauver à toutes jambes vers la constellation du Grand Chien. Roxanne veut que j'affronte mes « nouvelles responsabilités » de psy! Parce qu'elle m'a vue parler à la secrétaire avec compassion, elle me prend pour une espèce de mère Teresa de l'âme! Moi pis ma grande gueule! OK. C'est vrai, je me suis sentie importante en aidant cette femme. Mais de là à en faire une carrière...

— Allez, Natacha, raconte ton problème à Ariane. Elle va t'aider, insiste Roxanne auprès de sa jeune sœur qui, en passant, lui ressemble autant que Bernard Derome à Nemo le poisson.

Entre deux hoquets, Natacha essaie de dire un mot, mais elle s'étrangle et repart de plus belle.

— Arrête de pleurer. ARRÊTE ! Tu m'énerves ! s'emporte Roxanne.

Natacha, qui semble craindre sa sœur comme la majorité des élèves de la poly, se ressaisit et s'exécute.

— Je suis enceinte ! pleurniche-t-elle, avant de relancer ses geysers.

Estomaquée, je regarde Natacha.

— Quel âge as-tu ?

— Douze ans.

Mon visage est en forme de point d'interrogation.

— Ariane, il faut que tu nous aides. Dis-nous ce qu'il faut faire, m'implore Roxanne.

Aucune idée géniale ne fait irruption dans mon cerveau, pendant que j'observe Natacha qui épuise un rouleau de papier de toilette pour essuyer ses larmes.

Heureusement, je suis sauvée par la première cloche du matin, celle qui nous prévient qu'on a quinze minutes pour nous rendre à nos cours.

— Ne dis rien à personne ! me lance Roxanne, avec un regard de caïd.

— Oui, juré, bredouillé-je.

— Qu'est-ce que je fais, maintenant ? demande Natacha, les yeux remplis de larmes.

Roxanne et sa sœur me regardent comme si j'étais leur Eldorado, leur seul espoir. Étrangement, j'aime ça. J'aime qu'on ait besoin de moi. Ça me fait me sentir exceptionnelle. Mais surtout, ça m'empêche de penser à mon drame à moi, de m'apitoyer sur mon sort, de m'isoler dans mon coin et de lécher mes plaies comme un animal blessé, comme j'ai eu tendance à le faire quand ma sœur a sombré dans son coma et qu'elle nous a quittés. Ma sœur avec qui j'avais tellement de fun. Ma sœur qui était ma grande amie... Arrête ! Tu ne dois pas te laisser happer par la tristesse, ce n'est pas toi ! Et puis, hey, il y a du monde qui a besoin de toi. Il faut vite trouver une solution pour aider Natacha. Mais si je n'y arrive pas ? Non, Ariane, ne pense pas à ça, ce n'est pas le moment.

— Les filles, je dois en savoir plus pour vous aider. Si on se donnait rendez-vous devant la piste de course, en fin de journée ? On devrait avoir la paix, là...

— C'est bon pour moi, répond Natacha.

— Pour moi aussi. Tu ne nous laisses pas tomber, hein ? insiste Roxanne.

— Juré.

Enfin, Roxanne s'écarte du cadre de la porte. Je peux sortir des toilettes et respirer l'air frais. Je suis en sueur. Comme si j'avais passé deux jours dans un hammam. J'ai dû perdre cinq livres d'eau, de toxines et de courage.

* *
*

Je marche rapidement en me rendant à mon local. Je n'arrête pas de penser à la nouvelle : douze ans et enceinte ! Oh boy ! Je grimpe les marches de l'escalier C en m'étonnant de la facilité qu'ont certains à plonger tête première dans les ennuis. Pourquoi Natacha ne s'est-elle pas protégée ? Elle n'a jamais eu de cours sur la sexualité ? Je n'en reviens pas. À moins qu'elle soit une victime, qu'elle se soit fait violer, prendre de force par un garçon plus vieux ? Qu'il ait profité d'elle, de sa faiblesse. Qu'ils se soient mis à plusieurs sur elle ? Ou peut-être que c'est un maniaque avec un scalpel qui l'a agressée ? Alors que je suis perdue dans mes scénarios d'horreur, Axel se braque devant moi, en haut de l'escalier.

— Salut, Ariane, « ça fart » ? me lance-t-il tout sourire.

— Euh... de quoi tu parles ?

— Ben, j'ai vu un film français hier, *Brice de Nice*, et le gars disait toujours « ça fart ». Je me suis dit que tu comprendrais...

— Ce n'est pas parce que mon père est français que je me nourris exclusivement de camembert ! Je ne connais pas toutes les expressions françaises ! Je ne suis pas née là-bas, je te ferais remarquer. Je suis Québécoise. Comme toi.

— Coudon ! As-tu mangé de la vache enragée pour déjeuner ?

— Non, mais, vous autres, les gars, vous pensez juste à vous ! Vous êtes juste des profiteurs !

— Hein ? Qu'est-ce qui se passe ?

En effet, qu'est-ce que je raconte ? Axel n'est pour rien dans l'histoire de Natacha !

— Excuse-moi, Axel, ce n'est pas toi !

— Quelqu'un te fait des misères ?

— C'est Roxanne... On a fait la paix, je pense... Mais disons qu'elle s'est mis dans la tête que j'étais une espèce de psy.

— Comment ça ?

— Hier, je suis venue en aide à quelqu'un...
Roxanne était là. Maintenant, elle me prend pour une
psy.

— Eh ben, dis-toi que ça aurait pu être pire. Elle
aurait pu te prendre pour une dentiste et t'obliger à
lui faire un traitement de canal !

— Ouache !

— Roxanne veut que tu la psychanalyses ou quoi ?

— Non, c'est pour sa sss...

Et là, je me rappelle Roxanne et ses yeux de caïd.

— Désolée, j'ai promis de me taire. Secret
professionnel.

— Bon, d'accord, Dr Freud.

— Qui c'est, Freud ?

— Va voir sur Wikipédia ! rit Axel.

* *
*

Axel et moi arrivons à la dernière minute au cours
de maths. J'attrape de justesse la poignée alors que la
prof est en train de fermer la porte. Ouf ! Essoufflée, je
m'assois à ma place, dans le fond de la classe. Je vais
avoir de la difficulté à penser à autre chose qu'au problème de Natacha. Comment faire autrement quand

on a une bombe entre dans les mains ? Et moi qui ai autant d'imagination qu'une dizaine de scénaristes de Hollywood réunis dans un chalet pour écrire le film du siècle ! Il suffit d'appuyer sur le bon bouton et je décolle. Je ponds du scénario en série. C'est loin d'être de tout repos, dans ma tête. J'ai une tendance naturelle au drame, à la tragédie et à l'horreur. Ou mélange des trois, comme en ce moment. J'imagine très bien. Natacha a eu son enfant. Sa famille, ses amis et, bien sûr, le gars qui lui a fait le bébé l'abandonnent. Elle se retrouve seule et démunie sans aucun autre moyen de gagner sa vie que de se prostituer. Ce qu'elle fait. Et comme elle trouve ça dur, Natacha se met à prendre de la drogue. Elle devient vite accro, et le cercle vicieux commence. Un jour, Natacha meurt d'une overdose en laissant son bébé dans son berceau hurlant à fendre l'âme dans ses excréments.

— Mademoiselle Labrie-Loyal ! MADEMOISELLE !

Quand j'émerge de mes pensées, tout le monde a les yeux dirigés vers moi. Mme Bouthillier me fustige du regard. Si elle le pouvait, elle me frapperait à coup de rouleau à pâte.

— Mademoiselle Labrie-Loyal, quelles sont les définitions des fonctions sinus et cosinus d'un angle ?

— Euh...

— J'attends votre réponse !

— Le sinus de l'angle Â est le rapport de la longueur du côté opposé par la longueur de l'hypoténuse. Et le cosinus est le rapport de la longueur du côté adjacent par la longueur de l'hypoténuse.

— Ça va pour cette fois-ci. Mais tâchez à l'avenir de ne pas trop vous absenter. Nous sommes dans le cours de mathématiques, pas dans une cafétéria.

Oh boy, je l'ai échappé belle. Merci papa de m'avoir enseigné les maths au berceau. Je m'efforce de m'appliquer sur la matière, mais en vain. Mon imagination s'emballe : que vais-je bien pouvoir dire à Natacha ? Qu'elle doit se faire avorter ? Que c'est mieux pour le bébé ? Mais si elle veut le garder ? Eh bien, elle peut le donner en adoption. Oui, c'est bon ça. Il y a plein de couples qui souhaitent avoir des enfants, mais n'y arrivent pas. D'ailleurs, je vais lui conseiller de voir le film *Juno*, qui parle de ça. Et si Natacha voulait garder l'enfant ? Alors là, je ne sais pas quoi penser. À moins que...

La cloche me sort de mes réflexions. La journée sera longue...

Enfin, mon dernier cours. J'ai passé la journée comme un zombie : présente physiquement, mais complètement absente de mon corps, tellement happée par le cas «Natacha». J'ai loupé tout ce que les profs ont dit. Bah! Pas grave, je vais me rattraper.

On est à la bibliothèque pour la période de lecture du cours de français. J'en profite pour prendre tout ce que je peux trouver sur la conception et la maternité. En marchant dans les allées pour me rendre à ma place, je tombe face à face avec Tarentula sans ses deux clones. Elle me bloque le chemin et me regarde de la tête aux pieds quand ses yeux se posent sur mes bouquins.

— Wow! Comme ça, on s'intéresse à la maternité? Toi, tu as sûrement peur d'être enceinte, sinon pourquoi lire ces livres archi plates! Eh ben! on ne se serait jamais douté que t'étais une Marie couche-toi là!

— Non, ce n'est pas ce que tu penses...

— C'est ça qu'on dit! raille-t-elle en me laissant en plan.

Zut! Cette satanée fille va s'amuser à lancer des rumeurs sur moi. C'est sûr. C'en est fait de ma réputation. Tous les élèves vont penser que je suis courailleuse... Et si ce bobard se rend jusqu'aux oreilles de Justin... Non ! Arrête Ariane. Un problème à la fois ! Je m'installe dans un coin reculé de la bibliothèque, à l'abri des regards indiscrets.

Je parcours les livres en grommelant contre cette chipie d'araignée. Heureusement, je ne tarde pas à être happée par mes lectures. Les bouquins sont super intéressants. On est loin des petites abeilles qui butinent de fleur en fleur. Tout y est décrit en détail, photos à l'appui : l'évolution de l'appareil génital féminin au cours du cycle d'une relation sexuelle. Je ne savais pas que l'orgasme de la fille aidait les spermatozoïdes lors de leur ascension dans l'utérus. Les contractions les propulsent. Je ne savais pas non plus que c'est le spermatozoïde qui détermine le sexe de l'enfant. Que si deux femmes pouvaient faire des bébés ensemble, elles n'enfanteraient que des filles. J'apprends aussi qu'il existe une hormone de l'attirance : phéromone. Une substance volatile qu'on ne peut pas sentir comme un parfum, mais que notre nez, lui, perçoit. Je me demande si le nez de Justin peut sentir mes phéromones... Je me renseigne aussi sur les tests de grossesse. Quand faut-il en passer ? Certains tests peuvent être faits jusqu'à cinq jours avant la date prévue des règles, mais le résultat n'est fiable qu'à 63 %. L'idéal est de passer le test lorsqu'on a du retard. Je suis tellement concentrée sur mes lectures que je ne vois pas le temps filer. La dernière cloche de la journée. Yeah! C'est le moment de savoir si mes nouvelles connaissances me serviront à quelque chose.

* *
*

Je me rends à toute vitesse à mon lieu de rendez-vous. Devant la grande piste de course, je m'assois par terre contre le mur de la poly, où j'attends Shrek et sa sœur. Je dois arrêter d'appeler Roxanne comme ça, sinon je risque de gaffer. J'attends à peine trois minutes et Roxanne arrive. Elle s'assoit à côté de moi sans me regarder. Elle est étrange, cette fille. D'un côté, on dirait qu'elle veut être mon amie, mais de l'autre, elle se comporte comme si elle m'éliminait du jeu. En tout cas, je ne sais toujours pas sur quel pied danser avec elle. Elle m'angoisse.

On reste là, à ne pas trop savoir quoi se dire. Je cherche un sujet de conversation, mais je ne trouve rien. Ah! Je suis fatiguée qu'elle m'intimide comme ça. Et ce silence qui s'éternise entre nous. Il faut à tout prix que je trouve quelque chose à dire. Tout ce que j'ai devant les yeux, c'est la piste de course et une immense publicité du prochain gros film américain qui sortira en salle. Tiens.

— C'est quoi le dernier film que t'as regardé ?

— *Shrek 3* !

Mon cerveau pouffe de rire, mais mon visage demeure impassible. J'ai tellement envie de rire que je craque de partout.

— J'ai trouvé ça ben bon, poursuit-elle.

Je comprends. C'était comme voir son auto-biographie sur grand écran. Qu'est-ce que je suis méchante…

— Oui, moi aussi, j'ai trouvé ça super bon.

Le silence se réinstalle. J'ai envie de lui poser tout plein de questions sur sa sœur, entre autres, mais j'ai peur qu'elle le prenne mal. Après tout, c'est elle qui est venue réclamer mon aide. Pourquoi je me gênerais ?

— Dis, Roxanne, comment ça se fait que ta sœur est peut-être enceinte ?

— Ben, nounoune ! Elle a fait l'amour avec un gars ! se moque Roxanne.

Je ris jaune.

— Je sais bien… Mais sais-tu pourquoi elle ne s'est pas protégée ?

— Non. Tu n'as qu'à le lui demander. Je ne surveille pas les petites culottes de ma sœur.

— Mais ta famille...

— Quoi, ma famille ?

— Est-ce qu'elle veille sur ta sœur... sur toi ?

Roxanne me jette son regard le plus noir.

— Toi, tu as le don de viser direct là où ça fait mal !

— Oh, excuse-moi si...

— Non. C'est correct. J'aime ta manière de dire les vraies affaires. Si tu veux le savoir, ma famille, c'est un asile de fous ! Mon père et ma mère tripent sur la même affaire : l'alcool. Comme ils sont sur l'aide sociale, ils sont toujours à la maison. Alors ils passent leur journée à boire et à s'engueuler. Pendant ce temps-là, mes trois frères et mes deux sœurs font des conneries.

— Comme quoi ?

— Mes frères vendent de la drogue pis ils en prennent aussi. Ma grande sœur, ben... Elle a sa manière bien particulière de se faire du cash...

— Qu'est-ce que tu veux dire ?

— Ben, elle a des clients.

— Non. Elle se prostitue ?

Roxanne acquiesce.

— Oh !

— J'espère que Natacha ne suivra pas son exemple. Il y a juste moi pour la protéger, mais je ne peux pas la surveiller vingt-quatre heures sur vingt-quatre. Quand ma tante Anita était en vie, c'était différent. Il y avait quelqu'un qui veillait sur nous. Ma tante, c'était comme une mère pour moi. C'est elle qui nous a élevés... Et j'étais sa préférée...

Je comprends soudain le deuil de Roxanne. C'était de sa tante qu'elle parlait, hier. C'était pour son décès qu'elle était allée consulter la psy de la poly. Je commence à avoir de la sympathie pour cette fille. Non, plus que de la sympathie, de la compassion. Je pense que je saisis pourquoi elle est brusque dans ses rapports avec les autres : personne ne semble s'occuper d'elle. Elle doit se sentir seule. Pauvre elle...

J'ai encore plein de questions à poser à Roxanne. Vraiment, je prends de plus en plus de plaisir à jouer à la psy, car j'ai accès à plein d'histoires de vie. Chaque être humain est un roman. Chaque personne transporte son drame sur son dos comme un escargot sa maison. Je me demande quel peut bien être le drame de Tarentula pour qu'elle soit si méchante. Sa mère l'a nourrie au venin ? Ou bien...

La grosse voix de Roxanne me sort de mes pensées.

— Coudon, t'es donc ben en retard. On n'a pas juste ça à faire, lance-t-elle à Natacha qui marche vers nous d'un pas lent, comme si le drame qu'elle trimballait sur son dos était trop lourd pour elle.

— Toi, ne crie pas sinon je m'en vais, espèce de débile !

Roxanne est rouge de colère. À la place de Natacha, moi, je ne la traiterais pas de débile…

— Natacha, tu fais mieux de ne pas me dire ça deux fois, parce que je te jure que tu n'as pas fini avec moi.

— Des menaces. Toujours des menaces. Tu es juste bonne à en faire.

— Oui, pis toi, tu es juste bonne à te faire baiser par un épais qui est beaucoup trop vieux pour toi…

— Il a seulement six ans de plus que moi !

— C'est ce que je disais : il est trop vieux pour toi ! Il est majeur ! Réveille ! Il profite de toi ! Il ne t'aime pas !

— Oui, il m'aime !

Les deux filles s'affrontent avec des rayons lasers à la place des yeux. J'ai l'impression qu'elles vont se taper dessus. Et, moi qui pensais qu'on aurait la paix pour parler en toute tranquillité ici, j'avais tout faux.

En entendant la chicane, des élèves commencent à se regrouper autour de nous. Comme des badauds qui s'assemblent après un accident de voiture pour voir du sang. De vrais vampires.

Elles commencent à se pousser. Oh oh, elles sont vraiment à deux doigts de se taper dessus. Tous les élèves nous regardent. Axel, qui entre-temps s'est joint aux curieux, assiste lui aussi à ce *soap*. Je me lève d'un bond et sépare les filles, en attirant leur attention sur les curieux autour de nous. Roxanne jette un regard méchant autour d'elle :

— Vous voulez ma photo ?

Tout le monde se disperse, sauf Axel qui reste près de nous à suivre ce qui se passe. Roxanne lui fait un signe de tête en guise de salut. Je crois percevoir un certain respect entre ces deux-là. Intrigant...

— Je pense que le mieux, c'est d'aller quelque part pour discuter du problème à l'abri des curieux. Où pourrait-on aller ?

— Je connais un endroit ! lance Axel.

On suit Axel. Je marche entre Roxanne et sa sœur. Je ne veux pas qu'elles se sautent dessus. Axel nous fait entrer dans l'école puis passer par la porte C, mais au lieu de prendre l'escalier qui mène aux locaux, on le contourne. Derrière se trouve un cagibi qui mesure deux mètres sur deux mètres. Il est vide, excepté quelques seaux qui traînent ici et là. Il est éclairé par une ampoule qui pendouille au plafond et qui donne à la pièce une ambiance lugubre, comme celle qu'on retrouve dans les films de gangsters, quand les méchants s'apprêtent à passer à tabac le héros.

— Ça sent l'eau de javel, lance Natacha.

— C'est l'ancien placard à balais du concierge, mais depuis qu'il est syndiqué, il a un bureau, donc le placard ne sert plus, nous apprend Axel.

Je prends un seau et je le retourne pour m'en faire un siège. Je m'assois. J'invite Roxanne et sa sœur à faire la même chose. Je fais signe à Axel de partir. Une fois seules, je commence la consultation.

— Où est-ce qu'on en était dans l'histoire ?

— Ben, je sors avec un gars qui s'appelle Lewis. Il est en cinquième secondaire. Il est moitié chilien, moitié québécois... Je ne sais pas si tu le connais. Il fait partie du groupe rap Macbethrap ? Tu devrais l'entendre *slammer*, il est tellement bon. En tout cas. C'est mon chum depuis deux mois et je ne veux pas le perdre, alors je fais tout pour le garder. Parce que toutes les filles en sont folles. Toutes les filles se donneraient à lui. Il me l'a dit…

— C'est juste un maudit profiteur. Pis je suis certaine qu'il couche avec d'autres filles, rétorque Roxanne.

Natacha, piquée au vif, défend son chum comme une lionne ses petits.

— Non, il m'a dit que non. Il m'aime, mais il a des besoins! Pis toi, tu peux ben parler, tu n'as jamais eu de copain!

Tiens, tiens! J'avais raison, son histoire de drague de chum, c'était son moyen de me planter pour montrer sa force à tous les autres élèves en début d'année.

Roxanne se lève d'un bond, envoyant valdinguer son seau. Natacha fait pareil. Les deux filles, encore une fois, sont prêtes à se sauter à la gorge. Ciel! Je ne savais pas qu'être psy demandait des rudiments d'arbitrage! D'un bond, moi aussi, je me lève. Je me place entre les filles et je me mets à parler avec autorité.

— Ça suffit! Ce n'est pas en vous étripant qu'on va régler le problème! Alors, on s'assoit et on discute comme de grandes personnes!

Wow! J'ai réussi à m'imposer devant Roxanne et sa sœur, et ça a marché, elles se sont tues, se sont assises et m'écoutent. Étrangement, ça me donne confiance et j'ai soudainement l'inspiration nécessaire pour trouver les bons mots pour Natacha. En fait, ça me remet en mémoire quelque chose qu'une amie de ma sœur avait vécu. Elle s'était mise à sortir avec le fils du maire de Saint-Marc, un grand dadais, acnéique, qui se pensait bon. L'amie de ma sœur en était folle. Évidemment, quand il a voulu coucher avec elle, elle a dit oui de peur qu'il la quitte. En peu de temps, la pauvre s'est mise à faire tout ce qu'il voulait, et il paraît que des fois c'était très *heavy* (c'est ce que ma sœur m'avait laissé entendre). Je ne sais pas comment tout ça s'est terminé, mais ça me fait beaucoup penser à l'histoire de Natacha. En tout cas, mon petit doigt me dit que son chum est de la graine de manipulateur...

— Écoute, Natacha, je ne trouve pas ça correct qu'un garçon te force à avoir des relations sexuelles avec lui.

— Mais il ne me force pas.

— Ah oui! Et qu'est-ce qu'il veut dire par: «j'ai des besoins» et «toutes les filles coucheraient avec moi»? Et puis, avais-tu vraiment envie de lui?

— Euh... Ben, j'aurais préféré qu'on se caresse à la place... Parce que ça me fait mal. Lewis est un peu trop vite en affaire, mettons.

— Donc, quelque part, tu te sens forcée ?

— Oui, laisse tomber piteusement Natacha.

Natacha regarde par terre. Je sais maintenant que j'ai mis le doigt sur le bobo.

— Je pense que, quand on aime pour vrai, on veut le bien de l'autre. On ne le force surtout pas à aller contre sa volonté. Donc, s'il t'aimait, il respecterait ton rythme, et surtout il mettrait un condom. Tu n'as pas peur d'attraper une ITS ?

— Je n'ai vraiment pas pensé à ça.

— En tout cas. Moi, je te conseille de dire à ton amoureux : « Si tu m'aimes, tu iras à mon rythme. Et tu mettras un condom quand on le fera ! » S'il s'en va, tu sauras que ce n'était pas de l'amour. OK ?

— Mais je ne veux pas le perdre !

— Même s'il se fout de toi ?

Natacha haussa les épaules.

— Mais là, qu'est-ce que je fais ?

— Ah oui... La grossesse... Natacha, comment sais-tu que tu es enceinte ?

— Ben, je le sais.

— As-tu fait un test de grossesse ?

— Non, mais je n'ai pas mes règles !

— Attends un peu… Il faut que tu passes un test de grossesse, c'est plus sûr.

— Tu as compris ce qu'a dit Ariane ? Il faut que tu passes un test de grossesse, idiote ! répéta Roxanne.

— Pis j'ai mal au cœur chaque matin !

— As-tu déjeuné ?

— Oui. Des chips au vinaigre avec un verre de lait.

Oh boy !

— Bon, les filles, on va à la pharmacie acheter un test de grossesse. Comme ça, on en aura le cœur net.

* *
*

On sort de la poly sans se faire remarquer. Je regarde ma montre. Hey ! Il est déjà 16 h 30 ! Et ce n'est pas fini, car j'accompagne Roxanne et Natacha à la pharmacie. Tout un suivi thérapeutique !

Après un bus et le métro, on descend à la station Berri-UQAM. Direction : la pharmacie Jean Coutu de la Place Dupuis (une pharmacie assez loin de la poly pour ne pas être reconnues). Après cinq minutes de marche, on arrive enfin.

Je ne pensais pas qu'acheter un test de grossesse pouvait être aussi compliqué. Le test le moins cher coûte douze dollars, mais comme les filles n'ont pas une cenne, je dois avancer les dollars que j'ai en poche. Natacha et Roxanne sont trop gênées pour passer à la caisse. Avec la douceur d'un forgeron médiéval, Roxanne me pousse à affronter la caissière qui me regarde d'un air suspicieux.

— C'est pour ma mère !

— Pôôôôvre enfant, lance la caissière avec de la pitié plein les yeux.

On sort toutes les trois de la pharmacie. Roxanne et Natacha sont mortes de rire et n'arrêtent pas de répéter : « Pôôôvre enfant ! » Je fulmine intérieurement. Nous devons trouver des toilettes publiques. À l'extérieur de la Place Dupuis, on repère un McDonald's. Parfait ! En moins de deux, les toilettes des femmes du fast food sont prises d'assaut par notre trio. Roxanne et moi, on pousse Natacha dans un des cabinets avec la tige du test de grossesse. On ferme la porte, on se place devant les lavabos et on attend. On attend. On attend. Natacha, trop stressée, n'arrive pas à uriner. Je remplis trois fois ma bouteille d'eau de manière à ce qu'elle boive beaucoup et ait envie. Après avoir ingurgité un litre d'eau, ça y est. Natacha me tend son bâton dégoulinant de pipi.

— Regarde ! Moi, je suis pas capable, je suis trop nerveuse, me dit-elle.

Natacha tremble tellement que des gouttes d'urine menacent d'atterrir sur mes vêtements. Je prends donc le bâton, en le tenant à une distance respectable. On attend trois minutes, tel qu'indiqué sur l'emballage. Pendant ce temps, je relis à voix haute les instructions :

— S'il y a un plus, ça veut dire oui, s'il y a un moins, non. Le test est sûr à 99 %, mais il faut la confirmation du médecin et blablabla...

— Ça fait trois minutes, lance Roxanne.

Nerveuse, je regarde le résultat.

— Natacha... Tu n'es pas enceinte !

— Quoi ?

— Non, Natacha. Regarde, tu n'es pas enceinte !

— Hein !

Roxanne soupire de soulagement.

— Oui, oui, c'est négatif !

— Oh ! Merci, mon Dieu ! s'exclame Natacha.

Elle saute dans mes bras.

— Tu as vu, Natacha, je t'avais dit qu'Ariane allait nous aider.

— Merci, Ariane ! me dit Roxanne, en me serrant dans ses bras à son tour.

Finalement, elle est sympa, cette fille. À partir de maintenant, je ne l'appellerai plus Shrek. Promis.

* *
*

Natacha et Roxanne sont rentrées chez elles, en se chamaillant toujours. Roxanne s'est mis dans la tête d'empêcher Natacha de revoir son chum. Je ne m'en suis pas mêlée. Pas cette fois-ci. Bureau fermé. Là, je veux rentrer chez moi et me reposer des émotions fortes. De toute façon, je suis certaine que le cas Natacha est loin d'être terminé. Cette fille-là, c'est un nid à problèmes, c'est sûr.

En marchant dans la rue, je n'arrête pas de penser à la sœur de Roxanne. Je ne sais vraiment pas ce que j'aurais dit à Natacha si le test avait été positif et si elle avait voulu garder le bébé. Qu'aurait-elle fait si jeune avec un bébé dans les bras ? Comment font les jeunes mères avec leur poupon hurlant qui les réclame à tout bout de champ ? Pas le temps d'étudier avec un petit qui veut son biberon aux trois heures. Pas le temps non plus de voir les amis. En tout cas. Je me verrais mal avec un marmot à mon âge. J'ai déjà assez de m'occuper de ma famille, surtout de Fred, mon petit frère.

Il est 18 h 30 et j'entre enfin dans la maison. Ciel, l'épisode « test de grossesse » aura pris du temps ! Ma mère est devant la télévision éteinte et, étrangement, elle n'est pas en train de s'empiffrer. Elle me regarde du coin de l'œil et elle a l'air nerveuse. J'entends Fred jacasser comme une perruche dans la cuisine, au fond du couloir. Mon père sort au même moment de son bureau, le téléphone sans fil à la main.

— Allô, papa.

— Ariane, pourquoi rentres-tu si tard ?

— Je m'excuse, il fallait que j'aide une amie à passer un test de gros... de grosses mathématiques terriblement difficiles.

Bonne réponse. Quand il est question de mathématiques, mon père excuse tout.

— Ariane, tu aurais pu nous prévenir. Un appel, ce n'est pas sorcier. Tu prends l'appareil et tu composes le numéro. C'est facile, dix chiffres ! On t'a acheté un cellulaire, ce n'est pas pour les canards. J'étais mort d'inquiétude. J'ai essayé de t'appeler quinze fois !

— Bon, c'est quoi ? Tout le monde est contre moi ? Je suis épuisée que la terre entière soit après moi.

Mon père garde le silence et regarde ailleurs. Il est en colère, et respire par le nez pour se calmer. Il déteste quand je hausse le ton. Il faut dire que ça ne m'arrive pas souvent. Je suis plutôt conciliante, j'évite constamment la chicane. Mais là, je suis fatiguée d'être la psy de service.

— Ariane, ta mère ne va pas bien. Elle a beaucoup de difficulté à se remettre de ce qu'on a vécu...

— Dis-le, papa, ce qu'on a vécu ! Dis-le : « Depuis que Nadia est morte. »

— Ariane, n'en rajoute pas ! crie-t-il.

Pendant qu'il essaie de se calmer, je vais dans le salon, me jette sur le divan et j'allume la télévision. Je veux faire exactement comme ma mère : oublier mes responsabilités dans les *soaps* d'après-midi pourris. Mon père se pointe dans le salon, suivi de mon petit frère. Les deux s'assoient de chaque côté de moi. Mon père me parle tout bas pour ne pas inquiéter ma dépressive de mère.

— Ariane, ma chouette. On doit tous mettre la main à la pâte et s'aider les uns les autres...

— Laisse faire, Daniel. C'est contre moi qu'Ariane en a, dit ma mère.

Elle me fixe de ses grands yeux cernés. Mon père et moi sommes bouche bée. Elle, qui ne parle presque plus à sa famille depuis le drame, nous adresse la parole.

— Marguerite. Ménage tes nerfs. Veux-tu que je t'apporte tes médicaments ?

— Non, Daniel. Je suis fatiguée de me geler le cerveau avec des pilules ! J'ai arrêté de les prendre depuis ce matin, dit-elle en se levant de son fauteuil et en me regardant avec tendresse.

— Maman ! Maman ! Maman ! se met à répéter Fred inlassablement en tournant autour d'elle.

— Je dois m'occuper de mes enfants...

— Maman, je suis un indien. Bou hou hou !

— Fred, calme-toi, s'énerve mon père.

Fred fait mine de bouder et se laisse tomber par terre sur son derrière.

— Je pense qu'il faut... continue ma mère, quand son regard se porte sur ce que mon petit frère brandit devant ses yeux.

C'est la boîte vide du test de grossesse. Zut !

— C'est quoi ça ? dit ma mère, en me regardant avec des yeux dignes de torpilles.

— Non, non... Ce n'est pas ce que vous pensez. J'ai...

— Ariane, qu'est-ce qui se passe ? crie ma mère. Tu m'en veux à ce point ? Pourquoi, Ariane ? Pourquoi ?

Estomaquée, en colère, je pars me réfugier dans ma chambre... mon petit frère sur les talons, ce qui m'empêche de claquer la porte ! Dans quoi ai-je mis les pieds ? J'aide les autres, et voilà ce qui arrive : ça me retombe sur le nez. Fred met sa petite main sur mon front.

— Es-tu malade, Ariane ? Aie pas peur ! Moi, je vais te soigner !

Je prends mon frère dans mes bras. Je serre son petit corps contre moi. Soudain, je comprends mieux les filles qui désirent avoir un enfant. Elles veulent quelqu'un qui existe pour elles. Mon frère, ce n'est que de l'amour. Quand je le tiens dans mes bras, je me sens invincible et remplie d'amour.

Soudain, ma mère entre dans ma chambre. Elle dit à mon petit frère de quitter la pièce. Puis elle s'assoit sur mon lit, avec tous ses kilos en trop, et elle fixe le sol. De temps en temps, elle lève la tête, me jette un coup d'œil, se mord la lèvre inférieure et repart dans ses pensées. Ça n'annonce rien de bon. La dernière fois qu'elle a fait cette tête, c'est quand ma sœur est tombée malade, et qu'elle... Non, il ne faut pas que je pense à ça.

— Maman, ce n'est pas ce que tu penses, je te le jure.

— Pourquoi m'as-tu fait ça, Ariane ?

— Maman, je te jure que je n'ai rien fait...

— Arrête de jurer !

— Maman, essaie de m'écouter !

— T'écouter me dire quoi ? Que tu sors et que tu couches avec des garçons ? Sans mettre de condom en plus ? Tu ne prends même pas la pilule ! Oh ciel ! J'aurais dû prévoir le coup !

— Mais non, calme-toi.

Ma mère prend une grande respiration, ferme les yeux une vingtaine de secondes (c'est sa technique pour se calmer, ça faisait longtemps que je ne l'avais pas vue l'utiliser). Quand elle ouvre de nouveau les yeux, elle semble plus calme, mais encore inquiète.

— OK. Ariane. Commençons par le début... As-tu un amoureux ?

— Non, maman, je n'ai pas d'amoureux.

— Ariane, jure-moi que tu n'es pas enceinte.

— Non, maman, je ne suis pas enceinte, ne t'en fais pas. Le test de grossesse n'était pas pour moi, mais pour la sœur d'une amie.

— Je n'ose pas imaginer, si tu tombais enceinte à ton âge, le drame. Oh, ma chérie, excuse-moi de ne pas avoir été là pour toi, depuis que ta sœur...

Je m'en veux tellement. Mais là, tu vas voir, je vais faire quelque chose pour toi. Dès demain, j'appelle à la clinique des jeunes Saint-Denis pour avoir un rendez-vous avec un gynécologue. Tu prendras la pilule, ma chérie !

— Mais maman... je n'ai pas de chum...

Après avoir provoqué un tsunami dans mes pensées, ma mère sort de ma chambre et me laisse aussi saccagée qu'une plage de Taipei couverte d'arbres déracinés. Je vais devoir consulter un gynécologue, alors que ma vie sexuelle se limite à quelques baisers avec Cédric, dans le champ derrière notre maison de Saint-Marc. Quelques baisers. Tandis que ma sœur, elle... En plus d'être mon aînée de deux ans, Nadia était beaucoup plus fonceuse que moi, beaucoup plus belle que moi, aussi. Tous les garçons tripaient sur elle. Et Nadia aimait les séduire. Elle s'était même déjà laissé toucher, les mains dans le chandail et tout et tout. Alors que moi, je ne voulais pas. Ce n'est pas pour rien qu'on m'appelait la sainte nitouche de Saint-Marc. En tout cas. Il aura fallu un test de grossesse pour que ma mère reprenne son rôle de mère et lâche ses anxiolytiques. Mais pour combien de temps ?

* *

*

20 septembre

J'arrive à la poly avec une humeur massacrante. Ma mère n'aurait pas dû cesser de prendre ses anxiolytiques, elle s'est remise à pleurer et a sombré en l'espace de vingt-quatre heures dans un état dépressif encore plus profond. Mais avant, elle a bien pris soin de fixer un rendez-vous avec un gynécologue pour qu'on me prescrive la pilule. C'est ridicule ! Je n'ai même pas de petit ami et je n'ai jamais fait l'amour ! Je n'ai pas envie de montrer mon intimité à un parfait inconnu ! En plus, mon ordinateur portable ne fonctionne plus. Mon petit frère a renversé du lait dessus. Mon père m'a dit qu'un de ses assistants sera capable de le réparer. OK, mais, en attendant, comment je peux faire mes devoirs et mes recherches ? Au moins, avant que Fred gaffe, j'ai eu juste le temps de savoir qui est le Dr Freud. C'était un médecin viennois qui a inventé la psychanalyse. Il a découvert l'inconscient et les associations d'idées... Et c'est là que mon ordi s'est éteint.

Quand je me pointe à ma case, Roxanne est là, les bras croisés. Oh non ! Si elle m'attend dans cette position, c'est qu'il y a des problèmes.

— Enfin, te voilà, me dit-elle.

— Quoi ? Qu'est-ce qu'il y a ?

— Il faut que je te parle !

— Écoute, si c'est pour ta sœur, je ne peux pas faire plus, parce que...

— Non, ma sœur est OK. Elle ne sort plus avec son débile de chum. Elle l'a surpris en train d'embrasser une fille, la semaine passée. Non, c'est quelque chose qui te concerne.

— Quoi ? Qu'est-ce qu'il y a ? demandé-je, paniquée.

— Jessica a lancé une rumeur sur toi.

— Qu'est-ce qu'elle a dit ?

— Tu veux vraiment le savoir ?

— Oui !

— Que tu es une nymphomane ! Pis que ta famille et toi avez dû quitter la campagne à cause de ça. Parce que tu couchais avec tout le monde.

J'éclate de rire. Un rire nerveux. J'étais sûre que cette chipie de Tarentula allait s'amuser à casser du sucre sur mon dos.

— Tu veux que je m'en occupe ? me demande Roxanne en frappant sa main avec son poing.

— Non. Laisse tomber. Le mieux, c'est de ne rien faire. Si je réponds à ces bobards, c'est comme verser de l'huile sur le feu, ça va l'encourager. On va attendre et on verra bien ce qu'elle fera.

— C'est comme tu veux. Mais là, suis-moi !

— Quoi ? Qu'est-ce qu'il y a ?

— Viens, je te dis !

Roxanne file droit devant elle. Cette fille me fout les boules, comme dirait mon père. Pas trop le choix, je la suis.

Elle me conduit directement dans notre cagibi. Roxanne m'ouvre la porte.

Trois blondes minuscules, style lilliputiennes, sont regroupées au centre de la pièce, sous l'ampoule jaune pipi, l'air inquiet, à la manière de déportées ukrainiennes trouvées dans un *container*.

— Voilà tes nouveau cas ! me balance Roxanne.

Ouf ! Je pense que Roxanne a décidé de prendre en main ma nouvelle carrière...

DOSSIER 3:
De l'art
d'infliger
une violence
ordinaire

Je meurs de chaleur pendant que Roxanne bloque la porte du cagibi comme pour m'obliger à affronter mon nouveau rôle de « super psy ». Non mais, j'espère que tous les matins du monde ne ressembleront pas à ça, parce que j'aimerais vraiment pouvoir souffler un peu. Depuis que j'ai commencé l'école, je m'occupe des autres non-stop. Je soulage plus de personnes en difficulté qu'un psy de l'Institut Pinel, si ça se trouve. Vraiment, un peu de repos ne serait pas de refus, mais le devoir m'appelle. Ou plutôt me crie après…

Je suis debout face à mes patientes du jour : trois blondinettes minuscules qui me regardent avec des yeux de caniche affolé. J'inspire et me jette à l'eau, en invitant mes lilliputiennes à s'asseoir sur les vieux seaux posés à l'envers ici et là dans le cagibi.

— OK, les filles, quel est votre problème ?

En m'entendant prononcer cette phrase, je sens des petits frissons de contentement me chatouiller l'échine. Je trouve que je fais drôlement professionnelle, même si je n'ai jamais consulté de psy de ma vie. Ma famille et moi avions droit au soutien psychologique lorsque ma sœur est décédée, mais on a préféré passer notre tour. Enfin. Je ne sais pas vraiment comment ça se passe dans un bureau de psy. À part au cinéma où l'on montre un patient étendu sur un divan pendant que le psy fait «mm» ou cogne des clous. Peut-être que je devrais leur dire de se coucher... Roxanne se racle la gorge pour me sortir de mes pensées. Roxanne... Hey! En temps normal, une psy reçoit seule ses patients. Mais je ne peux pas mettre mon amie à la porte comme ça, d'autant plus qu'elle a l'air tellement heureuse de me trouver des «cas». Je me lève et prend Roxanne à part.

— Roxanne, si tu restes, il faut qu'on s'entende sur quelque chose...

— Quoi?

— Tu ne dois pas répéter ce qui se dit ici. C'est confidentiel.

— Coudon, me prends-tu pour un panier percé?

— Non, c'est juste pour que ce soit clair...

— Je suis capable de la fermer!

Mon amie semble un peu froissée, mais bon. Il faut respecter l'intimité des patients. Je retourne à mes moutons.

Les trois filles regardent par terre. Je prends une grande respiration et répète la question.

— On a entendu dire que tu pouvais nous aider, lance la plus grande des trois. Je m'appelle Camille. Elle, c'est Alexandra. Et elle, Jorane. (Elle pointe les deux autres petites blondes. Des lilliputiennes, que je dis !) On est toutes les trois en deuxième secondaire. Notre problème... Un gars de cinquième menace de nous casser la gueule si on ne lui donne pas ce qu'il réclame.

— Il vous menace ?

— Oui, ça fait quelques mois qu'il s'amuse à ce petit jeu. Il nous menace, on lui donne ce qu'il veut, croyant qu'il va nous laisser en paix. Eh non ! Ça recommence ! explique Alexandra.

— L'année dernière, il a réussi à me soutirer cent dollars. J'ai même dû voler de l'argent dans le portefeuille de mon père. Autrement, il avait juré de me faire passer un mauvais moment, renchérit Camille.

— C'est un taxeur, lancé-je tout haut, trop contente d'avoir mis illico le doigt sur le bobo.

Soudain, je remarque que Roxanne devient blanche comme un drap. Peut-être qu'elle n'a pas déjeuné. Un cas à la fois.

— Oui, un vrai taxeur ! Ce matin, il a volé le iPod de Jorane. C'est pour ça qu'elle est bouleversée. Sa grand-mère venait de le lui offrir. Et elle n'ose rien dire à ses parents.

Jorane se remet à pleurer.

— Le taxeur vous attaque même si vous êtes plusieurs ?

— Non, il attend qu'on soit seule, poursuit Camille. Il nous suit sur le chemin de la maison. Comme j'habite dans le même quartier qu'Alexandra, on n'a pas de problème. On se rend ensemble à l'école. Mais Jorane est seule, il s'en prend donc à elle.

— Vous n'avez pas pensé à le dénoncer au directeur ?

— On l'a fait, mais le directeur n'a pas pu nous aider. Tant qu'on n'a pas de preuve, il ne peut rien faire. Et le directeur, tout comme les profs de l'école, a peur du père de Josh. C'est un avocat féroce, explique Alexandra.

— Josh, c'est le prénom du taxeur ?

— Oui. Josh Bernard. Ça te dit quelque chose ? demande Camille. Un grand brun hyper baraqué.

— Non, ça ne me dit rien. Roxanne, tu nous aides à le coincer ?

Roxanne se lève, me regarde en faisant non de la tête et sort du cagibi. Qu'est-ce qu'il lui prend ? Vraiment, cette fille a le don de me foutre les boules. Mais pas le temps de m'arrêter à ça, je dois trouver une solution pour mes lilliputiennes. En plus, la cloche sonne.

— Écoutez, les filles. Je vais me renseigner pour savoir ce qu'on peut faire. Pour l'instant, je vous conseille de ne jamais être seules sur le chemin de la poly.

* *
*

Après ma matinée de cours, je me rends à mon casier pour y déposer mes livres avant d'aller à la cafétéria. Je tombe sur les deux clones de Tarentula, qui me regardent de la tête aux pieds comme si j'étais une lépreuse.

— Tiens, Ariane la têteuse, ricane la plus maigrichonne des deux.

Les deux filles partent à rire et poursuivent leur chemin. Piquée au vif, je manque de trébucher sur Axel, assis par terre contre sa case en train de jouer de la guitare imaginaire. Les écouteurs bien enfoncés dans les conduits auditifs. Volume au maximum sur l'album du groupe Beast.

— Axel !

Il ne m'entend pas et continue à faire ses gammes sur sa guitare invisible, les yeux fermés, grimaces à l'appui. J'ai l'impression d'assister à un concours de *Guitar Hero* ! Un coup sec sur le fil des écouteurs... Surpris, Axel se lève d'un bond.

— Ah, c'est toi, Ariane ! Je ne t'avais pas entendue...

— Tu m'étonnes ! Tu écoutes ta musique tellement fort que, même s'il y avait des tireurs fous dans la pièce, t'entendrais juste des riffs de guit ! On va manger ?

— Oh oui !

En marchant vers la café, je le questionne à propos du taxeur.

— Josh, ça te dit quelque chose ?

— Oui, c'est le fils du Parrain. Chez lui, on fait des mauvais coups de père en fils.

— Son père est un avocat féroce, paraît-il.

— Il est inattaquable ! En tout cas, ne t'approche pas de Josh si tu ne veux pas de problèmes.

— Merci de l'avertissement, mais je n'ai pas l'intention de le laisser en paix. Savais-tu qu'il taxait des filles de deuxième secondaire ?

Axel ne répond pas et regarde ailleurs, l'air embarrassé.

— Ça ne te fait rien d'apprendre ça ?

— Ben oui, mais qu'est-ce que tu veux que je fasse ? s'impatiente-t-il.

C'est la première fois que je vois Axel nerveux.

— Axel. Tu as déjà eu des problèmes avec lui, j'ai raison ?

— Non.

— C'est drôle, mais je pense que j'ai raison... Hein ? Réponds, répété-je en lui enfonçant les doigts dans les côtes, ce qui le fait rigoler et se tortiller comme un chat attaché à un poteau.

— Arrête, Ariane, tu me chatouilles ! Arrête. OK, oui, c'est vrai.

Il me raconte son histoire, pendant qu'on déballe nos lunchs, assis à une grande table dans la café.

— Ce gars-là m'a coûté une guitare, l'an dernier. Il me poussait dans les escaliers, s'amusait à m'asperger d'eau ou de jus, écrivait des saletés sur ma case, se moquait de moi devant tout le monde. Un enfer. Je lui ai donc donné ce qu'il réclamait : ma guitare.

Il a continué encore quelque temps à me harceler. Ensuite, il m'a délaissé pour une proie plus appétissante. En tout cas, Ariane, je te le dis, ne t'approche pas de lui. Je n'ai pas envie qu'il s'en prenne à toi.

— Ne t'inquiète pas. Je vais être prudente.

Puis je mords dans mon sandwich au jambon, en me demandant comment m'y prendre pour venir à bout de Josh.

* *
*

Pendant le cours d'éducation physique, j'inonde Roxanne de questions. Je veux savoir pourquoi elle a eu une réaction bizarre dans le cagibi. Tandis que nous courons, je la talonne dangereusement. Je l'ai à l'usure.

— C'est un malade, ce gars-là ! Moi, je ne veux pas avoir affaire à lui.

— Il t'a déjà menacée, toi aussi ?

— Il a même mis ses menaces à exécution. Tu l'as remarqué, ma famille est loin d'être celle de Paris Hilton. Alors quand il m'a demandé de l'argent, ça a plutôt mal tourné. Je n'avais rien à lui donner et il ne me croyait pas. Eh bien, tu sais ce qu'il a fait, l'espèce de psychopathe ?

— Non !

— Il m'a tordu le bras dans le dos et il a fini par me disloquer l'épaule. Ça a fait tellement mal, ma fille. Je ne te dis pas

— Ayoye ! Il doit être fort s'il a réussi à te faire mal.

— C'est un sadique ! Tout le monde a peur de lui. Et personne n'ose rien dire. Son père a déjà poursuivi en cour un élève qui l'avait dénoncé. Résultat ? C'est la victime qui a été accusée et obligée de payer une amende pour parjure ou quelque chose du genre.

— Mais on ne peut pas le laisser faire ! En tout cas, je ne laisserai pas tomber les filles de ce matin !

— Moi, je ne m'en mêle pas, Ariane. J'ai déjà eu trop mal.

Je n'en reviens pas. L'invincible Roxanne craint quelqu'un. Ça doit être tout un morceau, ce garçon-là. Mais il ne me fait pas peur. Étrangement, quand on a besoin de moi, je n'ai peur de rien.

* *
*

Dernier cours de la journée : morale, donné par Guy Charron. Je suis assise à côté de Justin et je ne peux pas m'empêcher de le regarder. Qu'est-ce qu'il est beau ! Le super pull couleur crème qu'il porte aujourd'hui met en évidence ses pectoraux. Oh boy ! Ce gars-là me rend toute guimauve. Je passerais le cours, que dis-je, l'année, ma vie, l'éternité à me perdre dans sa beauté. Malheureusement, je ne suis pas la seule à qui il fait de l'effet. Toutes les filles de la classe le regardent en battant des cils comme les papillons battent des ailes. Elles m'énervent ! Je ressens un pincement de jalousie. De toute façon, comment puis-je attirer un gars comme lui, moi qui suis ordinaire ? Je ne me fais jamais draguer. Aussi bien me concentrer sur le problème de Camille, Alexandra et Jorane. Je profite donc du silence de la classe pour poser des questions à Guy sur le taxage.

— Guy, qu'est-ce qui pousse des jeunes à taxer ?

— D'après toi, Ariane, qu'est-ce qui peut pousser quelqu'un à profiter d'un autre ?

— Ben, je pense que c'est le pouvoir sur les faibles.

— Très juste. Pensez-vous que les taxeurs sont des êtres vraiment puissants ou des êtres faibles ?

La classe est divisée sur cette question. Moi, je fais partie du groupe qui pense que les taxeurs sont faibles.

— Eh bien, vous avez raison. Les taxeurs sont des faibles qui aiment s'en prendre à de plus petits qu'eux pour montrer leur supériorité. Ils aiment le pouvoir et la domination. Ils sont fiers quand ils blessent et font souffrir les autres. Le taxage, pour eux, est un outil payant. Et quel est le profil type de la victime ? Facile, je n'ai qu'à penser à mes lilliputiennes. Je me lance :

— Elles sont petites et fragiles. Elles sont isolées.

— Oui, Ariane, très juste, mais encore...

— Elles manquent de confiance en elles, dit Yan, un blondinet aux yeux cernés.

— Très bien. Il y a encore un autre élément.

Personne ne répond.

— Ils aiment s'attaquer aux personnes qui ont un handicap, poursuit Guy.

— Des gens en fauteuil roulant ? demande un élève.

— J'entends par « handicap » des gens qui bégayent, qui sont chétifs, qui ont des difficultés d'apprentissage, qui sont laissés pour compte, qui boitent... Qui sont différents... précise le prof.

Certains élèves émettent un « oh » d'étonnement et d'écœurement. Moi, je pompe intérieurement, mais je me contrôle.

— Comment fait-on pour les arrêter ?

— D'après vous, comment peut-on se débarrasser d'un taxeur ? demande Guy.

— En les frappant avec une batte de baseball, rigole Charles, alias PFK.

— Je ne pense pas que ce soit une bonne idée. La violence attire la violence, tranche Guy.

— En les dénonçant, propose Kim, la Cambodgienne timide.

— Très bien.

— Mais quand on les dénonce et que personne n'intervient en notre faveur ? demandé-je.

— Si le prof ne fait rien, dit Guy, on prévient quelqu'un d'autre : parents, directeur, police...

— Moi, j'ai déjà eu un problème avec ce genre de gars. Le directeur n'a rien fait, lance Yan.

— Moi aussi, renchérit Kim.

— Moi aussi, laisse tomber Éric, un petit gros à lunettes. Mon frère a dû venir me reconduire à l'école pendant un mois à cause de ça.

— Et moi, mon meilleur ami a dû changer d'école... ajoute un autre élève.

— C'est triste, continue Guy. Mais savez-vous ce qui est encore plus triste ? Au-delà de l'argent et des objets, les taxeurs arrivent à dérober à leur victime quelque chose de bien plus précieux : leur confiance en eux. Résultat ? Dans la plupart des cas, les victimes s'isolent de plus en plus, se sentent responsables, coupables, leurs notes chutent. Elles perdent tout intérêt pour leurs études et pour la vie même. Certaines font des dépressions et peuvent même aller jusqu'à se suicider.

Tout le monde reste silencieux. Moi, je suis en colère. En colère pour Alexandra, Camille et Jorane. En colère pour Roxanne. En colère pour Axel. En colère pour la Cambodgienne timide, le cerné, le petit gros à lunettes et tous ceux qui sont victimes d'une telle médecine. Je lance à la volée :

— Je pense que je sais de qui tout le monde parle, ici. D'un certain Josh Bernard, hein ?

Tous les élèves regardent leur pupitre. J'ai ma réponse.

* *

*

Après ma journée de cours, je rentre à la maison, la tête remplie par mon nouveau « cas ». Il faut que je trouve une solution pour mes trois filles de ce matin. Je dois faire un long détour : l'artère que je prends habituellement pour me rendre chez moi est interdite de passage à cause des travaux publics. Je m'engage donc dans une petite rue résidentielle. Les odeurs des repas qu'on prépare taquinent mes narines. Au 4344, on va manger du spaghetti, ça empeste la sauce tomate. Au 4360, du blé d'Inde… Soudain, quelqu'un crie mon prénom. Je me retourne. Un beau grand brun marche vers moi. Je ne le connais pas.

— J'ai entendu dire que tu me cherches…

J'avale un gros motton de peur. C'est lui. C'est Josh Bernard. Il est devant moi. Immense. Qui a vendu la mèche ? Ça doit être quelqu'un du cours… il va falloir que je surveille mes arrières. Ce garçon-là a quelque chose de terrifiant. Un regard noir, une carrure digne de monsieur Univers. Mais personne ne m'avait dit qu'il était beau. Je repense aux paroles de Guy.

— Josh, tu dois arrêter de taxer.

— Tu es qui, toi, pour me dire ça ?

— Sais-tu que tu fais beaucoup de mal autour de toi ?

— Oh, pardon, je ne le referai plus, madame… Dans tes rêves, épaisse.

Et là, il se met à me pousser. De petites poussées qui me font reculer vers une ruelle en cul-de-sac. Il faut que je me sauve ou qu'on me porte secours, autrement je ne suis pas sûre d'en sortir vivante. Josh continue de me pousser.

— Arrête ! Arrête ! m'énervé-je.

— Sinon quoi ? Tu vas me taper ? rigole-t-il, en me poussant plus fort.

J'ai peur. Ma bouche est sèche. J'ai de la difficulté à avaler. Je comprends pourquoi tout le monde craint Josh et préfère lui donner ce qu'il veut. Ses poussées sont de plus en plus vives. C'est alors que je vois un homme passer de l'autre côté de la rue.

— Papa ! PAPA ! crié-je en direction de l'homme qui s'immobilise et regarde dans ma direction.

Josh cesse de me pousser pendant que l'homme plisse les yeux pour voir qui l'interpelle. Je m'élance vers mon prétendu père.

— Toi, tu n'as pas fini avec moi, siffle Josh entre ses dents.

Je traverse la rue en courant et vais rejoindre l'homme qui me regarde, super intrigué, d'autant plus que je lui saute au cou.

— Monsieur, je vous en supplie, faites semblant d'être mon père. Le garçon là-bas me menace.

L'homme et moi marchons ensemble. Il me propose d'appeler la police, je refuse. Alors, il tient absolument à me reconduire chez moi. Une fois devant chez moi, je le remercie et j'entre dans la maison. Je m'enferme dans ma chambre pour laisser exploser ma tristesse. J'éclate en sanglots. Dans quoi me suis-je embarquée ?

* *
*

4 octobre

Il pleut des rats. Partout où je regarde, c'est gris. Quand je ferme les yeux, c'est gris. Quand j'ouvre les yeux, c'est encore gris. J'ai passé le week-end à me ronger les ongles ainsi que les petites peaux mortes autour. Outre m'acharner sur mes doigts, je me suis terrée dans ma chambre, roulée en boule sur mon lit, et j'ai fixé le mur devant moi. Et pour ne pas éveiller de soupçons, j'ai fait comme si tout était normal et j'ai regardé la télé dans le salon avec ma mère déprimée, affamée et médicamentée. C'était joyeux comme ce n'est pas permis. Je ne suis pas sortie de la maison. La bousculade de Josh a été un véritable choc. Quand j'y repense, des bouffées d'angoisse envahissent ma poitrine.

Tous les matins, en me rendant à la poly, j'ai peur. Ce matin, je marche rapidement, en me cachant sous mon grand parapluie. J'arrive saine et sauve, mais pour combien de temps? J'aimerais qu'il existe des pilules qui rendent invisible. Je suis terrorisée.

Alors que je m'empresse de me rendre à mon casier, Camille, Alexandra et Jorane se pointent devant moi.

— Et puis, Ariane, as-tu trouvé une solution? demande Alexandra.

— Non, les filles. Laissez-moi passer, je dois aller à mon cours, dis-je, énervée.

— Tu as promis que tu nous aiderais! implore Camille.

— Je ne peux rien faire pour vous. Laissez-moi passer.

Je me sauve en coup de vent, la mort dans l'âme. J'aurais donné n'importe quoi pour les aider, mais je ne sais plus quoi faire. Moi aussi, j'ai peur. Je ne dois pas me mêler de choses qui ne me regardent pas. Et puis si elles étaient à ma place, ces filles-là, je ne suis pas sûre qu'elles feraient quoi que ce soit pour moi. Sur cette terre, c'est chacun pour soi. J'ai déjà assez de problèmes comme ça. Qui m'aide, moi?

Mais ces paroles ne parviennent pas à me réconforter. Je m'en veux férocement. Je ne suis pas quelqu'un de fiable. J'ai laissé tomber trois filles qui ont besoin d'aide, tout comme je n'ai pas porté secours à ma sœur. Je n'ai rien fait pour l'aider. Quand elle s'est affalée sur le sol alors qu'on se disputait, je ne l'ai pas aidée à se relever. Je lui ai juste dit d'arrêter ses conneries et de sortir de ma chambre. Je ne me rappelle plus vraiment ce qui s'est passé ensuite. J'ai dû crier à ma mère que Nadia m'embêtait.

Puis, je ne sais pas. Je ne sais plus. Non, je n'ai rien fait, alors que ma sœur était dans le coma. Je suis épouvantablement lâche.

La cloche sonne. Les élèves ont déserté les couloirs et, moi, je suis encore près de ma case. Je me dépêche pour éviter d'être seule, mais en vain. Je suis tellement nerveuse que j'échappe tout. J'ai le coeur gros et j'essaie de me ressaisir. Alors que je suis à deux doigts de pleurer, une main se pose sur mon épaule. Je me retourne : c'est Josh. Mes jambes flageolent. Des frissons parcourent mon corps. Josh me parle, mais je n'entends pas ce qu'il dit. Le bruit de mon cœur qui frappe sur mes tympans est énorme. Josh me pousse contre une case. Qu'est-ce qu'il me veut ?

— Je t'avais dit que tu n'en avais pas fini avec moi. Tu sais ce que je fais aux fouineuses dans ton genre, hein ?

Je tremble de partout. Je n'arrive pas à articuler. Josh me plaque contre la case et met sa main dans mon sac d'école que je porte en bandoulière. Il sort mes effets.

— Qu'est-ce que c'est ? Un livre de maths ! Rien à foutre ! Et ça ? Le roman *Twilight*. Poche ! Attends un peu... Je pourrais le revendre...

Pendant qu'il s'appuie de tout son poids sur moi et qu'il m'empêche de respirer, il trouve enfin ce qu'il cherche : mon porte-monnaie. Il prend les vingt dollars qu'il contient.

— Toi, va falloir que tu sois vraiment très gentille avec moi pour compenser la grosse pépeine que tu m'as faite l'autre jour, me dit-il, en souriant et en passant sa main lentement dans mes cheveux.

Puis, il penche son visage vers moi comme pour m'embrasser. Je sens son haleine de gorille hépatique. Je ferme les yeux et je vois ma sœur qui a de la difficulté à respirer. Ma sœur avec plein de tubes qui pénètrent dans son nez, dans sa bouche, dans ses veines. J'étouffe. Ça tilte dans mon cerveau. Un éclair. J'ouvre les yeux et vois Josh, plié en deux, les mains sur ses bijoux de famille. Il m'insulte pendant que je gravis en courant les marches de l'escalier B.

Je me réfugie dans mon premier cours du matin: arts plastiques. Une fois assise, j'essaie de me calmer. Le séisme sous ma peau s'apaise. Mes pensées deviennent plus claires. Je commence à comprendre l'ampleur de la situation. Si j'ai réussi à me déprendre de son attaque, ce n'est que partie remise. Josh va continuer son manège. Je dois vraiment faire quelque chose pour tous ceux qui ont affaire à ce taxeur... et pour moi.

Le cours d'arts plastiques vient à peine de commencer. Soudain, je me lève, prends mes affaires et sors de la classe pour me rendre chez le directeur.

* *
*

Par la porte entrouverte de son bureau, je vois que le directeur est au téléphone. Depuis que sa secrétaire est en congé, il a l'air débordé. J'attends dans le corridor. Une fois qu'il a raccroché, il me fait signe d'entrer.

— Bonjour, mademoiselle...

— Labrie-Loyal.

— Oui, oui, Labrie-Loyal. Que puis-je faire pour vous ?

Je lui raconte l'histoire de mes trois lilliputiennes, celles d'Axel, de Roxanne et la mienne. Le directeur m'écoute attentivement.

— Bon, je vais voir ce que je peux faire.

Il pitonne sur le clavier de son ordinateur pour savoir dans quel cours se trouve Josh. Après quelques clics, il appuie sur l'interphone :

— Josh Bernard, vous êtes prié de vous rendre au bureau du directeur.

Après dix bonnes minutes d'attente, Josh arrive enfin, détendu, tout sourire, tout gentil. Il serre même la main du directeur. L'hypocrite.

— Bonjour, oncle Gilles. La santé va bien ? Et tante Ginette ?

Quoi ? Le taxeur est le neveu du directeur ! Je n'en reviens pas.

— Josh... Je t'ai déjà dit de ne pas m'appeler « oncle » à la polyvalente. Mademoiselle Labrie-Loyal, ici présente, s'est plainte de ton comportement violent envers elle et plusieurs autres élèves. Est-ce vrai ?

Josh me regarde, interloqué.

— Je ne comprends pas de quoi elle parle... Tu le sais, toi, que je suis doux comme un agneau, que je ne ferais pas de mal à une mouche, hein ? En plus, je ne la connais même pas ! Je gage que des jaloux se sont liés pour m'attaquer comme la dernière fois. On aime ça, m'accuser, ça a l'air...

Je n'en crois pas mes yeux : il s'amuse à faire pitié.

— Je vous jure que Josh terrorise plein d'élèves.

— Mademoiselle, je connais assez les jeunes pour savoir qu'il y a parfois des histoires de jalousie...

— Monsieur Gagnon, expliquez-moi pourquoi il m'a pris mes vingt dollars ?

— Désolé, Gilles, là, ça ne tient pas debout. Pourquoi aurai-je pris son argent ? Comme tu le sais, je suis loin d'en manquer...

— Mme Labrie-Loyal, avez-vous une preuve de ce que vous affirmez ?

— Une preuve ? On se fait voler et il nous faut des preuves ! Non mais, où est-ce que je suis ? À la maison des fous ?

— Mademoiselle ! gronde le directeur.

Soudain, j'ai une idée.

— Des preuves ? Vous voulez des preuves ? Eh bien, demandez-lui de vider ses poches, vous trouverez mes vingt dollars !

Le directeur hésite, me regarde, regarde Josh, me regarde de nouveau. On dirait qu'il attend que quelqu'un vienne à sa rescousse.

— Josh, vide tes poches, s'il te plaît.

— Oncle Gilles, t'es pas sérieux !

— Josh, ne me rends pas la tâche plus difficile. Fais ce que je dis.

Josh, mécontent, fixe son oncle, tout en se mordant l'intérieur des joues. Il attend de le voir changer d'idée, mais comme ce dernier ne fléchit pas, Josh n'a d'autre choix que de s'exécuter. Je me dis qu'enfin, ça y est, tout sera réglé pour de bon. J'aurai la paix, tout comme les élèves qu'il a agressés. Je vois déjà mes vingt dollars tout froissés sur le bureau. Je vois le regard de M. Gagnon sur Josh, un regard dur, intransigeant. Je vois Josh se prendre la tête entre les mains, se jeter à mes genoux, m'implorer d'être clémente. Je vois les policiers le menotter, tout en lui lisant ses droits, et le conduire en prison. Oui, je vois tout ça comme si j'y étais. Mais, dans la réalité, c'est autre chose. J'ai déjà touché le fond du baril, et je continue à creuser. Josh sort une liasse d'une cinquantaine de billets.

— Josh, excuse-nous pour le dérangement. Tu peux retourner en classe.

Josh remet ses billets de banque dans ses poches. Au moment où il sort du bureau, il me jette un regard…

Le directeur est pieds et mains liés concernant le cas de son neveu. Je dois trouver une autre solution pour en venir à bout. Oui, il le faut à tout prix ! Ça ne peut plus durer.

* *
*

13 octobre

Les journées passent et je n'ai toujours pas trouvé de solution au cas Josh. Ce soir, je rentre chez moi et je suis particulièrement épuisée de me faire écœurer. Axel m'a obligée à le laisser me raccompagner. Il en a assez de me voir souffrir en silence : il a dû me tirer les vers du nez pour savoir quel était le drame de ma vie depuis quelque temps. Lui qui me trouvait distante et mal en point a su pourquoi. Je ne veux pas le mêler à ça. Axel marche avec moi quand Josh apparaît au détour d'une ruelle, comme dans mes pires cauchemars.

— Eh ben ! Miss-je-ne-me-mêle-pas-de-mes-affaires accompagnée par Dents de castor.

Je me mets à trembler. Josh est armé d'une barre de fer. Axel se place devant moi pour me protéger, mais je sais qu'il a aussi peur que moi. Il faut que je sois forte. Pas le temps de trouver une arme quelconque, Josh est déjà sur nous. Il me pousse violemment contre un mur. Ma tête heurte la brique. Je suis sonnée et je vois tout embrouillé. Le temps que je reprenne mes esprits, Axel est couché sur le ciment et Josh, assis sur lui, le malmène.

— Arrête ! Arrête ! hurle Axel.

— Ça fait mal, hein ? rigole Josh en lui tordant le bras.

Je me précipite sur Josh :

— Lâche-le ! Lâche-le !

Josh me repousse d'une main. Je ne suis pas de taille. Axel non plus. C'est horrible.

— Josh, je vais te donner de l'argent. Mais laisse-nous partir !

L'appât du gain fonctionne. Josh s'immobilise.

— Combien ? demande-t-il.

— 50 $!

— Je suis certain que tu peux faire mieux.

— 75 $.

— Non, 250 $. Contre le bras de ton chum.

— OK. 250 $.

— On se revoit dans une semaine.

— Non. Josh. J'ai besoin de plus de temps...

— Une semaine et demie. Pas plus.

Josh se lève. Je me précipite sur Axel.

— Axel. Ça va ?

— Ça peut aller, mais il a bien failli me casser le bras...

Je me retourne pour voir où est le taxeur, mais il a disparu.

— Oh, si tu savais comme je m'en veux... Axel. Tout ça, c'est à cause de moi...

— Non, Ariane. Ce n'est pas de ta faute. C'est moi qui ai voulu t'accompagner. Et puis pense à ce qu'il aurait pu te faire si je n'avais pas été là... Mais comment va-t-on faire pour trouver 250 $?

— Ce n'est pas ton problème, Axel. C'est à moi de me sortir de ce pétrin.

— Tu penses que je vais te laisser te débrouiller toute seule avec ce psychopathe ? Tu ne me connais pas.

C'est drôle mais, pour la première fois depuis longtemps, je ne me sens pas seule... pendant quelques nanosecondes.

* *

*

Je suis dans mon cours d'informatique. Les filles derrière moi papotent à propos du prochain volet de *Twilight* qui sortira au cinéma. L'engouement pour l'histoire du vampire et de la jeune humaine est loin de se calmer. L'une des filles n'arrête pas de s'exclamer qu'elle ne ferait pas de mal à Robert Pattinson qui interprète le beau vampire. Deux gars à côté de moi jouent à des jeux vidéo sur leur cellulaire. La classe est livrée à elle-même. Le système informatique ne tourne pas rond, aujourd'hui. Le prof court d'un bord et de l'autre pour trouver le problème, aidé par trois tripeux d'info. Pendant ce temps, je me morfonds. Les deux dernières semaines ont été les pires de ma vie, excepté celles suivant le décès de ma sœur. Sans son départ, je ne serais pas dans cette école de timbrés, et il n'y aurait pas de taxeur dans ma vie. Je traînerais dans la forêt avec Nadia et nos amis. On courrait en riant à gorge déployée. Mon père nous amènerait dans le champ à côté de la maison. On étendrait une couverture par terre et on se coucherait pour regarder les aurores boréales, la nuit. Il ne faut pas que je pense à ça.

Depuis deux semaines, Josh me suit avec assiduité. Il me pousse, me vole (par chance, j'ai vite compris qu'il fallait que je cache mon argent dans mes petites culottes). Il m'a piqué mon cellulaire, m'insulte, me crie des noms dans la rue. Je suis devenue son souffre-douleur. Plus je lui fais face, plus ça l'excite. Ma nervosité a atteint des sommets spectaculaires. J'ai du mal à me concentrer.

La nuit, je rêve qu'*il* apparaît au détour d'une ruelle pour me voler, me faire mal. Je me réveille en sueur, je suis épuisée et irritable. Je crie contre ma famille pour rien. Je m'énerve dès que mon petit frère échappe un jouet ou que mon père me pose une question.

Un gars à côté de moi lance un gros sacre parce qu'il vient de perdre à son jeu vidéo. Je sursaute. Moi aussi, j'ai peur de perdre.

La date de tombée pour les 250 $ que j'ai promis, c'est demain et je n'ai que 25 $. Axel se sent super mal. Mais il n'est pas de taille contre cette espèce de gorille. Une chenille ne peut pas affronter un rhinocéros !

Axel a eu l'idée d'aller dénoncer Josh à la police, mais on a eu peur. On s'est dit qu'il faudrait probablement aller à la cour pour témoigner contre lui, et que son père, l'avocat, serait là pour défendre son fils, alors que nous, nous n'avons même pas d'argent pour avoir recours à un service juridique.

— Hé! Ariane! ARIANE! crie une des filles derrière moi.

Encore une fois, je sursaute, ce qui m'envoie une décharge d'adrénaline dans le cerveau.

— Oui?

— Le plus beau gars de la terre, pour toi, c'est qui?

Je ne peux quand même pas lui répondre « le beau Justin », alors je lui dis ce qu'elle veut entendre, pour qu'elle me fiche la paix.

— Robert Pattinson, voyons.

Contente, la fille continue à papoter sur la beauté surhumaine de l'acteur. Vraiment, il y en a qui n'ont pas beaucoup de tracas. Tandis que moi... À la poly, plus personne n'ose s'approcher de moi. Je porte la poisse. Josh est constamment sur mes talons à attaquer tous ceux qui m'abordent. Il n'y a que Tarentula et ses clones qui rôdent dans mes parages sans problème. Facile à comprendre. Chaque fois qu'elles me voient, elles me lancent des remarques du genre : « Tiens! Voilà la fille facile! La donneuse d'herpès! » Mais ce n'est rien à côté de Josh qui isole ses proies, comme les hyènes qui s'amusent à épuiser un pauvre faon jusqu'à ce qu'il ne puisse plus se défendre. Une fois affaibli, elles le dévorent. Bienvenue au royaume des animaux! Décidément, je ne doute pas qu'on descende du grand singe. On est des animaux à peine civilisés, parfois.

Mais là, il est temps de passer à autre chose. J'en ai ma claque de ramper pour cet escroc en herbe. Je me force donc à regarder autour de moi.

Amélie, dont les parents sont assez en moyens, exhibe fièrement son dernier gadget : un iPhone qui, en plus de prendre des photos, donne accès à Internet n'importe où, tourne des mini-films, avec une résolution d'image ultra-perfectionnée. J'ai une idée.

* *
*

22 octobre

Je me suis arrangée avec Axel, mes lilliputiennes et certains élèves de mon cours de morale qui ont subi les affres du taxeur. Roxane aussi sera de la partie. J'ai réussi à la convaincre d'affronter sa peur, en jouant sur sa fibre sensible : sa crainte de passer pour une poule mouillée. Même Amélie, la fille aux gadgets, sera du lot, car j'ai drôlement besoin de son jouet. J'espère que tout se déroulera comme prévu. Une seule anicroche et je suis dans de sales draps.

J'ai passé la journée dans un état de montagnes russes d'anxiété et d'excitation. Enfin, c'est le moment, la cloche sonne la fin des cours. Tout le monde doit être à son poste. Mon Dieu, Bouddha, Krishna, faites que tout se passe bien !

Je prends mon manteau et mes livres. Je sors de l'école, en regardant autour de moi. Josh n'est pas là. Ou il se cache et m'observe. Je traverse la grande rue, en risquant de me faire frapper par les voitures. Je m'engage dans la petite rue où Josh m'a attaquée la première fois.

Je ne marche pas mais gambade à la manière de Bambi qui ne se sait pas traqué par le méchant chasseur. C'est à peine si je ne m'assois pas sur le perron d'une des maisons, dans l'attente de mon agresseur, car c'est ici, en principe, qu'il devrait intervenir. La ruelle est juste là. J'espère qu'il n'a pas eu vent de ce qui se tramait. Et si le petit gros à lunettes s'était lâché ? Ou quelqu'un d'autre ? En fait, je ne sais toujours pas qui a vendu la mèche, la première fois. Ça peut être n'importe qui. Et si c'était... J'ai peur, mais une peur étrange : à la fois peur que Josh apparaisse et qu'il n'apparaisse pas.

Comme je me penche pour lacer mon soulier de course, Josh se braque derrière moi et me saisit par les hanches. Je me redresse, en colère. Il rigole.

— Quoi? C'était une marque d'affection! Tu n'aimes pas ça que je commence à t'apprécier?

— Tu sais où tu peux te la mettre, ton affection?

— Continue… Tu m'excites! Surtout que tu as quelque chose pour moi aujourd'hui, hein, ma belle?

— Pourquoi tu voles les autres, alors que tu as tout pour toi? J'aimerais ça, comprendre. Tu viens d'une famille riche, tu es beau…

— Oh, je le savais que je te plaisais!

— Réponds, Josh.

— Oui, je peux te répondre: pourquoi pas?

Il m'enrage. Il se fout de tout. Il n'a aucun remords.

— Bon, assez. Donne-moi ce que tu me dois!

— J'ai juste 25 $.

— Tu me niaises, là?

— Non. C'est tout ce que j'ai.

Le visage de Josh se ferme. Ses yeux deviennent encore plus noirs. Il serre les poings et fait un tour sur lui-même en vociférant:

— Toi, tu n'aurais pas dû me niaiser!

Il recommence sa manœuvre d'intimidation: il me pousse. D'abord de petites poussées, puis une grande qui me projette sur l'asphalte. Au moment où il va me sauter dessus, Axel crie:

— JOSH, LÂCHE-LA !

Josh lève les yeux au ciel.

— Tiens, ton chevalier aux dents de castor ! Axel, va jouer ailleurs quelques minutes, OK ?

— Non. Lâche-la, j'ai dit !

— Sinon quoi ?

Sur ce, Josh se retourne et change d'air. À deux mètres de lui, Axel, Roxanne, Jorane, Camille, Alexandra, Kim, Yan, Éric forment un demi-cercle autour d'Amélie qui filme la scène. Ils étaient tous cachés chez Kim qui, par un heureux hasard, demeure dans cette rue. Ils n'ont eu qu'à descendre l'escalier pour venir à ma rescousse.

Josh ne perd pas trop ses moyens et use de ce qu'il connaît le mieux pour se sortir de la situation : les menaces.

— Vous auriez mieux fait de vous mêler de vos oignons. Vous allez y goûter. Vous allez voir, c'est loin d'être fini !

— Oh non, Josh. Amélie, montre-lui, crié-je.

Amélie lève le bras et montre son iPhone.

— J'ai tout filmé, lance-t-elle fièrement.

— C'est quoi cette histoire ? demande Josh.

Il vient de se prendre un uppercut. Il est désarçonné. Mais je dois lui porter le coup final. Pour plus de sûreté.

— Amélie a tout filmé et on va montrer la scène à ton oncle. Tu peux dire adieu à la poly. Le directeur et ton père ne pourront rien pour toi.

Axel avance, décidé, vers Josh.

— Et *man*, avant que tu partes, tu ne nous dois pas quelque chose ?

Axel fouille dans la veste de Josh, qui ne bouge pas, sidéré par ce qu'il lui arrive, prend son portefeuille et en retire tous les billets. Il fouille dans une autre poche et trouve un iPod rose.

— Dis, Jorane, ça ne serait pas ton iPod ? Et ça, Ariane, ce n'est pas ton cellulaire ?

Jorane sourit à belles dents. Josh décampe. Axel et moi allons rejoindre les autres.

* *
*

J'entre à la maison en me sentant enfin en vie, dans ma vie.

Je me sens bien. Mon petit frère dessine à la table de la cuisine. Ma mère regarde la télé, mon père prépare le repas : des gnocchis sauce tomate et basilic.

— Mmm ! Ça sent bon, papa.

Mon père, surpris que je lui adresse la parole pour autre chose que pour me plaindre, me sourit, incertain.

Je suis si bien que je décide de m'attaquer à la vaisselle qui s'accumule dans l'évier depuis toujours. Mon père le remarque.

— Merci, Ariane. Tu sais, ta mère ne va pas bien en ce moment...

— Je la comprends un peu. C'est comme si un truand la menaçait en permanence.

Surpris, mon père cesse une nanoseconde de cuisiner. Il doit être interloqué par ma toute nouvelle sagesse.

Soudain, le téléphone sonne. Je réponds.

— Bonjour, je suis la secrétaire de la clinique des jeunes. Vous avez un rendez-vous avec le Dr N'Guyen, demain. Malheureusement, le docteur ne peut être présent. Votre rendez-vous est donc reporté au...

— C'est inutile, dis-je, en imitant tant bien que mal la voix de ma mère. Ma fille est partie étudier dans un autre pays. En France.

Et je m'empresse de raccrocher.

— C'était qui ? demande mon père.

— Ah, rien. Une dame qui vendait des polices d'assurance.

* *
*

25 octobre

Aujourd'hui, je suis bien, tellement bien. Comme je ne l'ai pas été depuis des lustres. J'ai fait un rêve, cette nuit. Ma sœur portait un costume de Superman et me prenait par la main pour me faire voler au-dessus de Montréal. Puis on se retrouvait dans une grange où trônait un bain tourbillon. Ma sœur entrait dans le bain. Je lui disais qu'elle devait enlever son costume, mais elle me répondait : « Regarde, il n'y a pas de fermeture éclair, il m'est impossible de l'ôter. Le coma non plus n'a pas de fermeture éclair... encore moins la mort. C'est pour ça qu'il t'était impossible de m'aider quand je suis tombée dans les pommes. »

Elle m'invitait ensuite à la rejoindre et on s'amusait à s'arroser. On était bien. Ce rêve m'a fait un bien fou. J'ai l'impression qu'elle m'a pardonné de ne pas l'avoir prise au sérieux quand elle s'est évanouie. Là, je vole au-dessus de mon existence comme dans mon rêve.

À peine ai-je mis le pied dans l'école que je trouve l'ambiance totalement différente. Tout le monde me sourit. Certains élèves me disent même bravo. Que se passe-t-il ? Ai-je eu une excellente note en maths ? Peut-être est-ce ma composition de français sur les hauts et les bas de la fourmi rouge d'Amazonie ?

Axel se précipite sur moi.

— Ariane, tu ne prends pas tes courriels ?

— Ben non, mon ordi est en réparation parce que Fred a...

— J'avais hâte que tu arrives. Il fallait que tu saches que...

Une élève me lance : « Bon coup ! » en passant près de moi.

— Coudon, ai-je été élue Miss Popularité ? Tout le monde me félicite, mais je ne sais pas pourquoi.

— Ben, justement... Euh, tu sais, le film sur Josh... Amélie a fait un super montage et... Elle était tellement fière qu'elle l'a mis sur *youtube*... Plus de 575 personnes l'ont vu... Il paraît que la police a arrêté Josh chez lui... Son père était enragé. Il a failli agresser un policier. Josh doit passer en cour. Pour l'instant, il n'a plus le droit de s'approcher de la poly.

— Mais qui t'a raconté ça ?

— Les nouvelles vont vite à la poly. Mais attends, Ariane, le pire s'en vient.

— Quoi ?

— Tantôt, le directeur est venu ici, à ta case, pour voir si tu étais arrivée. Il veut te parler et ça a l'air de presser...

Oh non, j'ai soudainement envie de me sauver en courant à Saint-Loin-Loin !

DOSSIER 4 :
De la jalousie envers une best qui drague votre chum

7 novembre

— Bonjour, Mme Poirier, c'est Ariane. Est-ce que je peux parler à Roxanne ?

— ROXY ! C'EST TON AMIE AU TÉLÉPHONE !

Ayoye, mon tympan. Je risque les acouphènes. Dans cette famille, les bonnes manières n'existent pas.

— Allô !

— Salut, Roxanne ! Qu'est-ce que tu faisais ?

— Je niaisais devant la télé. Pourquoi ?

— Est-ce que ça te tente d'aller te promener avec moi ?

— Où ça ?

— Ben, je m'étais dit qu'on pourrait aller au Centre Eaton. Il y a plein de gars et de filles de la poly qui y traînent le week-end. Il paraît que c'est le fun.

Ce que je ne dis pas à Roxanne, c'est que j'espère de tout cœur que Justin soit de ceux qui flânent là.

— Bof. Tu sais, les centres d'achat, ce n'est pas trop mon truc… Pis la mode encore moins.

— Moi aussi, la mode, je m'en fous pas mal. Allez, on va juste regarder les gens passer, assises dans un café. Dis oui ! insisté-je.

— Bon, OK.

— Yeah ! On se rejoint à la station Berri dans trente minutes, en haut, à côté des tourniquets.

— À tantôt.

Au moins, mon acouphène aura valu le coup. Il faut que je sorte de chez moi. Pas question de passer ce dimanche après-midi à la maison. Mon père est sur le point de me rendre cinglée. Depuis quelque temps, il est insupportable. Ça ne va pas à son travail, alors il crie après tout ce qui bouge. Le pire, c'est que, comme ma mère est dans son monde médicamenté, c'est à moi qu'il fait part de ses tourments. Même quand je m'enferme dans ma chambre, prétextant que j'ai des devoirs, il vient me rejoindre et il s'assoit au pied de mon lit pour me jaser de ce qui le turlupine. Tantôt, je pitonnais sur mon ordi…

— Qu'est-ce que tu fais, Ariane ?

— Des recherches pour mon devoir, papa.

— Dans quelle matière ?

— En anglais. Une composition.

— Woulzzzd zzzyou likzzze me tzzou help zzzyou ?

Il y a tellement de Z dans l'accent français de mon père qu'on croirait qu'il a avalé un bourdon.

— Non, papa, ce n'est pas nécessaire...

— Ça me fait penser... Est-ce que je t'ai dit que mon patron était anglophone ? D'ailleurs, sais-tu ce qu'il m'a dit à propos de mon antenne, le con ? Que la courbe devait rayonner également tout le tour du périphérique et non pas juste...

Et il était lancé. Dans ces moments-là, si j'ai le malheur de lui dire que je ne peux pas l'écouter, soit il fait une mine d'épagneul esseulé, soit il gueule. Aujourd'hui, il gueule.

Alors je prends mon sac à dos et mon manteau et, en douce, je sors de chez moi. Il ne faut pas que mon petit frère me voie, sinon il va pleurer pour me suivre. Il peut être collant, parfois !

Je décide de me rendre à pied à la station Berri, au lieu de prendre le métro. Une marche me fera le plus grand bien, car j'ai drôlement besoin de m'aérer l'esprit. J'ai la tête pleine. Pleine des problèmes de mon père et de ceux des élèves de la poly. Je suis sur le point de me transformer en montgolfière.

Qu'on ne me donne surtout pas un shampoing qui crée du volume, car je m'envole, juré.

Depuis que j'ai aidé à régler le cas Josh Bernard, le taxeur qui s'amusait à nous terroriser, je suis devenue super populaire. Ben, en fait, un peu plus qu'avant. Il y a au moins une quinzaine d'élèves qui me saluent à la poly, sauf Charles, alias PFK (il est trop mal à l'aise, c'est lui qui a vendu la mèche à Josh, qui lui a tordu le bras et ce n'est pas une figure de style), et Tarentula et ses mini-clones, bien sûr. Ça me gêne un peu, mais je suis contente d'être reconnue ainsi. Même le directeur semble m'estimer. C'est pour cela qu'il tenait à me voir juste après l'histoire de Josh, non pas pour me sermonner comme je l'avais craint, mais pour me féliciter d'être venue en aide à plusieurs étudiants.

En moins d'un mois, je me suis transformée en espèce de duchesse du carnaval de la solution, surtout en matière d'histoires de cœur. D'ailleurs, les questions à propos de l'amour et de la sexualité battent des records au cagibi. Presque trois fois sur quatre. Tout le monde veut une blonde ou un chum. Du coup, je commence à me poser de sérieuses questions à propos de mon absence d'amoureux. Bien sûr, je fantasme toujours sur le beau Justin, mais je ne sais pas si ça peut me mener quelque part. Avec l'essaim de filles qui bourdonnent autour de lui comme s'il était un pot de miel, c'est à peine s'il peut voir où il marche. Ma gêne m'empêche de m'approcher de lui, mais bon. En tout cas. Tout le monde cherche l'âme sœur, et moi, qu'est-ce que je fais ? Je m'enferme dans un cagibi qui sent l'eau de javel et je donne des conseils aux autres pour que leur vie amoureuse pète le feu. Pas pire pour une fille qui n'a pas d'expérience. Bah ! Il existe bien une nonne sexologue. Elle est passée à *Tout le monde en parle*, l'année dernière. Chose certaine, pour aider mon prochain, je ne lésine pas sur la recherche de solutions. Les livres de mon auteur préféré, Stephenie Meyer qui a écrit les super *Twilight*, ont disparu au profit de manuels de psychologie et de sexualité. Je me documente. Car en plus d'aller à mes cours et de faire mes devoirs, je fais aussi de la recherche pour mes « cas ». Mais aujourd'hui, j'ai bien le droit de me la couler douce.

Roxanne est déjà à notre lieu de rencontre quand j'arrive. Si cette fille manque de manières, elle est toujours pile à l'heure.

— Salut, Roxanne ! Tu viens ? On va prendre le métro, ça va aller plus vite.

— Euh... Tu m'avais dit qu'on marcherait.

— Ben, j'ai changé d'idée. En métro, ça ne va prendre que cinq minutes. C'est juste trois stations pour se rendre à McGill. Comme ça, on aura plus de temps pour flâner dans le centre commercial.

Roxanne me regarde avec insistance. Je capitule.

— OK, d'abord, marchons !

On emprunte la rue Sainte-Catherine. On passe devant l'UQAM, l'université où ma mère a étudié en arts plastiques. Des grévistes scandent des slogans dans des mégaphones. Roxanne et moi crions aussi, même si on ne sait pas trop pourquoi. Puis on passe devant *Les foufounes électriques*. Un jour, je prendrai une bière là, juré.

— Hey, c'est la première fois que je vais au Centre Eaton, dis-je.

— Moi aussi, c'est la première fois, répond Roxanne, aussi enthousiaste qu'un croque-mort.

— Quoi ? Tu habites à Montréal et tu n'y as jamais mis les pieds !

— Qu'est-ce que ça m'aurait donné ? Je n'ai pas d'argent.

Soudain, je réalise que je n'ai pensé qu'à moi, qu'à mon envie d'aller dans LE gros temple de la consommation montréalais.

Pauvre Roxanne qui n'a pas une cenne. Je m'en veux. J'ai envie de rebrousser chemin, mais trop tard, on est déjà rendues.

On entre dans le Centre Eaton. Oh boy! Il y a encore plus de boutiques que ce à quoi je m'attendais : Gap, Jacob, Aldo, Le château... Ma sœur aurait tripé ici. C'était une vraie *fashionnista*. Elle lisait *Elle France*, un magazine auquel notre mère était abonnée. Elle savait toujours ce qui serait en vogue la saison prochaine. D'ailleurs, c'est elle qui m'a appris à ne pas m'habiller comme une habitante du pays de Borat, à porter au moins *le* jean cool, à choisir des t-shirts un peu *girly* (et non pas des t-shirts grands comme des abris Tempo) et à mettre des ballerines au lieu des baskets, parce que ça crée une petite touche féminine.

En marchant, on tombe sur un bar laitier. S'il y a une chose à laquelle je ne peux pas résister, c'est à l'appel du cornet.

— Viens par ici, Roxanne. Je te paye une crème glacée.

— Non. Je n'ai pas faim.

— Pas besoin d'avoir faim, voyons !

— Non.

— Quoi ? Tu es au régime ? rigolé-je.

— Non. Je n'en veux pas. C'est clair ?

— OK. Moi, j'en veux, en tout cas.

Pendant que je suis en train de choisir entre pistache et fraise, je jette un coup d'œil à Roxanne. Elle salive d'envie devant les cornets qui passent sous son nez. Ah ! l'orgueilleuse... J'ai une petite idée.

— Oh, zut ! Roxanne, j'ai commandé un cornet à deux boules à la fraise, mais je n'avais pas vu qu'il y avait de la glace au chocolat belge. Tu es sûre que tu ne veux pas de glace ? Je te donnerais celle que je viens de commander...

— OK. Si ça peut te dépanner, laisse tomber Roxanne qui essaie de jouer les bourrues.

Mon amie et moi continuons notre promenade, en faisant du lèche-cornet. On commente tout ce qu'on voit. *Beurk. Trop rose. Trop large. Trop laid. Tu as vu comment elle est maquillée ? On dirait un chapiteau de cirque ! Et lui, le gothique ? Avec tous ces piercings, une passoire ! Quand il boit, ça doit gicler de partout !*

Ensuite, on passe un temps fou à essayer des chaussures. En regardant Roxanne marcher sur des souliers à talons hauts, je me dis qu'elle a autant de charme qu'un camionneur soûl sur des échasses ! C'est d'un drôle. Une fois qu'on a essayé la moitié du magasin, on laisse en plan les vendeuses devant leurs boîtes vides et leur envie de démissionner.

Alors qu'on s'apprête à prendre l'escalier roulant afin de sortir rue Sainte-Catherine, quelqu'un crie...

— ARIANE !

Je me retourne. Kim, la petite Cambodgienne de mon cours de morale, se précipite sur moi.

— Ariane, je suis contente de te voir.

— Euh... Moi aussi.

— Oh ! Ariane, c'est super que je tombe sur toi. Je voulais tellement te parler. J'ai bien essayé, après notre cours, mais il y avait toujours quelqu'un avec toi. Est-ce que je peux te parler, maintenant ?

— Euh... Ben oui.

— En privé ?

— Oh ! Oui. Roxanne, ça ne prendra pas de temps. Attends-moi deux petites minutes.

Mon amie jette un regard assassin à Kim et s'éloigne un peu.

— Dis, Ariane, tu penses que Roxanne est fâchée contre moi ?

— Non, c'est juste qu'elle se sent vite rejetée.

— Oh. Est-ce qu'elle sait tenir sa langue ?

— Roxanne ? Oui, c'est sûr.

Kim fait signe à Roxanne de venir nous rejoindre ; cette dernière ne se fait pas prier.

— Ben voilà, j'ai un problème. Ma meilleure amie fait les yeux doux à mon nouveau chum et je trouve ça fatigant.

— Tu es jalouse, balance Roxanne aussi diplomate qu'un bulldozer.

— Je ne sais pas. Est-ce de la jalousie quand tu n'aimes pas que ton amie saute au cou de ton amoureux pour lui faire la bise... un peu trop près de la bouche ?

— Non. Je ne pense pas, réponds-je.

— C'est ce que je me dis. Alors qu'est-ce que je peux faire ?

— Tu n'as pas pensé la remettre à sa place, genre une claque derrière la tête ? demande Roxanne.

— Je ne crois pas que ce soit la bonne manière de réagir. Après tout, c'est ta meilleure amie, non ?

Les yeux de Kim s'emplissent de larmes.

— Oui, depuis le primaire. Quand on est toutes les deux, ça va super bien. Mais dès qu'un garçon m'intéresse, Karine s'émoustille devant lui. Avant, ça me tapait un peu sur les nerfs, puis je laissais faire. J'aime vraiment mon amoureux et j'aime mon amie.

— Il va falloir que tu aies une bonne conversation avec elle.

— Pour lui dire quoi ?

— Que son comportement t'agace.

— Je l'ai fait et elle m'a traitée de jalouse, répond Kim, la mine défaite.

Je ne peux pas l'abandonner.

— OK, laisse-moi y penser. On va trouver une solution.

Hé! Même le dimanche, les cas me courent après! Psy un jour, psy toujours. Kim s'en va, découragée. Comme les boutiques sont en train de fermer, Roxanne et moi décidons de rentrer. Sur le chemin du retour, on discute de mon nouveau cas.

— À la place de Kim, je lui aurais arrangé le portrait, à cette pétasse, grogne Roxanne.

— La violence ne règle pas tout.

— Mais moi, ça m'a aidée dans la vie. Aujourd'hui, on me respecte. Faire peur aux autres, moi, j'y crois.

— Oui, mais pour se faire des amis et les garder, ce n'est pas la bonne façon d'agir, je pense.

— On se tient bien ensemble, lance Roxanne avec un air qui dit « j'ai raison ».

On se tait. Un ange passe. Une question me turlupine depuis longtemps. Je pense que c'est le bon moment de la poser.

— Roxanne, tu sais la première fois qu'on s'est vues… Tu as dit que j'avais dragué ton chum. Mais je n'avais dragué personne…

— Je le sais !

— Quoi ?

— Eh bien, ce n'était pas vrai.

— Mais pourquoi as-tu fait ça ?

— Parce qu'il fallait que je te fasse peur. Tu étais nouvelle. Tu parlais avec un accent, pis ça m'énervait...

— Ce n'est pas de ma faute, je suis à moitié française, tu le sais.

— Ben oui, mais à ce moment-là je croyais que tu te prenais pour une autre.

— OK, c'est bon à savoir, réponds-je étonnée par son manque de discernement.

— Hey, Ariane, ne le prends pas mal.

— Donc, il n'y a pas vraiment eu d'histoire de chum, de drague...

— En fait... il y a un gars qui m'a raconté que tu lui faisais de l'effet... précise Roxane.

— Hein ?

— Ben oui, c'est Charles. On est voisins. Quand on était jeunes, on se pratiquait à frencher ensemble...

— Quoi ? Tu as déjà frenché avec Charles ? m'exclamé-je.

— J'avais dix ans !

Je pouffe de rire.

— En tout cas, poursuit Roxanne, offusquée. J'ai eu l'idée de me servir de ça pour te terroriser. Mais je suis bien contente que les choses aient tourné autrement. Parce que j'aime ça me tenir avec toi. Tu es la première personne, à part ma tante, qui me fait sentir importante.

Je suis touchée. Roxanne rougit et regarde ailleurs.

— C'est normal que tu sois importante pour moi, tu es mon amie.

Roxanne sourit. Puis, nerveusement, elle m'assène un coup de poing sur l'épaule.

— Toi aussi, Ariane, tu es mon amie. Tu es même ma meilleure amie.

* *
*

Je retourne chez moi avec un nouveau cas, en réalisant qu'on n'a pas vu Justin au Centre Eaton. Tant pis pour moi, petite patate ! Une fois à la maison, je m'empresse de prendre un bol de soupe Campbell poulet et nouilles et de m'enfermer dans ma chambre afin de fouiller sur Internet pour trouver une solution au problème de Kim. De toute façon, je n'ai pas envie de traîner dans la cuisine. Mon père est fâché que je sois sortie sans le prévenir. Mais je le soupçonne d'être en colère surtout parce que je ne l'ai pas écouté me raconter ses problèmes, ce matin.

Sur mon ordi réparé, je visite des sites de psychologie comme www.psychomedia.qc.ca et www.doctissimo.fr.

* *
*

C'est l'été. On est dans la grange du père Lafortune à Saint-Marc. Il y a Cédric, Lou, Nadia et moi. On se tiraille dans le foin. Soudain, ma sœur, qui se prend pour ma mère car elle a douze ans et moi dix, me dit de la laisser avec Cédric et Lou. Elle me chasse. J'ai envie de pleurer. Je pensais que Cédric et Lou étaient aussi mes amis. À part elle et sa gang, je n'ai personne avec qui me tenir. Je me suis fondue dans son monde à elle. Et voilà que son monde ne veut pas de moi.

Ma sœur se met à embrasser à pleine bouche Cédric que je trouve super de mon goût. Je reste là à les regarder. J'ai l'impression qu'on m'arrache les ongles. Comme toujours, il n'y en a que pour ma sœur. Ma sœur la plus belle. Ma sœur la plus souriante. Ma sœur la plus dégourdie. Ma sœur la plus ingénieuse. Ma sœur qu'il m'arrive de haïr quand elle joue les

« agace-pissette » et qu'elle ne me laisse aucune chance. Et elle continue d'embrasser Cédric à pleine bouche. Je suis paralysée, incapable de fermer les yeux. Soudain, Lou prend la place de Cédric et embrasse ma sœur. Puis, en un éclair, Lou se transforme. Nadia est maintenant en train d'embrasser Justin. « Non, Nadia ! Pas Justin. » Je sais que ma sœur est plus belle que moi, qu'elle est plus déniaisée que moi, mais ce n'est pas une raison pour qu'elle me vole tous les garçons que j'aime. J'ai envie de crier, mais ma bouche reste fermée. Le cri est pris dans ma gorge et il gonfle et il gonfle. On dirait que j'ai une pastèque dans l'œsophage. Les traits de Justin changent comme s'ils étaient traités par Photoshop. Ses cheveux deviennent plus foncés. « Non. Nadia. Pas lui ! Laisse-moi Axel ! Tu n'as pas le droit de me le prendre. Non Nadia ! Je t'en supplie ! ! ! ! JE T'EN SUPPLIE ! »

Je me réveille en sueur.

* *
*

8 novembre

La gothique à côté de moi s'acharne avec son crayon-feutre sur une série de losanges qu'elle crayonne tous plus noirs les uns que les autres. Le garçon d'en face dessine une espèce de mutant digne d'un film d'horreur. Sur ma feuille, c'est un astronaute qui prend forme. Un astronaute avec une bouche cousue qui flotte dans l'espace. Un cordon ombilical le relie à une grange avec du foin. Le prof d'arts plastiques est en retard et on passe le temps comme on peut, en l'attendant.

Je n'arrête pas d'avoir des relents de mon cauchemar de cette nuit... Je sais que mon rêve a un rapport avec le cas de Kim ; j'ai tellement lu à propos de son problème que je suis tombée endormie devant mon ordi. Et je sais aussi que mon cauchemar a un certain rapport avec moi. Ça m'est revenu comme une claque dans la figure quand je me suis levée. C'est quelque chose que j'avais complètement refoulé.

— Ariane ! ARIANE !

Je sursaute. La fille assise à côté de moi me sort de mes pensées.

— Quoi ?

— Tu es en train de raturer la table.

Oups ! En effet. Sous le coup de l'émotion, j'ai transpercé ma feuille avec mon crayon en dessinant le cordon ombilical. Pauvre Kim, je comprends vraiment ce qu'elle peut vivre.

* *

*

À midi, dans la cafétéria, je rejoins Roxanne, assise devant son sac en papier brun qui, comme tous les midis, contient un lunch douteux.

— Ah non ! Encore un sandwich au jambon !

— J'ai un sandwich au poulet. Tu veux qu'on échange une moitié ?

Roxanne est contente. Un peu de variété dans son alimentation, ça ne fera pas de tort. Axel se pointe, tout sourire.

— Salut, les filles. Hey, Ariane, tu as une tête de zombie ! s'exclame Axel.

— Elle est obsédée par son nouveau cas ! explique Roxanne.

— C'est quoi, cette fois-ci ? Une peine d'amour ? Une chicane entre copines à cause d'une jupe ?

— Non. Une meilleure amie qui joue les agaces, réponds-je.

— Tu veux dire une agace-pissette ? précise Axel.

— Oui, tu sais... Euh. Imagine que ton meilleur ami drague chacune de tes blondes... Comment tu réagirais ?

— OK, je vois. Ça ne doit pas être le fun. Si ça m'arrivait, j'aurais juste envie de ne plus lui parler, avoue Axel.

— Même si c'était ton meilleur chum depuis la maternelle ? renchéris-je.

— Ouais… C'est un peu compliqué… Je ne connais pas grand-chose en psychologie. Tu devrais demander conseil à un spécialiste.

— Qui ?

— Lui, par exemple, dit Roxanne, en pointant Guy Charron, qui se trouve à deux tables de nous, en train de manger avec d'autres professeurs.

Mon regard rencontre le sien.

— Pourquoi Guy ? Il a eu beaucoup de blondes ?

— Ben sûrement. C'est un ancien hippie. Il a dû connaître l'amour « libre ». Hey, Ariane… Guy te regarde ! Qu'est-ce qu'il a ? Il a peut-être le béguin pour toi ! lance Roxanne, hilare.

— Ouache ! Arrête ça ! Guy doit bien avoir cinquante-six ans, dis-je.

— Tu exagères ! Il a seulement… cinquante-cinq ans ! rigole Axel.

— Arrêtez ! Guy m'a regardée par hasard. Vous voyez, là, il fixe le prof qui parle à côté de lui.

Mes amis sont crampés, mais je ne trouve pas ça drôle du tout. Il suffit qu'on me dise deux ou trois niaiseries et mon imagination s'emballe. Je vois déjà le prof de morale qui me fait la cour. Il essaie de m'attirer dans un coin noir et il commence à promener ses mains sous mon chandail tout en approchant sa bouche pleine de rides et son haleine de café... Des frissons parcourent tout mon corps. Mes amis, eux, continuent de se moquer de moi.

— Hey, vous feriez un beau couple, pouffe Roxanne.

— Oui, je vois ça d'ici : *La belle et la bête*, version 2010, ajoute Axel.

— Arrêtez, bande de nonos. C'est pas drôle. Depuis le début de l'année, Guy souhaite qu'on se parle de ce que j'ai vécu... Ma sœur...

Mes deux amis, qui sont au courant de mon histoire, cessent de se marrer et regardent par terre, mal à l'aise. Des images de mon cauchemar refont surface. Je m'empresse de les chasser de mon esprit en souriant à belles dents et en mordant dans mon sandwich.

* *
*

Mon dernier cours de la journée est avec Guy. Le thème d'aujourd'hui : les ambitions. Plusieurs élèves rêvent de passer dans une téléréalité pour ensuite faire carrière dans le milieu du showbiz. Que c'est original !

Deux ou trois filles visent *Star académie* ou *Canadian Idol*. Elles feraient mieux de se laisser pousser les sourcils pour rivaliser avec Susan Boyle. Quelques élèves souhaitent faire carrière dans les technologies du Web, réaliser des films sur Internet ou développer une nouvelle plate-forme pour devenir de futurs Bill Gates. Un élève veut entrer à l'École nationale de cirque, ce n'est pas une surprise : il vient à la poly en monocycle. Trois rebelles se dirigent vers la médecine ou le droit. Les autres visent divers métiers : plombier, soudeur, électricien, esthéticienne.

Pour une fois dans ce cours, je me tais. Guy me regarde beaucoup trop, je trouve. Il a profité du thème du cours pour nous raconter sa vie. Là, il est en train de nous parler des tas d'ateliers de développement personnel qu'il a suivis, ceux qu'il a lui-même montés. Ça m'intéresse, ce genre d'ateliers. Il nous parle aussi de sa femme qui est psychologue. Et le travail qu'ils ont fait sur eux. Quand il nous explique ses recherches, il me regarde droit dans les yeux. Comme si j'étais la seule élève du cours et que les autres n'étaient que des figurants. Je ne peux pas m'empêcher de penser à ce qu'a dit Roxanne : *Guy a peut-être le béguin pour toi.* Je deviens rouge tomate.

La cloche sonne. Comme je m'apprête à sortir, Guy m'appelle et me dit qu'il veut qu'on se parle. Une fois la classe vide, il s'assoit sur un pupitre. Je fais comme lui.

— Comment vas-tu, Ariane ?

— Euh... Ça va bien.

— Je sens que tu as beaucoup d'intérêt pour le cours. Je vois constamment tes yeux pétiller. Pas étonnant que tu sois la meilleure de la classe. Tes notes sont excellentes, je t'ai mis A+ dans ton bulletin. Je tenais à te féliciter en personne.

— Ah... Ben. Merci...

— Ariane... J'espère que tous les élèves que tu aides ne t'empêcheront pas de bien étudier dans les prochains mois.

— Hein ? Euh...

— Je suis au courant, j'ai entendu des élèves discuter dans le couloir. D'ailleurs, j'aimerais beaucoup qu'on s'en parle... Là, je n'ai pas le temps, je suis pressé. Mais que dirais-tu qu'on prenne un jus ensemble samedi ?

— Euh...

— Ariane, tu es toute rouge ! Es-tu mal à l'aise ? Ne t'inquiète pas. Je ne vais pas te sermonner. Je veux juste qu'on prenne un jus ensemble... Disons à la cafétéria, samedi prochain, à treize heures, ça te va ?

Oh, oh. Un jus avec un prof. C'est louche. Qu'est-ce que je fais ? Est-ce que j'accepte ? Guy me regarde avec un grand sourire innocent. Ma bouche répond :

— Oui.

Je sors de la classe avec mille questions en tête. Pourquoi ai-je toujours droit à des histoires étranges ? Pourquoi ne suis-je pas comme les autres ados qui passent leurs soirées scotchés au téléphone avec un chum ou une copine, et qui envoient allègrement valser leurs parents ? Je ne fais même pas d'acné, c'est tout dire !

* *
*

12 novembre

Enfin, vendredi, dernier cours terminé. Je suis assise dans mon cagibi et j'attends Kim. Depuis quelques jours, il n'y avait pas moyen qu'on se parle, sa meilleure amie était constamment à ses côtés. En l'attendant, je pense encore à ma future rencontre avec Guy. Bon, ce n'est pas pour me sermonner qu'il souhaite me voir, mais pourquoi alors ? Je pense aux pires affaires : et si Roxanne avait visé juste, si Guy me draguait ? Non,

Guy ne ferait pas ça. Mais prendre un jus avec son élève un samedi, c'est louche! Quoique la rencontre aura lieu l'après-midi, pas le soir. Le soir, ça aurait été trop évident. Mais, justement, il est fin psychologue, il ne veut pas que je saute trop vite aux conclusions. Il veut m'amadouer, m'engourdir comme le serpent hypnotise la souris avant de la dévorer. Oh boy, qu'est-ce que je vais faire? Je ne peux pas en parler à mon père, il trouvera le moyen de faire un lien avec son patron et finira par me casser les oreilles avec ses antennes. À ma mère, encore moins.

— Coucou, Ariane!

Je sursaute.

— Kim!

Je me reprends:

— Assieds-toi. J'ai bien réfléchi à ton problème, et je...

Elle me coupe:

— Laisse faire, je pense que je vais quitter mon chum. Ça ne donne rien.

— Quoi?

— Oui, ça va être plus simple, répond-elle, découragée.

— Non, tu m'as dit l'autre jour que tu l'aimais...

Son menton se met à trembler.

— Oui, je l'aime, mais...

— Mais quoi ?

Elle soupire.

— Ben, hier, Karine lui a téléphoné et ils ont jasé pendant... une heure ! S'il m'aimait, il aurait raccroché après une minute !

Une larme coule doucement sur sa joue.

— Attends un peu. Sais-tu de quoi ils ont parlé ?

— Oui, Karine l'a appelé pour qu'il lui explique un problème de physique, dit-elle en s'essuyant les yeux avec la manche de sa veste.

— Ça prend du temps parfois pour comprendre...

— Mais il aurait dû savoir que ça m'embête de voir Karine courir après lui ! s'emporte-t-elle.

— Lui en as-tu parlé ? lui demandé-je doucement pour la calmer un peu.

— Non, murmure-t-elle.

— Comment veux-tu qu'il le sache ?

— S'il m'aime, il est supposé savoir...

— Il faut dire les vraies affaires. Te rends-tu compte ? Tu veux quitter ton amoureux alors que c'est ton amie qui cause problème ! Je pense qu'il est temps que tu l'affrontes.

Elle crispe les lèvres.

— Roxanne a raison: une bonne claque derrière la tête, c'est peut-être ça, la meilleure solution.

— Non. Il faut que tu fasses part de tes sentiments à Karine. Dis-lui que son comportement te fait mal.

— Qu'est-ce que je fais si elle dit que je suis trop susceptible? C'est son genre, ça.

— Eh bien, si elle est vraiment ton amie, elle fera attention à ce que tu ressens.

— Oui, mais si elle ne prend pas vraiment mes sentiments en considération?

— Tu sauras qu'elle n'est pas une bonne amie. Idem si elle se fâche ou te traite de jalouse. As-tu vraiment envie de te tenir avec quelqu'un qui se fout de tes émotions?

— Euh... Non. C'est sûr...

— Tu as le droit d'avoir un chum que tu aimes! Tu ne dois pas t'empêcher de t'intéresser à des garçons de peur qu'elle te les vole et que...

— Ariane, qu'est-ce que tu as? Tu es toute rouge.

Kim me regarde avec perplexité.

— Oups! Excuse-moi, Kim... Je pense que je suis fatiguée.

Tu parles! Je me suis emportée. J'étais en train de parler pour moi, car c'est moi qui ai eu tendance à ne pas m'intéresser aux garçons de peur que ma sœur me les pique. Et c'est maintenant que j'en prends conscience. Vraiment, ma rencontre avec Kim fait marcher mes neurones au maximum! D'ailleurs, mes neurones fonctionnent tellement à la puissance mille que, en un flash, je vois Kim avec moi quand je rencontrerai Guy, samedi... Mais oui! J'ai peut-être trouvé la solution à mon problème... À la condition que Kim exécute mon conseil dans les heures qui viennent.

— Vas-tu parler avec ton amie et ton amoureux bientôt?

— Oui. Je vais essayer de les voir ce week-end...

Je la coupe avec l'énergie d'une vendeuse de produits Avon.

— Non, Kim. N'attends pas. Sinon tu risques de perdre courage...

— Mais non, je pense que...

Je ne dois pas lui laisser le temps de penser si je veux que mon plan fonctionne.

— Le mieux est vraiment que tu leur parles aujourd'hui. C'est ce soir ou jamais. Comme ça, on pourrait se voir demain et tu me raconterais comment s'est déroulé votre discussion. Je serai à la cafétéria de la poly à midi et demi.

— OK, mais je ne pourrai pas rester, j'ai un cours de natation...

Zut! Moi qui pensais avoir trouvé la solution idéale. Kim avec moi, j'aurais eu un prétexte pour ne pas affronter Guy toute seule.

* *
*

Je m'en vais chez moi la tête toujours aussi remplie d'inquiétudes. Je n'ai pas d'échappatoire. Je ne peux pas ne pas me présenter à mon rendez-vous; ça ne se fait pas. S'il y a bien une chose que j'ai apprise depuis que je baigne dans la psychologie, c'est qu'il vaut mieux affronter ses problèmes, autrement la vie s'arrange toujours pour les remettre sur notre chemin. Alors, il faut ce qu'il faut. À moins que... Mais oui!

Une fois chez moi, je saute sur le téléphone.

— Allô, Roxanne? Que fais-tu demain à treize heures?

— Rien de prévu.

— Tant mieux. J'ai besoin de toi. Guy veut prendre un jus avec moi à la café de la poly. C'est bizarre, non?

— Ben... ça dépend...

— L'autre jour, tu as lancé qu'il me draguait peut-être... Eh bien, je me demande si ce n'est pas le cas.

— Mais non, c'était une blague. Guy, c'est un super bon prof. Des générations d'étudiants lui vouent un culte. Hey! C'est le seul prof que mes frères ont respecté. Puis, il est marié et il aime sa femme. Elle est toute sa famille puisqu'ils n'ont pas d'enfants.

— Peut-être qu'ils veulent avoir un enfant... et qu'ils cherchent une mère porteuse. Ben oui... Il me trouve brillante, alors...

— Tu ne charries pas un peu, Ariane?

— D'abord, pourquoi un jus?

— Il t'a donné rendez-vous à la cafétéria, pas dans un motel!

— En tout cas, peux-tu venir avec moi, s'il te plaît?

* *
*

13 novembre

Je suis à la cafétéria de l'école. Kim devrait arriver d'une minute à l'autre. Roxanne est à son poste, assise à quelques tables de moi, prête à venir à ma rescousse au moindre signe. Je lui ai donné dix dollars pour qu'elle s'achète quelque chose dans les machines distributrices en m'attendant. Pour l'instant, elle est cachée derrière la page des petites annonces de La Presse, qu'un des surveillants de la poly a dû laisser traîner.

Kim arrive et s'assoit en face de moi en souriant.

— Hey, ça a l'air d'aller mieux qu'hier.

— Oui. Ça va mieux. J'ai fait ce que tu m'as dit...

— Raconte.

— J'ai parlé à mon chum. Je lui ai dit ce que je ressentais à propos de mon amie. Eh bien, il m'a avoué qu'il la trouvait agaçante, mais que s'il était gentil avec elle, c'était pour me faire plaisir. Elle ne l'intéresse pas le moins du monde, c'est moi qu'il aime. En plus, s'ils se sont parlé une heure au téléphone, c'était vraiment pour la physique, car elle est vraiment poche dans cette matière.

— Et à ton amie, qu'est-ce que tu lui as dit ?

Kim devient embarrassée.

— Avec elle, ça va moins bien. Je lui ai dit que son comportement me blessait et que notre amitié ne survivrait pas si elle continuait son manège. Tu sais ce qu'elle m'a répondu ? Que si elle se comportait ainsi, c'était parce qu'elle avait peur de me perdre et qu'elle se sentait super mal.

— Hein ? Je ne saisis pas.

— Moi non plus, et je lui ai dit que je ne comprenais pas son explication. Il me semble que lorsqu'on a peur de perdre quelqu'un, on ne veut pas lui faire du mal. Au contraire.

— Et qu'est-ce qu'elle a répondu ?

— Elle s'est mise à bafouiller. Puis à dire que je ne la comprenais pas. Que je ne l'avais jamais comprise. Ensuite, elle m'a traitée de jalouse et elle a raccroché.

— Eh bien, Kim, tu sais à quoi t'attendre maintenant.

— Oui, mais ça me fait mal quand même. Oh, Ariane, pourquoi a-t-elle fait ça, d'après toi ?

Soudain, des images de ma sœur, de Cédric et de moi surgissent dans mon esprit. En un éclair, je peux non seulement me mettre à la place de Kim, mais aussi à la place de son amie.

— Je pense que ton amie se sent en compétition avec toi. Donc, quand quelqu'un s'intéresse à toi, elle fait tout pour qu'il s'intéresse à elle encore plus.

Je sais de quoi je parle. Ce n'était pas Nadia qui était en compétition avec moi, mais moi avec elle. Ma sœur la très belle, ma sœur la plus que parfaite, il fallait que je trouve un moyen, moi aussi, pour attirer l'attention. Et je l'ai trouvé. J'ai étudié comme une folle pour être une première de classe. Au moins, sur ce terrain, je pouvais battre ma sœur. Nadia était loin d'être la meilleure, elle se contentait facilement de B et de C. Mais moi, non. Il me fallait des A partout. Je les ai eus et je suis devenue la petite première de classe, celle qu'on recherche pour se faire expliquer l'algèbre, le participe passé ou pour copier sur ses devoirs afin d'avoir une bonne note. Et je brandissais au nez du monde entier mes bulletins parfaits, surtout devant Cédric. Pour qu'il comprenne que j'en valais la peine. En vain. C'est ma sœur qui recevait les compliments pour ses beaux cheveux, ses belles tenues, son beau sourire. C'est elle qui attirait les garçons, c'est elle qui embrassait Cédric... J'ai été jalouse de ma sœur. Kim me sort de mes pensées.

— Ça se tient, ton explication, dit-elle. Mais je suis quand même triste.

— Hey, dis-toi que tu as un chum qui t'aime... Et que si Karine est vraiment ton amie, elle te comprendra et reviendra te parler.

— Oui. Tu as raison. Merci, Ariane.

— Salut, les filles !

Guy est debout à côté de notre table, casque de vélo à la main, il sourit à belles dents. Kim est surprise de voir notre prof. Elle me regarde, interloquée.

— Oui... Euh... Guy m'a donné rendez-vous ici...

— Euh... OK. De toute façon, je dois filer... J'ai mon cours de natation et il ne faut pas que je sois en retard. Salut, Guy. Bye, Ariane, bredouille Kim, en s'éclipsant.

Guy s'assoit à ma table. J'ai l'impression de grimacer tellement je suis mal à l'aise. Et pour empirer mon malaise, au même moment, Tarentula et ses mini-clones pénètrent dans la café. Je mettrais ma main au feu qu'elles sont venues encourager l'équipe de volley-ball; Justin en fait partie... Comme je suis assise à la table qui donne directement sur l'entrée, elles ne me ratent pas. Tarentula me regarde, un petit sourire perfide au coin des lèvres. Elle dit quelque chose que je n'entends pas à ses amies. Les trois filles partent à rire, en m'observant. Elles continuent toujours à me fixer quand elles glissent leurs sous dans les machines distributrices. Je sens que j'aurai droit aux pires ragots dès lundi à la poly. Je vois ça d'ici : Ariane est une téteuse de prof ! Ariane couche avec Guy pour avoir de bonnes notes ! Ariane est amoureuse de Guy ! Oh boy ! Je ne suis pas sortie du bois. Heureusement, Roxanne n'est pas loin, en train de déballer une tablette de chocolat, cachée derrière le cahier *Carrières*.

Je me lance :

— De quoi voulais-tu me parler, Guy ?

— Bon, ça fait un bout que j'y pense...

Ça y est, le moment tant redouté. Il va peut-être m'obliger à venir chez lui, ou bien il me dira qu'il a déjà pris un rendez-vous dans une clinique de fertilité... Oui, ça doit marcher comme ça, les mères porteuses.

— Ariane ? Tu es sûre que ça va ?

— Oh, oui, excuse-moi...

— J'étais en train de te dire que j'ai lu ton dossier et que ce que tu as vécu, ta sœur, son décès... m'a beaucoup touché. Alors, comme je t'ai déjà dit, si jamais tu veux en parler, sache que je suis là pour toi. Mais aujourd'hui, je voulais te proposer quelque chose...

Bon, ça y est, c'est le moment crucial. Je regarde autour de moi. Tarentula et ses mini-clones sortent de la cafétéria, avec des sodas diète et des regards dédaigneux à mon endroit. Roxanne est absorbée par le journal et ne voit pas ma détresse, elle ne peut donc pas venir à ma rescousse. Guy fouille dans son sac à dos... et en ressort plusieurs livres qu'il dépose devant moi.

— Tiens, je me suis dit que ça t'intéresserait probablement... Ce sont des livres de psychologie. Ma femme est en contact avec une maison d'édition qui lui envoie plein de volumes, même trop. Alors quand je lui ai parlé de toi, de ton intérêt pour le sujet, elle m'a donné cela pour toi. Elle te les prête. J'aurais pu te les remettre avant ou après mon cours, mais j'avais peur que certains élèves y voient du favoritisme, même si c'est un peu le cas...

Pas de bébé éprouvette ! Pas de mère porteuse ! Des livres de psycho. J'aurais dû y penser. Pourquoi je m'emballe tout le temps ? Pourquoi j'arrive à être sensée quand il s'agit du problème des autres, alors que pour les miens je dérape carrément ?

— Wow ! Guy, je suis vraiment contente... Je ne sais pas comment te remercier...

— Ne me remercie pas. Promets-moi simplement de venir me voir si tu as besoin de moi. Et n'hésite pas à me parler des problèmes que tu rencontres. Moi aussi, je peux t'aider. Quand j'étais jeune, j'adorais psychanalyser tout ce qui bougeait...

Guy se met à me raconter des anecdotes qu'il a vécues quand il avait mon âge.

— J'avais décidé de faire de la musicothérapie. J'invitais mes chums de gars chez moi et je leur faisais écouter mes disques : Pink Floyd, Supertramp, Led Zeppelin... Je voulais qu'ils me racontent ce à quoi ils pensaient au son de ces musiques.

— Et alors ?

— Ils pensaient aux filles !

Comment ai-je pu imaginer ces choses horribles sur lui ?

Ça fait un moment qu'on parle quand soudain Roxanne se pointe à ma table. Oh, Roxanne. Je l'avais oubliée. La pauvre, elle m'attendait, super patiente. C'est vraiment une bonne amie... C'est là que je remarque qu'elle a l'air bizarre. Très bizarre...

Soudain, tout se passe très vite. Roxanne s'effondre. Guy se lève d'un bond pour l'attraper avant qu'elle atteigne le sol. Il me crie d'appeler au 911. Je paralyse.

DOSSIER 5:
De la dépression qu'on soigne à la SPCA

Mes jambes sont en béton, tout comme mes bras, mes fesses et ma tête. Il n'y a que mon cœur et mon cerveau qui fonctionnent, mais ce dernier a beau envoyer des signaux à mes membres, rien n'y fait. Je suis paralysée. J'entends quelqu'un parler : « Vite, urgence, bleue… » Je vois des ambulanciers entrer dans la cafétéria et se jeter sur Roxanne qui respire avec difficulté. Je vois une seringue, une aiguille dans sa cuisse, des mains massent son corps. Une voix répète : « Ça va aller. » Ma sœur apparaît à la place de mon amie. Les ambulanciers soulèvent Nadia, non pas pour la transporter jusque dans l'ambulance, mais pour la jeter dans un immense trou creusé dans le sol. Ma sœur bouge les doigts alors que Guy lance une poignée de terre sur elle. Je crie : « Elle est vivante ! Il faut la sauver ! »

* *
*

Je fais ce cauchemar presque toutes les nuits. C'est comme ça depuis que Roxanne a failli laisser sa peau, en faisant un choc anaphylactique, la plus forte des réactions allergiques, à cause des noix qu'il y avait dans sa tablette de chocolat. Pas étonnant que mes yeux soient cernés jusqu'en Alaska. Je me réveille en hurlant. Mon petit frère en a eu ras le pompon d'être extirpé du pays des rêves par mes cris, et il est retourné dormir dans sa chambre. Je déteste me réveiller en pleine nuit car, immanquablement, je broie du noir. Mes pensées finissent toujours par me ramener à Nadia et ça m'empêche de dormir.

En ce moment, je me rappelle quand on était petites et qu'on improvisait des pièces de théâtre. Comme Nadia était l'aînée et que, selon elle, cela lui donnait tous les droits, elle se gardait les beaux rôles : elle la princesse, moi la grenouille ; elle le petit chape-ron rouge, moi le méchant loup... Elle pouvait être tyrannique. Elle me forçait à apprendre des répliques par cœur et, si je les oubliais, elle criait après moi jusqu'à ce que je pleure... Je ne pense pas à ça par hasard : dans quelques heures, j'ai un oral en français et ça m'angoisse. Et si mon sujet n'intéressait personne ? J'aurais préféré que la prof nous impose un thème plutôt que de nous laisser libres de choisir. Et si je vomis ? Ou qu'un immense bouton rouge pousse sur le bout de mon nez ? Ou... Stop ! Je dois dormir. Quelle heure est-il ? 3 h 58. Oh boy !

4 h 02. J'ai mal au cœur.

4 h 07. Je ne suis pas encore endormie.

4 h 13. Je dormais presque.

4 h 20.... quarante-six moutons, quarante-sept moutons, quarante-huit moutons... C'est débile... Cinquante moutons...

4 h 46. Rien à faire : je suis vraiment réveillée. Aussi bien me lever. Je vais aller voir mes courriels...

« Augmentez votre poitrine... » « Rabais à l'hôtel Concorde de Paris... » Que des pourriels. Facebook. Ai-je de nouveaux amis ? Hein ? Axel chatte ?

Ariane   4:47
Axel ! Kes-tu fè là ?

Axel   4:47
Pu cap de dormir. Peux pas jouer de la guit... 4 h AM ! Gcoute mon iPod.

Ariane   4:48
Tcoutes koa ?

Axel   **4:48**

Pete Doherty. Son nouvel album Grace/Wastelands. Trop top.

Ariane   **4:49**

Yé bôôô...

Axel   **4:49**

C 1 Gni.

Ariane   **4:50**

Tu me feras écouT ?

Axel   **4:50**

Oui. Ce soir ??? On joue au local.

Ariane   **4:50**

OK. C où ?

Axel   **4:51**

Mont-Royal–De Bullion. 19 h 30. Tu vas venir ?

Ariane   **4:51**

Oui ! Je vais manG un morceau maintenant. À tantôt.

Axel   **4:52**

G hâte. Bye !

Ariane   **4:52**

Ciao !

J'ai trop mangé et je n'aurais pas dû. Mon estomac est tout à l'envers. C'est bientôt à moi d'aller devant la classe pour mon exposé oral et ça me stresse. Le saumon fumé sur mes bagels menace de remonter le courant.

— C'est au tour d'Annie-Pierre, dit Mme Paquin, la prof de français.

Fiou !

Affolée, Annie-Pierre regarde la porte comme si elle hésitait entre aller devant la classe ou s'enfuir à toutes jambes. Cette fille-là n'a jamais l'air dans son assiette. Elle a un teint olivâtre, est perpétuellement malade, rase les murs et a autant de vocabulaire qu'un pétoncle.

Annie-Pierre vient à peine de commencer son exposé sur un sujet obscur qu'elle seule comprend, genre l'interface du nouveau moteur de recherche « JKKZY », que déjà des signes de nervosité se font entendre. Ses paroles sont soulignées par un étrange cliquetis métallique.

— … ce logiciel de recherche peut aider… tic tic tic les gens plus facilement dans le… tic tic tic.

Toute la classe éclate de rire.

La pauvre Annie-Pierre est tellement nerveuse qu'elle continue de heurter le pupitre qui heurte à son tour le plancher, d'où le tic tic tic.

Annie-Pierre finit son exposé oral et retourne à sa place en essayant de se faire minuscule pour qu'on l'oublie. C'est mon tour. J'ai envie de vomir.

Je me rends devant la classe d'un pas plus ou moins assuré. Je regarde tout le monde avec un sourire incertain. J'ai la gorge sèche. Des bouffées d'adrénaline parcourent mon corps. Mes mains tremblent tellement qu'elles pourraient atteindre 5,6 sur l'échelle de Richter. Je me lance.

— Bon, ben moi, je vais vous parler de la mélancolie. Pourquoi ce sujet ? J'en ai eu l'idée en lisant un poème de Charles Baudelaire, *Spleen*, que je vous réciterai à la fin de l'exposé.

Ce que je ne dis pas, c'est que je suis bien placée pour parler de la mélancolie.

— La mélancolie, c'est un mal-être, une tristesse qui dure. Comme un deuil qui n'en finit pas. Au Moyen-Âge, on appelait la mélancolie l'*acedia*. On supposait qu'un excès de privations saisissait les moines qui passaient de longs moments dans le désert...

Jusqu'à maintenant, je maîtrise plutôt bien mon sujet.

— À la Renaissance, on disait de la mélancolie que c'était de la paresse. Paresse de se lever le matin pour aller à la messe, par exemple. Dans les années 1860, Charles Baudelaire parle de la mélancolie en tant que *spleen*. Il dit : « L'horreur de la vie et l'extase de la vie. »

Ça continue de bien aller. En plus, je n'ai aucune feuille devant moi. Et ma recherche semble intéresser ceux qui m'écoutent. Merci Wikipédia.

— Par la suite, des poètes et des écrivains reprennent le terme « spleen » et en parlent beaucoup. Comme si la plupart des artistes en étaient victimes. Mais peut-être est-ce parce qu'ils sont artistes qu'ils peuvent se permettre d'en parler sans se faire regarder de travers ? Car la mélancolie, c'est un état dépressif, et la dépression, personne ne veut vivre ça. En effet, qui a envie de fixer des heures une télé éteinte, de passer ses journées au lit, couché dans le noir à pleurer, de ne plus avoir le goût de travailler, de voir des amis, de faire ses activités préférées, de trouver que la vie ne vaut plus la peine d'être vécue...

Tout à coup, je pense à ma mère, à sa dépression, et je deviens toute chose. Une petite partie de moi ne peut s'empêcher de lui en vouloir de ne pas s'être débattue pour s'occuper de sa famille. De s'être laissée avaler par la tristesse...

La prof se racle la gorge, ce qui me sort de mes pensées. Tous les yeux sont braqués sur moi. Je me suis emportée. C'est quoi la suite ? Zut, j'ai oublié... Je bafouille :

— En tout cas, la mélancolie, ce n'est pas drôle.

J'ai un trou de mémoire. Je veux disparaître.

Je retourne m'asseoir, la mort dans l'âme, devant une classe interloquée. J'ai carrément raté mon exposé oral. J'ai honte.

* *
*

Je cherche Roxanne à la cafétéria. En temps normal, elle s'assoit toujours à une des tables situées à l'arrière, mais là, je ne la trouve pas.

— ARIANE !

Au centre de la cafétéria, Axel me fait signe avec ses grands bras. Roxanne est avec lui, l'air maussade.

— Roxy, tu as décidé de changer de place ?

— Parle-moi z'en pas, lance-t-elle renfrognée.

— Roxanne est fâchée. Tarentula a pris d'assaut les tables du fond pour faire une réunion avec tout ce qu'elle a de mini-clones dans la poly, explique Axel.

— C'est quoi le but ?

— Notre chère araignée venimeuse veut mettre sur pied une équipe de cheerleaders ! répond Axel.

— Mais la poly n'a pas d'équipe de football ! dis-je en zoomant dans la direction de Tarentula.

Elle est là, avec son faux sourire, ses faux cheveux (teinture et postiches), ses faux yeux (lentilles de couleur et faux cils)… et ses faux seins ! Ma parole ! Elle a pris de la poitrine durant la nuit !

— Elle se croit dans un film américain, la nouille, grogne Roxanne.

Tarentula croise mon regard.

Roxanne pompe :

— Vous avez vu comment elle nous regarde ? Vous avez vu ? Je vais lui casser la gueule !

Axel et moi la retenons.

— Allez, Roxy, laisse-la faire, c'est une conne. Mange, ça va être froid, dit Axel.

— Mais c'est des sandwichs aux cretons ! Tu me niaises !

On rit. Roxanne fait la gueule. Pour l'aider à dépomper, je change de sujet :

— As-tu enfin réussi à acheter ta seringue en cas de réaction allergique ?

— Non. Pas encore. Mais ce soir, en principe, je vais l'acheter.

— Tant mieux, parce que je n'ai pas envie de te revoir gonfler comme une montgolfière !

— Comment s'est passé ton exposé, Ariane ? me demande Axel.

— Super mal. J'ai eu un trou de mémoire et...

Une petite voix m'appelle, derrière moi. Je me retourne. C'est Annie-Pierre, rouge pourpre.

— Euh... Ariane... Euh... Excuse-moi de... Je... euh... pourrais-tu te... euh... tout de suite... parce que...

Je ne comprends rien. Mais je pense savoir ce qu'elle veut.

— Tu veux me parler, c'est ça ?

— Euh... Oui. Enfin... si tu peux... Excuse-moi... plus tard, ça peut aller...

— C'est correct, Annie-Pierre. Viens, on va aller plus loin.

J'accroche ma salade de pois chiches. Je conduis Annie-Pierre au cagibi, qu'on a pris soin de cadenasser, après la découverte de squatteurs qui venaient y fumer. Je savais bien qu'on ne pourrait pas garder ce lieu secret longtemps. J'appréhende le moment où un bonze de la poly aura vent de cet endroit. Pour l'instant, je croise les doigts.

J'entre. Elle reste devant la porte.

— Viens, Annie-Pierre. Assieds-toi et dis-moi ce qu'il y a.

Elle hésite puis s'exécute. Elle s'assoit sur le bord de ma chaise de fortune, comme si elle se tenait prête à disparaître.

— Excuse-moi de t'avoir empêchée de dîner en paix avec tes amis, Ariane...

— Ce n'est pas grave. On mange ensemble tous les midis, ils ne mourront pas s'ils ne me voient pas manger ma salade aujourd'hui. Mais toi, de quoi veux-tu me parler?

— Euh... C'est à propos de ton exposé oral...

— Je sais, ce n'était pas très bon...

— Moi, je l'ai trouvé intéressant... Euh... Sauf que... Excuse-moi de te le dire, il manquait les trucs pour se sortir de la mélancolie...

Ah non! J'étais tellement perdue dans mes pensées que, en plus d'oublier le poème de Baudelaire, j'ai omis de donner les moyens pour s'en tirer. Je vais avoir une note épouvantable. Je dois faire quelque chose... Et si je n'arrive pas à me rattraper en français et que, à cause de ça, je ne parviens pas à entrer dans un bon cégep puis à l'université? Si je me retrouve plus tard sans carrière, dans un petit emploi de laveuse de carreaux, et que je fais une chute de vingt étages comme le monsieur dont on a parlé au téléjournal, hier...

— ... alors, je me demandais si tu en connaissais...

Oups! Annie-Pierre... Je l'avais oubliée. C'est ça, le problème avec les gens pognés, mal dans leur peau, qui n'arrêtent pas de s'excuser. On finit par les laisser en plan. C'est étrange, ce phénomène.

— Oui, Annie-Pierre, j'ai découvert quelques trucs en faisant ma recherche pour l'exposé, mais en effet j'ai carrément oublié d'en parler.

— Ah oui? Peux-tu me donner quelques moyens d'en sortir... Je m'excuse de te presser, mais...

Je l'interromps illico :

— D'abord, cesse de t'excuser pour tout et pour rien. Ceux qui s'excusent à tout bout de champ attirent les manipulateurs.

C'est ce que j'ai lu dans le livre *Les manipulateurs sont parmi nous* d'Isabelle Nazare-Aga. Merci à la femme de mon prof de morale de m'avoir passé le bouquin.

Je continue :

— Ensuite, es-tu sûre que c'est de la mélancolie que tu ressens et non de la tristesse?

— Comment fait-on la différence?

— Eh ben, la tristesse a souvent un motif comme un deuil, un manque, genre s'ennuyer d'un ami parti en voyage depuis longtemps. Ou encore un quiproquo, une chicane avec sa meilleure amie avec qui on n'a pas pu s'expliquer. Tandis que la mélancolie, celle qu'on entend par dépression grave, est un état qui est là depuis longtemps. On n'a plus envie de rien. Tout nous semble une montagne insurmontable, on pleure pour rien. On est super fatigué. Une fatigue psychique, comme disent les psys. On a l'impression d'être au centre d'un tourbillon de pensées noires et que jamais plus on ne pourra s'en tirer. Est-ce que c'est ça que tu ressens ?

— On dirait qu'il y a toujours… euh… un nuage gris au-dessus de moi.

— Comment ça ?

— Ben… Je ne sais pas…

C'est difficile d'aider quelqu'un qui n'arrête pas de dire : je ne sais pas. Quelque chose m'échappe dans le cas Annie-Pierre, mais qu'est-ce que c'est ? Peut-être que je n'en sais pas assez long sur la dépression ? Ce serait étonnant, je la vois en direct depuis un bon bout de temps ! Je tente une autre question :

— Ça arrive que ton nuage gris soit absent ?

— Non… Euh, oui. Quand je bricole sur mon ordi, là, c'est OK. Mais dès que je tombe dans la réalité… euh… Eh ben, tout est gris. C'est triste.

— Donc, tu ne peux pas dire que tu n'as envie de rien…

— Euh, non… J'aime ça, être devant mon écran.

— Pourquoi te sens-tu bien quand tu es face à ton ordi ?

— Parce que je suis bonne là-dedans et que j'ai des amis partout sur la planète, répond-elle spontanément.

Tiens, tiens, on approche de quelque chose…

— As-tu des amis à qui parler, Annie-Pierre ?

— Oui, j'ai plein d'amis. J'en ai à Taiwan, en Australie…

— Pas des amis virtuels, des amis avec qui tu peux sortir, faire des activités ?

— Euh, non… Ils sont trop loin.

— Tout d'abord, il faudrait que tu voies des amis en chair et en os. Tu sais, ma mère m'a toujours dit qu'on n'est pas faits pour être seuls. On a besoin des autres. On est des petits animaux sociaux. Est-ce que tu pourrais te donner pour objectif de voir quelqu'un ?

— Oui, c'est une bonne idée… Euh… Il y a un gars qui habite quelque part à Montréal, super bon en infor-matique, je vais lui demander…

La cloche sonne.

— Annie-Pierre, échangeons nos numéros de téléphone...

Alors que je suis en train d'écrire mon numéro sur un bout de papier, je remarque une de mes gommes à effacer qui est en forme de chien. J'ai un flash.

— Annie-Pierre, j'ai une idée ! Pourquoi tu n'adopterais pas un chien ? À la SPCA, il y a tellement d'animaux qui cherchent une famille. Qu'est-ce que tu en penses ?

— Euh... Ben... Euh... Ça pourrait être une bonne idée...

Annie-Pierre me regarde, soulagée, comme si j'étais sur le point d'aspirer son nuage gris avec un aspirateur imaginaire. Mon exposé était nul, mais au moins j'ai aidé quelqu'un.

* *
*

Quarante-cinq minutes d'exposés oraux. Il était temps que le deuxième cours de français de la journée se termine. Je n'ai rien écouté. Tout au long, je me disais qu'il fallait que j'aille parler à la prof pour rattraper mon exposé bâclé. J'ai la trouille. Je me trouve tellement poche. C'est la première fois de ma vie que je demande à un prof de me laisser une seconde chance, et je déteste ça. Allez, vas-y. La classe est presque vide.

Alors que je suis à deux pas de la prof de français, je vois du coin de l'œil Justin en train de parler avec un des gars du cours, devant la porte. Justin me voit, me sourit et me fait signe de le rejoindre. Je regarde autour. C'est vraiment à moi qu'il fait signe ? Hein ? Je laisse tomber Mme Paquin, et j'avance comme sur un tapis volant vers le beau Justin. L'amour m'appelle. J'ai chaud ! Quand j'arrive devant lui, il est seul. Je n'ai même pas vu l'autre gars s'éclipser.

— Salut, Ariane ! Je suis dans ton cours de...

— Oui, je sais.

Idiote ! J'ai répondu trop vite. Il va penser que je tripe sur lui. Mais c'est le cas. Difficile à cacher. Je dois avoir l'air d'Annie-Pierre : je suis rouge pourpre. Il doit sûrement y avoir de la boucane qui sort de mon chandail. J'ai tellement chaud. Wow ! Il est vraiment beau ! Ses dents sont si blanches, son sourire est si parfait...

— Ariane, m'écoutes-tu ?

Je m'ébroue.

— Euh... Oui !

— On m'a dit que tu avais parlé de la dépression dans ton exposé...

— Oh boy, les nouvelles courent vite. Mais je n'ai pas été bonne, j'ai…

— Ariane, je suis certain que tu as été parfaite…

Ai-je bien entendu ? Justin a mis « Ariane » et « parfaite » dans la même phrase ! J'ai tellement chaud. Je pense que je prends feu. Où sont les extincteurs ?

— Ben, je crois que mon meilleur chum fait une dépression. Je me demandais… voudrais-tu m'en dire un peu plus sur le sujet ? J'aimerais l'aider…

— Oh oui. Ce serait un honneur de t'aider à l'aider…

Un honneur, c'est quoi ça ? J'ai l'air quétaine ! Du calme, Ariane. Du calme. Derrière le beau Justin, je remarque Tarentula et sa bande de mini-clones qui se dirigent vers nous dans le corridor. Quand elle nous voit ensemble, Justin et moi, elle fait volte-face et rebrousse chemin, en furie, ses mini-clones sur les talons. Fiou ! Je ne sais pas quelle vacherie elle aurait pu me sortir si elle s'était rapprochée.

— Ce soir, es-tu libre pour qu'on se parle ?

— OUI !

— À 19 h 30… Je peux t'appeler ?

En un éclair, je prends son bras et j'écris mon numéro de cellulaire sur sa peau si douce. Je sens son pouls battre quand je griffonne le dernier numéro. Il me regarde. Je le regarde. Il m'embrasse.

Je reviens dans la réalité. Justin est toujours devant moi et me regarde. Je fouille dans mon sac, sors un cahier à spirale, déchire la couverture grossièrement, et j'écris mon numéro de téléphone sur le bout de carton. Tu parles d'un bout de carton, je l'ai déchiré trop gros. Justin prend mon gros bout de carton, le plie et essaie de le glisser dans sa poche arrière. En vain, c'est trop gros. Il l'insère dans son cahier de maths qu'il tient dans sa main. Toujours en souriant de son magnifique, formidable, extraordinaire sourire, il me dit :

— À tout à l'heure, Ariane.

Je flotte sur un nuage. Justin va m'appeler ce soir. Je n'en reviens pas. Il veut me parler de son ami dépressif. C'est peut-être un prétexte pour me connaître. Peut-être… Non. Ne te raconte pas d'histoires. Pourquoi toi ? Il y a plein de filles qui tournent autour de lui. Oui, mais moi, il a mon numéro et il a dit qu'il allait m'appeler. Justin va m'appeler. Il a dit que j'étais parfaite. C'est le plus beau jour de ma vie. J'avais vraiment choisi le sujet du siècle. La dépression va nous rapprocher !

* *
*

19 h 25. Je n'ai pas pu souper. Trop nerveuse. D'une minute à l'autre, Justin va m'appeler et je vais lui dire qu'il faut se voir pour parler du problème de son ami. En tout cas, je suis prête. J'ai pris ma douche. J'ai mis du parfum (le Chanel N° 5 de ma mère). Des vêtements que je viens de repasser moi-même. J'ai fait le ménage de la cuisine et de ma chambre au cas où il viendrait à la maison. Ma mère m'a souri en me voyant aller. Oui, souri. Parce qu'elle va un peu mieux, aujourd'hui. Sa santé s'améliore. Pour une fois, je ne l'ai pas regardée de travers ou avec pitié. De toute façon, ce soir, je n'ai pas le temps de me lamenter sur mon sort. Justin va m'appeler.

19 h 30. Bon. Ça y est, mon cellulaire devrait sonner. Je vérifie... Oui. Il fonctionne. Respire. Respire. Oh là là, c'est pire que ce matin, à l'exposé oral. J'étais si nerveuse... Demain, je vais demander à Mme Paquin si je peux lui remettre au moins toute ma recherche pour avoir une meilleure note. Je lui dirai que j'ai eu un trou de mémoire. Ça peut arriver à tout le monde.

19 h 35. Ça sonne.

— Salut, Ariane ! Pourrais-tu me prêter...

C'est Roxanne. Ah non ! Je l'interromps dare-dare :

— Pas le temps... J'attends un appel important. Justin. On se parle tout à l'heure ou demain. Ciao !

Je lui ai pratiquement raccroché au nez, mais ce n'était pas le moment. Quoi? Moi aussi, j'ai droit à mon bonheur!

* *
*

22 h 16. Justin n'appellera plus. J'ai passé la soirée assise bien droite, la main sur le cellulaire. Pourquoi? Pour me faire poser un lapin. En plus, j'ai raccroché au nez de mon amie et j'ai complètement oublié d'aller écouter le band d'Axel. Vraiment, je ne suis pas fière de moi. J'ai été ridicule. Ben, voyons. Comme si Justin pouvait s'intéresser à moi... À quoi est-ce que j'ai pensé? Je me sens mal.

* *
*

28 novembre

Depuis trois jours, je suis couchée sur mon lit, les lumières éteintes. Je me trouve poche. Je suis découragée. J'ai tout fait de travers cette semaine, et là, je n'ai plus envie de rien. Qu'est-ce que ça donne de se forcer quand tous nos rêves meurent inévitablement? Coudon, je réfléchis comme une dépressive. D'ailleurs, suis-je en train d'être ensevelie dans le gouffre de la dépression ? Trois jours enfermée. Plus envie de rien. Ben non, je ne dois pas ajouter une couche de plus sur mon chagrin. Je suis triste. C'est juste ça, et c'est déjà assez.

Justin m'a fait royalement poireauter. Bien sûr, monsieur s'est excusé, prétextant qu'une supposée cousine ou amie ou je ne sais trop qui était débarquée chez lui à l'improviste, et qu'il n'avait pas pu la laisser en plan. Tu parles ! Il aurait pu au moins m'appeler. J'ai vraiment l'impression qu'il m'a prise pour une idiote. Le pire, c'est qu'il m'a posé un lapin, mais c'est moi qui ai honte. Honte d'avoir été laissée pour compte. Honte aussi face à mes amis.

Axel m'évite. Il est fâché contre moi. Roxanne, elle, est allée l'écouter jouer. Elle m'a dit que son groupe était vraiment bon, mais qu'Axel était de mauvaise humeur toute la soirée. Surtout quand elle lui a avoué la raison de mon absence : Justin.

Roxanne ne m'a pas tenu rigueur de lui avoir presque raccroché au nez. Elle voulait seulement que je lui prête une de mes dissertations en français, parce qu'elle n'arrive jamais à bien découper ses paragraphes ou quelque chose du genre. C'est Axel qui lui a passé un de ses textes.

J'ai au moins réussi une chose : convaincre la prof de français de me laisser une autre chance. Je lui ai expliqué que j'étais peut-être trop concernée par mon sujet, que ma mère fait une dépression depuis plusieurs mois. La prof a eu pitié de moi, je crois.

Ça cogne à ma porte. J'espère que ce n'est pas mon frère, je n'ai pas envie de jouer les nounous.

— C'est qui ?

— Ariane, il y a quelqu'un pour toi ! dit mon père à travers la porte.

J'allume ma lampe de chevet, j'essaie de replacer un peu mes cheveux (mission impossible : je ne les ai pas lavés depuis vendredi, on dirait que j'ai des frites sur la tête) et je me redresse sur des coussins dans mon lit. Question d'avoir l'air un peu plus en forme. En vain.

— Crime, t'es-tu battue avec ta brosse ! s'exclame Roxanne en pénétrant dans ma chambre.

Elle prend un coussin dans ses mains et s'assoit sur mon lit.

— Comment ça va ? me demande-t-elle, en s'amusant avec le coussin comme si c'était un ballon.

— Roxy, peux-tu arrêter de jouer avec ce coussin ? Ça m'énerve.

— Oh, madame est de mauvais poil, rigole-t-elle, tout en continuant à lancer le coussin.

— Arrête, je te dis. Tu ne vois pas que je ne vais pas bien !

Roxanne me regarde. Elle ne rigole plus. Elle voit ma mine déconfite. Elle met sa main sur ma cuisse :

— Tu as encore de la peine à cause de Justin, Ariane ?

Soudain, quelque chose lâche en moi. Les digues sont rompues. Un torrent de larmes suit. Je pleure. Je pleure comme ça fait longtemps que je n'ai pas pleuré. Roxanne me prend dans ses bras et me dit de me laisser aller. Je pleure longtemps, jusqu'à ne plus avoir de larmes.

— Ma pauvre Ariane. Je ne pensais pas que tu étais si amoureuse de Justin.

Je renifle et j'éclate de rire :

— Moi non plus.

Je ris nerveusement, comme pour créer une distance avec le sentiment de peine qui m'assaille. Mais Roxanne reste de marbre devant moi et continue de me fixer avec ses yeux noirs. Elle veut que je sois vraie. Que je ne rigole pas avec mes sentiments.

— Tu sais, Ariane, tu as le droit d'avoir de la peine parce que le garçon qui t'intéresse t'a posé un lapin. Il n'y a pas de honte. C'est lui qui devrait avoir honte. On ne joue pas avec les sentiments des gens... Je vais aller lui dire deux mots.

— Non. Surtout pas. Je pense que le mieux est de laisser passer le temps. Je vais bien finir par l'oublier. D'ailleurs, d'avoir pleuré un bon coup ce soir m'a fait beaucoup de bien.

— Dommage que ça n'ait pas fait de bien à tes cheveux aussi, dit Roxanne, sourire en coin.

Je m'étire pour me regarder dans le miroir.

Oh boy! Mes yeux sont enflés. Mon visage est parsemé de taches rouges. Mes cheveux sont mêlés comme ça ne se peut pas.

— On dirait que je suis passée sous une moissonneuse-batteuse!

Roxanne et moi éclatons de rire.

— Merci, Roxanne. Au fait, pourquoi es-tu venue? Je ne te l'ai pas demandé...

— Je voulais juste te montrer ma seringue.

Roxanne sort un mince cylindre qu'elle ouvre à l'extrémité.

— Regarde, ça c'est la seringue!

— Wow! C'est gros.

— Assez, hein. Pis je veux te montrer comment t'en servir.

— Pourquoi?

— Ben, si jamais je fais un choc anaphylactique, ça serait bien que tu puisses me sauver la vie.

* *
*

Roxanne m'a vraiment aidée. Elle m'a permis de sortir la peine que je gardais en moi. Et là, je me sens d'attaque pour m'occuper du cas Annie-Pierre. Maintenant, je vais pouvoir me donner à fond.

Après quelques lectures dans divers sites sur Internet, je déniche LE site qui pourra m'aider avec le cas Annie-Pierre et qui, du même coup, me permettra de peaufiner mon exposé oral : www.jeunessejecoute.ca.

En consultant ce site, je me rends compte que j'ai complètement oublié de parler de la déprime. Mélancolie, spleen... sont des mots presque trop poétiques. Mais « déprimé », c'est LE mot qui nous vient en bouche quand ça ne va pas ! Ben oui, j'aurais dû en parler en classe... et à Annie-Pierre. D'ailleurs, tiens, pourquoi ne pas l'appeler tout de suite ? Il est 20 h 30.

— Est-ce que je pourrais parler à Annie-Pierre ?

— Ouiiiii... AAAA... Snif ! C'est... Snif ! Euh... moi... Atchoum !

— Je ne t'avais pas reconnue. Ta voix est si enrouée...

— Oui, j'ai dû attraper le rhume. Snif !

— Dis, Annie-Pierre, as-tu du temps ? J'aimerais qu'on parle de ton problème.

— Oui... euh... Atchoum ! Snif ! Mon père est allé promener le chien... Alors...

— Quoi, tu as suivi mon conseil ?

— Ben oui. Je suis allée à la SPCA avec mes parents, et on a trouvé un chien super gentil et AAAAAtchoum ! Je suis très contente. C'était une bonne idée. Snif !

Curieusement, à l'intérieur de moi, une petite voix me dit que l'idée du chien n'était peut-être pas le flash du siècle. Pas sûre qu'un chien l'aidera à enrayer son nuage gris.

— Annie-Pierre, je vais te poser des questions et je veux que tu me répondes le plus sincèrement possible. OK ?

— OK.

— Allons-y... Ressens-tu de la colère ?

— Non, je ne crois pas.

— As-tu des pensées suicidaires ?

— AAAA... non. Snif !

— As-tu de la difficulté à te concentrer ?

— Atchoum ! Non. Euh... En tout cas, pas quand le sujet m'intéresse.

— T'éloignes-tu de ta famille ou de tes amis ?

— Non pour ma famille, et j'ai toujours tous mes amis sur Internet.

— Manges-tu plus ou moins qu'avant ?

— Je ne pense pas que ça ait changé. Snif !

— Est-ce que tes notes ont baissé ?

— Euh… non. Snif !

— As-tu des problèmes de sommeil : genre, dormirais-tu tout le temps ou souffres-tu d'insomnie ?

— Non, mais ça dépend des nuits.

— Bref, tu ne te sens pas déprimée, hein ?

— Ben oui, je déprime.

— Mais qu'est-ce qui te fait déprimer ?

— Ben, je suis trop souvent seule. Snif ! Je pense que tu avais raison, l'autre jour.

— Fiou ! Ce n'est pas une dépression. Tu souffres seulement de solitude.

— Mais là, avec le chien, ça va aller mieux, hein ?

— Je pense que oui, ça peut t'aider. Mais il faut quand même que tu fasses l'effort d'avoir des amis avec qui tu peux faire des activités. D'ailleurs, as-tu essayé de voir le garçon dont tu m'as parlé ?

— Euh… Non. Euh… Non, pas encore. Le chien m'a pris du temps… Atchoumm !

— Annie-Pierre, communique avec le garçon. On se reparle bientôt.

— OK. Mais tu es sûre, Ariane, que je ne fais pas de dépression ?

— J'en suis presque sûre.

* *
*

6 décembre

Ça fait deux jours que je pioche sur mon exposé. Je l'ai tellement peaufiné que je pourrais passer un concours en psychologie. Je maîtrise mon sujet. Je ne me suis pas bercée d'illusions à propos de mes supra compétences. C'est bien d'être sûr de soi, mais pas trop non plus ! Mais plus je connais mon sujet, plus j'éloigne le trac. Là, c'est bientôt à moi. Tous les élèves sont soulagés. Chacun a fait son exposé oral. Sauf moi. Je n'ai pas la trouille, j'irai devant avec mon texte sur papier comme les autres élèves l'ont fait. Je suis quand même embarrassée de forcer la classe à réécouter certaines choses que j'ai déjà dites...

La prof m'appelle.

Je m'installe devant une classe fatiguée d'entendre des exposés oraux. Aussi bien donner mon 110 %...

Je commence :

« Quand le ciel bas et lourd pèse comme un couvercle
Sur l'esprit gémissant en proie aux longs ennuis,
Et que de l'horizon embrassant tout le cercle
Il nous verse un jour noir plus triste que les nuits ;

« Quand la terre est changée en un cachot humide,
Où l'Espérance, comme une chauve-souris,
S'en va battant les murs de son aile timide
Et se cognant la tête à des plafonds pourris ;

« Quand la pluie étalant ses immenses traînées
D'une vaste prison imite les barreaux,
Et qu'un peuple muet d'infâmes araignées
Vient tendre ses filets au fond de nos cerveaux,

« Des cloches tout à coup sautent avec furie
Et lancent vers le ciel un affreux hurlement,
Ainsi que des esprits errants et sans patrie
Qui se mettent à geindre opiniâtrement.

« Et de longs corbillards, sans tambours ni musique,
Défilent lentement dans mon âme ; l'Espoir,
Vaincu, pleure, et l'Angoisse atroce, despotique,
Sur mon crâne incliné plante son drapeau noir. »

Wow ! J'ai réussi à réciter le poème *Spleen* de Charles Baudelaire, en entier, sans me tromper, et sans avoir recours à mon texte. Maintenant, je poursuis.

— Au Moyen-Âge, on disait...

Ça continue de bien aller. Puis j'arrive à la partie la plus difficile, celle où je me suis égarée...

— Les artistes... Euh... Euh... Ben...

Non, pitié ! Ce n'est pas le moment... Où est-ce écrit sur ma feuille ?

— Les artistes... Euh... Ah oui, ils sont peut-être les seuls à regarder la dépression dans le blanc des yeux. Ils nous disent que c'est une véritable souffrance. Mais que cette souffrance parfois leur sert aussi à créer, d'où la phrase de Baudelaire « l'horreur de la vie et l'extase de la vie ».

Soudain, je ne récite plus, je vis mon texte...

— Les dépressifs souffrent. Ils doivent prendre des médicaments... Mais ils ont les moyens de s'en sortir. En acceptant la perte d'une personne aimée... En se sentant entourés par leur famille. Alors, pour ceux qui vivent un mauvais quart d'heure, il faut aller chercher de l'aide. Sondez votre tristesse et essayez de savoir ce qu'elle veut vous dire. Ne l'ignorez pas. Parlez de votre état à une personne de confiance. Rédigez un journal intime pour vous libérer de vos idées noires. Essayez d'accepter ce que vous ne pouvez changer. Pensez qu'on s'en sort comme on apprend à marcher : un petit pas de bébé à la fois.

J'ai presque fini. Ça va super bien.

— Et... pour... je... j'ai...

Soudain, je vois Nadia dans le fond de la classe, et je la sens prête à me gronder, comme quand on montait des pièces de théâtre, si je ne récite pas parfaitement mon exposé. Non, je ne serai pas victime de cette peur qu'elle m'a imposée. Je me reprends :

— Et pour ceux dont la déprime est plus sérieuse, pour qui la tristesse dure plus de deux semaines, pour ceux qui souffrent de problèmes de sommeil, de problèmes alimentaires, de manque de concentration et de pensées noires, suicidaires, et aussi d'une perte totale d'estime de soi, il est nécessaire d'aller voir son médecin ou encore un psychologue. On leur prescrira des médicaments ou une thérapie. Car il est très rare qu'on se sorte seul d'un état dépressif. Et cet état peut durer plusieurs mois, voire des années. Mais on peut s'en sortir. Et la dépression a cela de bon : elle nous montre qu'on doit apprendre à s'écouter. En fait, je décrirais la dépression comme étant la fièvre de l'âme, c'est le combat intérieur pour enrayer les microbes. Pour ceux qui pensent se reconnaître dans ce que j'ai dit, voici le numéro de téléphone de «Jeunesse, J'écoute». Là, des gens qualifiés sauront vous écouter et vous guider: 1 800 668-6868.

* *
*

Enfin, une petite soirée tranquille. J'ai l'impression que ça fait deux siècles et demi que je ne me suis pas reposée. L'exposé a super bien été aujourd'hui. Là, je peux enfin m'amuser en regardant des vidéos drôles sur youtube.

— Ariane, il y a quelqu'un pour toi, dit mon père.

Je m'extirpe de mon lit et me rends à la porte. Annie-Pierre est là, avec un garçon à lunettes qui tient en laisse un chien.

— Salut, Annie-Pierre! Comment ça va?

— Ça va, Ariane. Je te présente mon ami Rémy, tu sais, le garçon dont je t'avais parlé... Je m'en vais jouer sur la Wii, chez lui. Il a le nouveau jeu Sport Resort!

— Je suis contente que ça aille bien pour toi. Mais comment va ton rhume? Tu as l'air mieux.

— C'est parce que j'ai pris des antihistaminiques. Ce n'est pas un rhume que j'ai... D'ailleurs, c'est pour cela que je suis venue... Je ne peux pas garder la chienne, je suis allergique. Alors je me suis dit que tu pourrais faire quelque chose pour Florida. C'est son nom.

— Mais... mais... je ne...

J'essaie de protester, mais en vain. Je suis trop surprise par la tournure des événements.

— Annie-Pierre, il faut y aller, la presse Rémy. Le bus va bientôt passer.

— Merci pour ton coup de main, Ariane. Tu m'as beaucoup aidée. Ciao !

Et elle s'en va, me laissant seule avec la chienne qui me regarde avec les yeux de l'abandon. Mon père va m'assassiner.

Je rentre dans la maison et me hâte de cacher Florida dans ma chambre, le temps de trouver une solution.

La chienne me regarde toujours avec ses grands yeux.

— Qu'est-ce que je vais bien pouvoir faire de toi ?

— Ariane, ta mère et moi voulons te parler. Viens ici ! dit mon père à travers la porte.

Coudon, je ne peux pas avoir la paix deux minutes !

— Tiens-toi tranquille, Florida.

La chienne saute sur mon lit et se couche en boule. Je sors de ma chambre et me rends jusqu'à la cuisine.

Mes parents sont assis à la table, la mine défaite. Une enveloppe aux couleurs de l'arc-en-ciel trône bien en évidence devant eux.

— J'ai ramassé ça dans le courrier, dit mon père, en me remettant l'enveloppe.

Je lis.

M. et Mme Labrie-Loyal,

Je tenais à vous avertir que votre fille, Ariane, couche avec un de ses professeurs, Guy Charron. Surveillez-la. Sa réputation et celle de votre famille en dépendent.

Une personne qui lui veut du bien.

Je suis estomaquée.

— Ariane, qu'est-ce que ça veut dire? demande ma mère, peinée.

— Mais... mais...

— TU NOUS PRENDS POUR DES CONS? C'EST QUOI ÇA? hurle mon père.

— Daniel, ça ne sert à rien de crier! Allez. Laisse-moi lui parler, dit ma mère.

Mon père quitte la cuisine, en colère.

— Ariane, qu'est-ce qui se passe?

— Maman, je te jure… Je ne sais pas qui a pu écrire une chose pareille. Attends… Il y a une fille à l'école qui me déteste…

— Ariane, je te fais confiance. Mais il faut que je fasse plus attention à toi. Ça m'attriste que tu t'attires ce type d'ennuis. Je vais un peu mieux, maintenant. Je suis là pour toi.

Ma mère est encore en train de faire des promesses qu'elle ne peut pas tenir. J'éclate :

— Mais il y a longtemps que tu aurais dû être présente dans ma vie, maman ! Quand Nadia est morte, tu aurais dû être là. Il n'y avait pas que toi qui souffrais. Moi aussi, j'ai souffert, moi aussi…

Et je me mets à pleurer.

Ma mère me prend dans ses bras.

— Pourquoi nous as-tu abandonnés ?

— Je ne vous ai jamais abandonnés, mais c'est comme si une fatigue énorme m'ensevelissait. Comme si je n'avais plus le goût de vivre. Je voulais aller rejoindre ta sœur. Je ne voulais pas vous abandonner. Je voulais être avec elle de nouveau, et avec vous aussi. Je voyais tout en noir. Il a fallu que j'accepte l'évidence : plus jamais ta sœur ne sera parmi nous. Mais vous, vous êtes là. Et vous avez toujours été là pour moi.

— Maman… Tu m'as manqué.

— Toi aussi, Ariane. Toi aussi. Maintenant, tout ira mieux, ma chérie, me dit ma mère en me regardant dans les yeux.

Le téléphone sonne. Ma mère se lève et va répondre. Je la vois devenir blanche comme un drap. Elle dit : « Oui, oui. Dans une heure. » et elle raccroche. Elle m'inquiète. Je bondis de ma chaise.

— Maman, qu'est-ce qu'il y a ?

— Ariane, tu es convoquée au poste de police à propos de cette histoire avec ton prof.

Je m'effondre sur la chaise de cuisine. La fin du monde dans mon ventre.

NOTE : Le poème *Spleen* est tiré du recueil *Les fleurs du Mal* de Charles Baudelaire, paru en 1857.

DOSSIER 6 :
De l'art
de passer
inaperçue
chez le gynéco

9 décembre

— Je hais les dentistes, frissonne Roxanne. Déjà dans la salle d'attente, je me sens toute croche. Ça sent le chimique. Pis pas moyen de se changer les idées avec les revues : elles datent de la Seconde Guerre mondiale !

— Bizzzzzzzz ! fais-je en imitant le bruit de la fraise.

— Arrête, Ariane ! Je hais ce bruit-là ! grimace-t-elle.

Depuis qu'on est rentrées de la poly, Roxanne et moi énumérons ce qu'on déteste. Jeu sinistre, mais ô combien libérateur. On est avachies sur des coussins dans ma chambre. Il fallait que je rentre directement à la maison, ce soir, car je garde mon frère. Ma mère a rendez-vous à la clinique et mon père l'accompagne. Par chance, Fred est tranquille. Il dessine, en visionnant pour la énième fois le DVD de *Madagascar 2* dans le salon.

— À mon tour, Roxanne. Moi, ce que je déteste encore plus, c'est aller chez le gynécologue, dis-je en soupirant si fort que je réveille Florida.

La chienne d'Annie-Pierre fait partie de la famille, maintenant. Ça n'a pas été trop compliqué, contrairement à ce que je craignais. Fred est tombé fou dingue de Florida dès qu'il l'a vue et vice versa. D'ailleurs, je ne me rappelle plus qui donnait des coups de langue à qui.

Mon père, par contre, n'était pas content. Il n'a jamais aimé les animaux. Pour lui, c'est un paquet de problèmes : il faut les promener, les amener chez le vétérinaire, ramasser leurs poils... Il a tenté de s'objecter, mais la chienne a bondi sur les genoux de ma mère et s'est blottie contre son ventre. Ma mère a souri et l'a flattée. Mon père n'a plus rien dit. Tout comme il n'a rien dit sur ma visite au poste de police, l'autre soir. Le policier a voulu savoir qui était le prof qui abusait de moi (car le nom de Guy Charron, par chance, n'avait pas été mentionné dans le coup de téléphone anonyme reçu par la police). Mais ma mère a pris les choses en main, en expliquant que toute cette histoire avait été inventée par une fille de la poly qui voulait me jouer un mauvais tour. Le policier a essayé de savoir de qui il s'agissait, mais je me suis tue.

— C'est vrai, tu dois aller chez le gynéco... Ton excuse d'études en France ne tenait plus la route, se moque-t-elle.

— Ben non. Quand ma mère a repris rendez-vous, elle a bien spécifié à la secrétaire que j'allais être au Québec.

— C'est pour quand l'abattoir ? s'enquiert mon amie.

— Le 22 janvier. À cause des vacances de Noël, il n'y avait pas de place avant. Tu vas venir avec moi, hein, Roxy ? Tu m'as promis...

— Oui. Ben tiens, moi, ce que je hais le plus, c'est Noël. Chaque année, ma mère nous oblige à assister à la messe de minuit. On n'est pas encore arrivés à l'église que mes parents et mes frères sont soûls. Je dois me taper la messe avec ma famille qui vacille, en chantant les cantiques à tue-tête. Après, on retourne à la maison pour manger de la dinde carbonisée. Avant la fin du repas, tout le monde s'engueule pour des niaiseries. Vous, qu'est-ce que vous faites à Noël ?

Roxanne me prend de court. Ce sera mon premier Noël sans ma sœur. En fait, depuis que *Vive le vent !* joue en continu dans les boutiques, je porte une tristesse sur les épaules. Et je n'ai pas envie d'y penser. J'évite la question.

— Je vais voir ce que fabrique Fred, il est trop tranquille, dis-je, en me levant rapidement.

— J'y vais avec toi.

Dans le salon, c'est la catastrophe. Mon frère a dessiné sur le canapé avec des crayons-feutres.

— Oh non ! Fred, qu'est-ce que tu as fait ?

— Ça, c'est le pingouin dans la télé !

Roxanne regarde le sofa puis moi, l'air navré.

— Pauvre toi, je n'aimerais pas être à ta place quand tes parents vont rentrer. D'ailleurs, il faut que j'y aille. Ciao !

Mon amie a à peine fermé la porte qu'on ouvre de nouveau.

— QU'EST-CE QUI S'EST PASSÉ ? crie mon père.

Oh non ! Mes parents sont déjà de retour.

Ma mère évalue les dégâts et sourit.

— Calme-toi, Daniel. Fred suit mes traces.

— Me calmer ! Je ne suis pas Bill Gates ! Je ne peux pas acheter des canapés en claquant des doigts.

— Laisse-moi m'occuper de ça, dit ma mère.

Mon père va dans la cuisine. On l'entend ouvrir et fermer les portes d'armoire avec colère.

Ma mère me regarde et sourit.

— Ton père est de mauvais poil. Ça ne va pas bien à son travail.

— Maman, je suis désolée. Je n'ai pas assez surveillé Fred.

— Bah ! Ne t'en fais pas. Je vais être capable de récupérer le sofa, avec quelques astuces déco.

— C'est la première fois depuis... euh... que je t'entends parler de décoration.

— Ben oui, ça va mieux. J'ai de nouveau envie de travailler. Tantôt, le médecin m'a dit de réduire les antidépresseurs de manière à ne plus en prendre bientôt.

— Wow ! C'est formidable !

— Oh oui, ma chérie, avant que j'oublie... La secrétaire du Dr Nguyen a téléphoné. Ton rendez-vous a été avancé au 16 décembre. Il y a eu un désistement.

Je hais le temps des fêtes.

* *
*

16 décembre

La journée fatidique est arrivée. Tantôt, c'est mon rendez-vous chez le gynéco. J'ai autant envie d'y aller que de me faire arracher les ongles par un taliban.

Là, je suis dans mon cours d'arts plastiques. Le professeur a bien choisi le sujet d'aujourd'hui : le nu au cours de l'histoire. Il projette des diapositives de toiles de grands peintres.

Dans exactement 1 h 46, je serai allongée sur une table en métal froide, les pieds dans des étriers, pendant qu'un docteur observera mon intimité. Peut-être y aura-t-il des internes comme dans *Dre Grey, leçons d'anatomie* ? Je vois ça d'ici : huit jeunes internes fixant mon entrejambe et répondant aux questions du médecin en chef : « Comment appelle-t-on cette partie ? » « Et celle-ci ? » « Et celle-là ? » « Oh, vous avez remarqué... On dirait une anomalie. Passez-moi le bistouri... »

Un brouhaha me sort de mes pensées.

Les élèves rigolent. La toile projetée montre justement l'intimité féminine. Les jambes sont entrouvertes, le pubis est très fourni, côté poils.

— Cessez de rire comme des enfants, s'énerve le prof. Cette toile est magnifique. Elle s'intitule *L'origine du monde* du peintre Gustave Courbet. Ce tableau a été peint en 1866 et...

— Ils ne connaissaient pas les rasoirs dans ce temps-là, blague un élève.

— On dirait la forêt amazonienne, ajoute un autre qui fait rire toute la classe.

Moi, je ne rigole pas. Je suis inquiète. Je suis loin d'avoir la même pilosité que le modèle de Courbet, mais peut-être aurait-il fallu que je m'épile ? Si le gynéco me trouve malpropre…

La cloche sonne la fin des cours.

Je me rends à mon casier à vitesse d'escargot. L'heure fatidique est presque arrivée. Une chance que Roxanne m'accompagne. D'ailleurs, comment se fait-il qu'elle ne soit pas déjà à ma case ? Elle se pointe toujours avant moi, d'habitude. J'attends mon amie en regardant la case d'Axel. Je ressens un mélange de honte et de malaise. Axel ne m'a jamais vraiment pardonné de ne pas être allée à sa répétition. Je l'ai blessé et je m'en veux. Mais comme je me suis déjà excusée, je ne peux qu'attendre que le temps passe, en espérant qu'il me reparle. Il me manque. En attendant, quand on se croise, je lui fais mes plus beaux sourires. Peut-être qu'ils porteront fruit. Roxanne se pointe en coup de vent.

— Je ne pourrai pas t'accompagner, me dit-elle.

— Comment ça ?

— Je suis en retenue.

— Qu'est-ce que tu as fait ?

— Ma prof d'anglais m'a surprise en train de la dessiner en sorcière.

Je pouffe.

— Il faut que je retourne dans la classe. Pas le choix.

— Courage, Roxanne.

— Courage, toi aussi, Ariane.

* *
*

Je niaise devant la porte de la clinique depuis dix minutes. J'ai peur d'entrer. Si Roxanne avait été avec moi, tout m'aurait semblé plus facile. On aurait pu bavarder dans la salle d'attente. Et si Nadia avait été là, elle aurait trouvé un sujet sur lequel on se serait chamaillées — comme toujours — ainsi, je n'aurais pas eu le temps d'angoisser.

Je frappe et entre en regardant par terre, hyper gênée. Je me rends au bureau de la secrétaire, en me cognant partout. L'art de passer inaperçue… J'espère que ça ne se déroulera pas comme dans les films, quand les personnages sont obligés de dire tout haut le but de leur visite : « J'ai rendez-vous avec le gynécologue pour qu'on me prescrive la pilule ! » La secrétaire me demande, avec un sourire, ma carte soleil. Puis elle me tend un formulaire à remplir, puisque c'est ma première visite.

Après avoir répondu non à toutes les questions — *Avez-vous un ou plusieurs partenaires sexuels ? Avez-vous le sida ? Une infection transmise sexuellement ?* — je regarde enfin autour de moi. Il n'y a qu'une femme enceinte jusqu'aux oreilles. Sur les murs vert pâle, des dessins d'enfants.

On appelle la femme enceinte. Il n'y a plus que moi et une fausse plante dans la petite salle d'attente. Soudain, la porte d'entrée s'ouvre, et qui fait son apparition ? Tarentula !

On rougit toutes les deux. Elle se dirige tout de suite vers le bureau de la secrétaire qui lui remet à elle aussi un formulaire. C'est donc sa première fois, hein ? Elle s'assoit de biais avec moi. Toutes les deux, on essaie de faire comme si l'autre n'était pas là : mission impossible. On finit toujours par se jeter un coup d'œil. Après quelques minutes de ce manège, on se trouve ridicules. On pouffe de rire. Même si cette fille fait tout pour que je la déteste depuis le début de l'année, je n'arrive pas à avoir l'air bête avec elle. Je brise la glace.

— C'est ta première fois ? lui demandé-je.

— Oui.

Un ange passe.

— Toi aussi ?

— Oui. Tu vois, je suis loin d'être une Marie couche-toi là.

Tarentula devient cramoisie. J'ai attaqué de front. Je dois m'attendre à une riposte.

— En tout cas, que tu courailles ou pas, c'est moi qui ai Justin, me balance-t-elle, en jouant les filles au-dessus de tout.

Bang ! Uppercut dans les émotions. Tarentula sait piquer là où ça fait mal. Juste d'entendre le prénom Justin me replonge dans ma peine de cœur. En plus, je constate qu'elle sait que je suis amoureuse de Justin (comment ça ?) et qu'ils sortent ensemble. Comment ai-je pu penser que j'avais une chance avec lui ? J'ai l'air d'un pichou à côté d'elle. Tarentula, c'est le pétard de l'école.

Une grande et imposante femme en sarrau sort en fermant très fort la porte d'un bureau. Elle a l'air d'une matrone. Elle fait peur. Elle dit à la secrétaire d'une voix sèche et puissante qu'elle doit s'absenter trente minutes, une petite urgence. Elle demande si elle a des patients. On lui indique Tarentula.

Tarentula sourit, mal à l'aise. On regarde la matrone sortir de la clinique d'un pas lourd.

— Oh non. Je ne veux plus y aller, dit Tarentula, en jetant son formulaire sur la chaise à côté d'elle et en se levant pour partir.

Je ne sais pas pourquoi, mais je la retiens.

— Ça va bien aller. On doit toutes passer par là un jour ou l'autre. Dis-toi que le plus tôt sera le mieux.

— OK, miss psycho à deux cennes ! Je n'ai pas besoin de ton aide, me lance-t-elle en se rassoyant.

Elle est tellement bête ! J'ai envie de l'envoyer chez le diable, mais je me la ferme. Qu'est-ce j'ai à être gentille avec cette fille ? Je regarde ailleurs. Tout à coup, mes yeux se braquent sur le formulaire de Tarentula. Elle a répondu la même chose que moi partout. Hein ? Madame n'a jamais fait l'amour…

Tarentula me voit lire son formulaire. Elle s'empresse de le reprendre.

— Tu as raison, me dit-elle.

Tarentula s'est radoucie. C'est louche.

— En quoi, ai-je raison ?

— Il vaut mieux que je passe cet examen le plus vite possible si je ne veux pas tomber enceinte. Remarque, Justin n'aurait rien contre, il me l'a dit alors qu'on venait de passer toute la nuit à faire l'amour.

L'hypocrite ! J'ai des idées de massacre à la tronçonneuse plein la tête ! Je fais comme si de rien n'était et je souris, même si je sais qu'elle essaie juste de me faire mal. Elle veut jouer double jeu ? Elle va voir de quel bois je me chauffe.

— Ça fait longtemps que vous sortez ensemble, Justin et toi ?

— Oui. Très. Il m'aime depuis le premier jour où il m'a vue et il m'aimera toujours.

— Je vous souhaite tout le bonheur du monde.

Tarentula ravale son faux sourire. Aux yeux qu'elle fait, je suis sûre qu'elle ne comprend pas pourquoi je n'ai pas éclaté en sanglots ou piqué une colère. Elle cherche donc autre chose pour m'affaiblir avant de me porter le coup final, à la manière d'une araignée venimeuse. Pourquoi cette fille-là me déteste-t-elle à ce point ? Qu'est-ce que je lui ai fait ? Peu importe, ce n'est pas une raison pour me laisser faire !

— Est-ce que Justin est ton premier chum ?

— Tu veux rire ? Non, j'en ai eu plein, avant.

— Alors tu as beaucoup d'expérience côté... sexualité ?

— Pas mal...

Comprenant que sa réponse peut me permettre, à mon tour, de lancer des rumeurs, elle se rattrape :

— Mais certainement pas autant que toi...

— Oh non. En effet, je ne pense pas.

À la tête qu'elle fait, je comprends qu'elle veut en savoir plus.

— Mais comme je t'ai dit tantôt, je ne suis pas une Marie couche-toi là. C'est juste que j'ai été initiée à certains mystères de la sexualité et que je sais que je peux rendre dingue n'importe quel garçon.

Ouh là ! Je suis en train de m'aventurer sur des sables mouvants. Cependant, je n'arrive pas à m'arrêter, j'ai le goût de jouer avec elle. Depuis le temps qu'elle me fait tourner en bourrique...

— Ah oui ! Comment ?

— Ah ça, c'est un secret.

Tarentula avale sa salive. On dirait qu'elle craint pour ses arrières, craint que je lui vole son Justin. Je me tais et la laisse macérer dans sa peur. En fait, on se tait toutes les deux, comme si, à force de mensonges, il fallait à tout prix qu'on assimile nos bobards pour ne pas se perdre dans nos histoires. C'est silencieux dans la salle d'attente. Tarentula regarde par terre et, sans crier gare, ses yeux s'emplissent de larmes. Elle laisse tomber :

— J'ai peur d'avoir mal.

Je n'en reviens pas ! Tarentula est capable d'émotions. Il y a une fille derrière l'araignée. Après toutes ses vacheries, il m'est impossible de la laisser souffrir.

— Ben non. Je suis certaine que, sous ses dehors de brute, ta gynéco sait s'y prendre. Tu ne sentiras rien.

Tarentula me regarde. Elle ne sait pas quoi répliquer. Oh boy! Qu'est-ce que j'en ai appris sur elle, aujourd'hui! Tarentula n'a jamais fait l'amour. Pourtant, j'aurais parié le contraire avec sa manière de s'habiller et de marcher, en séduisant à la ronde. J'aurais juré que ça fait des lustres qu'elle n'est plus vierge.

Soudain, quelque chose me saute aux yeux: les mains de Tarentula tremblent. Une petite voix me dit qu'elle a besoin de mon aide, même si, jusqu'à maintenant, elle a tout fait pour être ma pire ennemie. Que si elle est si méchante, c'est que quelque chose chez moi lui fait mal. Que cette fille a beaucoup de douleur en elle. Tout à coup, je me trouve ridicule d'avoir essayé de la blesser.

— Écoute, Ta… Oups!

Elle me coupe:

— Tu allais m'appeler Tarentula? Je sais que tes amis et toi me surnommez ainsi. Mon prénom, c'est Jessica.

— Jessica, dis-le à ta gynéco, que tu as peur de l'examen. Je suis certaine qu'elle fera encore plus attention.

— Oui, tu as raison, soupire-t-elle. C... de pilule !
En plus, ce n'est même pas mon idée !

— Est-ce que Justin te met de la pression ? Parce
que si c'est le cas, tu peux le remettre à sa place et...

— Non. Ce n'est pas Justin. Il est très galant et très
doux, c'est vraiment un amour.

Je ressens un pincement au cœur de le savoir gentle-
man et que ce soit une autre qui en profite.

Jessica remarque que je fixe le plancher, l'air
déconfit. Elle sait que ses paroles viennent de m'atteindre, ce qui la pousse à en rajouter :

— Si tu savais comme il est gentil et très attentionné. Il m'a même dit qu'il était prêt à attendre que je
sois prête avant qu'on fasse l'amour.

Ah, ah ! Tarentula vient de se fourvoyer dans ses
mensonges. Je la regarde avec insistance, elle comprend vite sa gaffe. Elle pédale pour corriger le tir :

— Non, en fait, il est... Pour la prochaine fois
qu'on le fera, parce que...

Je continue de la dévisager. C'est à son tour de
baisser les yeux. Je ne profite pas de la situation. Cette
fille-là n'est pas vraie. Elle n'est qu'un tissu de mensonges. Elle doit être vraiment mal dans sa peau. Je
comprends aussi pourquoi elle craint tant sa visite
chez la gynéco.

— Tu sais, Jessica, ce n'est pas parce que tu pren-dras la pilule que tu seras obligée de faire l'amour.

— Pourquoi dis-tu ça ?

— Penses-tu que je n'ai pas compris ?

— OK ! Crime ! Je suis vierge. Il ne faut pas que tu le répètes. Tu jures ?

— Oui.

Elle semble rassurée.

— Jessica, te sens-tu obligée de faire l'amour ?

Elle murmure :

— Je pense que oui.

Elle a l'air si démunie. Je me lève et vais m'asseoir à côté d'elle.

— Jessica, rien ne t'oblige à le faire. C'est un acte important et tu dois te sentir prête...

— Mais c'est ce qu'il faut faire. Tout le monde passe par là !

— Pourquoi te mets-tu cette pression ?

— Ma mère dit toujours que le corps d'une femme est sa meilleure arme.

— Ben moi, je ne suis pas sûre...

— Tu peux bien parler, toi, tu l'as fait depuis longtemps.

Je suis vexée.

— Qu'est-ce qui te fait croire ça? dis-je trop vite, en oubliant la montagne de bobards que je viens d'inventer.

Jessica ne relève pas.

— Ben, tu as un super look mode, les garçons te trouvent belle.

Hein? C'est la première fois que j'entends une telle chose. Je suis plutôt contente d'apprendre que cette fille aime mon look «pas de look» et que les garçons me trouvent mignonne.

— Jessica, je n'ai jamais fait l'amour. C'était juste des menteries tout à l'heure, comme toi.

— Pourquoi es-tu ici?

— C'est à moi que tu demandes ça? Alors qu'on sait toutes les deux qui a envoyé une lettre à mes parents, ce qui a rappelé à ma mère de me faire voir un gynéco! Et qui a passé un coup de fil au poste de police, m'obligeant à aller m'expliquer! Savais-tu que le policier voulait connaître le nom de l'idiote qui avait fait ça et que je n'ai rien dit?

Jessica est sur le point de protester, mais se ressaisit.

— Je m'excuse. Si j'ai fait ça, c'est parce que...

La gynéco de Tarentula entre dans la clinique, passe en nous lançant un air bête et s'enferme dans son bureau.

— Et toi, Ariane, as-tu peur de ta première fois ?

— Je pense que oui, comme toutes les filles. J'ai lu dans *Full sexuel* de Jocelyne Robert que, la première fois, c'est rarement le septième ciel comme au cinéma... 50 % des filles sont déçues. Par contre, ça peut être bien. Et ça peut ne pas faire mal, seulement un petit pincement si les deux partenaires prennent leur temps. Les préliminaires servent à la lubrification vaginale de la femme, ce qui diminue les risques de douleur.

Je ne peux pas croire que je suis en train de rassurer la fille qui m'a mise dans ce pétrin et que, en plus, je lui donne des trucs pour sa vie sexuelle avec le gars que j'aime. Je suis plus qu'une bonne poire, je suis une vraie tarte !

Un petit docteur vietnamien à lunettes fait son apparition dans la salle d'attente.

— Ariane Labrie-Loyal ?

— Oui !

— C'est à toi, me dit-il.

Avant de me lever et de suivre le médecin, je donne mon courriel à Jessica et elle me donne le sien.

— Merci, Ariane.

J'entre dans le bureau du Dr Nguyen. Petit bureau idem à celui de mon médecin de famille, plante verte, bureau, chaise noire et table d'auscultation. Un petit bouddha grassouillet trônant sur une étagère semble rire de moi.

— C'est ta première fois ?

— Oui, réponds-je d'une voix plus ou moins assurée.

— Tout va bien se passer. Tout d'abord, enlève ton jean et tes dessous, et mets cette blouse bleue. Couche-toi ensuite sur la table.

Dr Nguyen a à peine fini de me donner ses instructions qu'il est déjà hors de la pièce. J'enlève mon jean, ma culotte et j'enfile la blouse bleue à toute vitesse. Je m'assois sur la table d'auscultation. Le papier crisse sous moi. Je bouge un peu et vlan, je déchire le papier. Je me relève pour arranger le papier, je le déchire encore plus. Le médecin entre et voit mon visage de grande criminelle.

— Ne t'inquiète pas. Ça déchire tout le temps.

Il me pose des questions sur l'école, sur mes cours préférés, sur mes groupes de musiques préférés, me parle de ses fils qui ont mon âge. Je sais qu'il veut me mettre à l'aise. Je le trouve gentil. Chose certaine, son stratagème fonctionne, car pendant qu'il me fait parler, il prend ma pression, me sonde, me pèse et, sans m'en apercevoir, je me retrouve couchée, les pieds dans les étriers. C'est quand il enfonce le spéculum que je réalise ce qui se passe. C'est froid.

— Ça ne sera pas long, me dit-il.

Il prend un grand coton-tige, l'entre en moi et le retire pour le frotter contre une plaquette.

— Je vais envoyer ce prélèvement au laboratoire pour le test PAP. Il faut s'assurer qu'il n'y a pas d'infection… Maintenant, je vais palper tes seins.

Le médecin soulève la blouse bleue. Je regarde le plafond, mal à l'aise. Je dois être rouge tomate.

Je sens ses mains faire de petits mouvements rotatifs tout autour de mes mamelons. Puis il appuie jusque sous mes aisselles, ce qui me chatouille. J'éclate de rire.

— Tout est parfait. Tu peux te rhabiller. C'est terminé.

— Déjà ?

— Hé oui.

Pendant que le médecin note des choses à son bureau, j'enfile ma petite culotte et mon jean et me débarrasse de cette affreuse blouse bleue.

— Tu as entendu parler du vaccin Gardasil qui prévient le cancer du col de l'utérus ?

— Oui, mon médecin de famille s'en occupe.

— OK. Donc, tu veux que je te prescrive la pilule, c'est ça ?

— Euh… En fait, je ne sais pas. Je n'ai pas d'amoureux, je n'ai jamais couché avec quelqu'un et je ne pense pas que ça risque d'arriver bientôt. Alors, à quoi ça me servirait ?

— As-tu des règles douloureuses ?

— Ça oui. Je me tords de douleur chaque mois !

— Avec la pilule, tu aurais des règles moins abondantes et moins douloureuses.

— Vendu ! J'en veux dix paquets tout de suite ! rigolé-je.

* *
*

Je suis si soulagée ! Enfin, je peux respirer. Mon examen gynécologique a eu lieu et il s'est super bien déroulé. Ce n'était vraiment pas si pire que ça. Je suis tombée sur un bon médecin qui a su me mettre à l'aise. Je ne sais pas si Jessica a eu autant de chance que moi. Tiens, d'ailleurs, je vais vérifier mes courriels au cas où elle m'aurait écrit…

Pas de message de Jessica. Hein ? Axel m'a écrit ?

De: Axel Gagné

À: Ariane Labrie-Loyal

Envoyé le: 16 décembre à 16 h 31

Sujet: Week-end!

Salut Ariane!

Ça fÈ un bout qu'on n'a pas fÈ un truc. Ce week-end, ça te dit qu'on regarde des films? JÉ invïT Roxy. Elle a accepT. Mes parents ont installé notre cinéma-maison. J'attends ta réponse.

À+

Je suis trop contente! Yeah! Axel me parle de nouveau. Je m'empresse de lui répondre.

De: Ariane Labrie-Loyal

À: Axel Gagné

Envoyé le: 16 décembre à 17 h 47

Sujet: Rép: Week-end!

OUI!!!

Tout va de mieux en mieux.

* *
*

À midi, à la cafétéria, Axel, Roxanne et moi nous assoyons à notre nouvelle table. Jessica squatte toujours notre ancien repère.

— Attention, tout le monde ! Araignée venimeuse à grandes pattes à deux mètres de nous, dit Axel.

Je me retourne et, quand nos regards se croisent, je salue poliment Jessica. Mais elle fait comme si elle ne m'avait pas vue. Je ne comprends pas. Ses mini-clones me toisent de la tête aux pieds avec dédain. J'ai l'air stupide avec ma main dans les airs.

— Qu'est-ce que je viens de voir ? me demande Roxanne les yeux presque sortis de la tête. Tu as salué cette garce ? Qu'est-ce qui s'est passé depuis hier ? Es-tu à ce point traumatisée par ton excursion chez le médecin ?

— Je suis tombée sur elle dans la salle d'attente. On n'a pas eu le choix de se parler. Le pire, c'est qu'elle avait besoin d'aide et je l'ai secourue… Et voilà comment elle me remercie aujourd'hui. Je n'en reviens pas.

— C'est une ingrate. Une conne ! peste Roxanne.

— Oui, elle, ses mini-clones et son Justin, renchérit Axel.

— En effet, ils forment un beau couple, ces deux-là, vous ne trouvez pas ? dis-je sarcastique.

— Justin Timberlake et Paris Hilton, pouffe Axel.

Je ris avec lui mais, dans mon for intérieur, mes boyaux se tordent. Oui, ils forment un super beau couple et ça me brise le cœur.

— Hein, ils sortent ensemble ? s'étonne Roxanne.

— Moi, je le sais depuis une semaine. Une des mini-clones l'a dit à une autre fille, et j'ai tout entendu, précise Axel. En fait, j'aurais dû m'en apercevoir plus tôt parce que je les ai vus marcher ensemble dans ma rue après les cours, il y a trois semaines.

Je viens de comprendre. C'est pour elle que Justin ne m'a pas appelée le fameux soir. C'est avec elle qu'il était. Sa prétendue cousine ou amie ou je ne sais quoi, c'était Tarentula. Il a dû lui dire qu'il devait me téléphoner. Elle en a sûrement déduit que je tripais sur lui et elle a fait en sorte qu'il ne m'appelle pas. Tout est clair. Je me trouve encore plus poche.

— Les filles, que diriez-vous de faire notre soirée vidéo demain soir ? Ce serait une bonne façon de fêter le début des vacances ! lance Axel, super enthousiaste.

— Oh oui, cool ! s'exclame Roxanne.

— On ira louer les films ensemble à mon club vidéo, propose Axel.

Et lui et Roxanne poursuivent leur discussion sur les nouveautés vidéo alors que moi, je reste figée sur mes anciens bobos.

* *
*

La suite de la journée se déroule plutôt mal. Je n'arrête pas de croiser Tarentula et Justin, main dans la main ou s'embrassant à pleine bouche. Et quand je ne les vois pas ensemble, c'est Tarentula qui se retrouve sur mon chemin en compagnie de ses mini-clones. C'est comme avant. Je ne la comprends pas.

Au cours d'histoire, elle bat des records de méchanceté. Pendant que le prof nous parle du Moyen Âge, j'entends Tarentula dire à ses amies que je prends la pilule pour baiser avec tout ce qui bouge. Les filles rient dans mon dos. Là, j'en ai ma claque. D'un bond, je me retourne et lui fais face :

— C'est quoi ton problème ?

Tarentula fait l'innocente.

— Hein ? De quoi tu parles ? Tu es folle ou quoi ?

Le prof d'histoire s'énerve :

— Ariane ! Qu'est-ce qui se passe ?

— Je ne peux pas me concentrer à cause d'elles !

Le prof sépare le trio d'araignées.

— Toi, tu vas me le payer, siffle Tarentula entre ses dents.

Je vois noir. J'en ai vraiment ma claque d'être la bonne poire, la fille gentille qui pardonne tout à tout le monde. Je me lève, me plante devant Tarentula et dis, à bout de nerfs :

— Tu veux que je répète ce que j'ai appris hier ?

Tarentula avale nerveusement. Elle est coincée. Elle rit jaune, ne veut pas perdre la face. Elle est orgueilleuse. Mais moi, j'en ai assez qu'on me prenne pour une épaisse. C'est à mon tour d'être méchante.

— Saviez-vous que Jessica...

— Tu peux bien dire ce que tu voudras, personne ne te croira, persifle-t-elle.

On se fixe longuement.

— Ah et puis zut !

Je ne suis pas capable d'être méchante.

Je me rassieds. Tarentula semble soulagée. Ses mini-clones la regardent, le visage en point d'interrogation.

— Ariane et Jessica, chez le directeur ! dit le prof, rouge de colère.

* *

*

Je marche devant elle. Je suis enragée. On m'envoie encore chez le directeur et ce n'est pas de ma faute. Espèce d'araignée venimeuse ! Juste d'entendre ses talons hauts claquer dans mon dos, j'ai envie de l'écraser.

Au bureau de la direction, la secrétaire qui est revenue de son long congé me reconnaît.

— Ah, Ariane ! Comment vas-tu ?

— Pas tellement fort.

La secrétaire reprend son rôle de secrétaire de direction et ravale son envie de sympathiser avec moi. Si je suis chez le directeur, c'est que j'ai fait quelque chose de mal. Voilà ce qu'elle doit se dire.

— Ce ne sera pas long, les filles.

Tarentula et moi nous assoyons une en face de l'autre. Au lieu de l'éviter, je la regarde avec des yeux de tueur à gages. J'ai beaucoup de difficulté à me contenir.

— Tu veux ma photo ? balance-t-elle.

— C'est quoi ton problème ?

— ...

— Hein, c'est quoi ton problème ? Pourquoi faut-il toujours que tu te comportes en véritable bitch avec moi ? Allez, dis-le-moi en pleine face si tu as le courage !

— Tu m'énerves.

— Ah oui ! Et pourquoi je t'énerve ?

— Parce que.

— Tu ne sais pas quoi dire, hein ? C'est ça ! Ton seul neurone en activité ne marche plus ?

Jessica voit rouge. Elle se lève et me lance son sac d'école. Là, ça va faire, la gentillesse. J'évite son sac de justesse. Je me lève d'un bond et la pousse. Elle me repousse à son tour. La secrétaire crie pour nous séparer.

— ARRÊTEZ, LES FILLES ! COMPORTEZ-VOUS EN ADULTES !

Malheureusement, elle est emportée dans notre bousculade. Le directeur apparaît devant nous.

— Dans mon bureau, vous deux !

Tarentula et moi nous assoyons côte à côte, les cheveux en bataille, le rouge aux joues et les vêtements tout de travers.

Le directeur s'appuie contre son bureau, en face de nous. Il se tient prêt à nous séparer à tout moment. Il garde le silence pendant au moins deux minutes.

— Maintenant que vous êtes calmées, vous allez me raconter ce qui s'est passé.

Aucune de nous deux ne répond.

— J'ai tout mon temps. Pas question de sortir de ce bureau sans qu'on m'explique la situation, mesdemoiselles.

— Jessica n'arrête pas de me harceler depuis le début de l'année, sans raison.

— Oh oui, et comment te harcèle-t-elle ?

Qu'est-ce que je fais ? Est-ce que je lui dis jusqu'où cette garce est allée pour me mettre dans les ennuis ? Si oui, elle risque de gros problèmes, voire l'expulsion. Qu'est-ce que je fais ? Et puis non, je ne suis pas du genre à me plaindre.

— J'attends, dit le directeur.

Trois anges passent.

— Elle m'énerve, murmure Tarentula.

— Ah oui, mais tu n'es même pas capable de dire en quoi je t'énerve !

— Tu te penses meilleure que tout le monde.

— Jessica, tu as de gros problèmes. Entre autres, celui de ne dire que des mensonges, constamment.

— Moi, une menteuse ? Tu peux bien parler, Miss j'ai-été-initiée-aux-mystères-de-la-sexualité !

— Bon, les filles, calmez-vous, intervient le directeur. Ce n'est pas en vous criant des noms par la tête qu'on va régler le problème.

— Mille fois j'ai passé l'éponge. J'ai même essayé de l'aider. Mais là, je n'en peux plus. La coupe est pleine. À cause d'elle, j'ai failli avoir de gros ennuis…

Et là, en voyant Tarentula faire son traditionnel sourire narquois, ça sort :

— À cause d'elle, j'ai dû m'expliquer avec la police ! Elle a lancé la rumeur que je couchais, avec un prof. Avec Guy Charron.

Et voilà, c'est dit. Fini d'être plus catholique que le pape. Fini la fille compréhensive qui fait passer les besoins et les douleurs des autres avant les siens.

Jessica me regarde avec de grands yeux ronds. Elle devait être sûre que je n'oserais jamais rien révéler. Le directeur devient cramoisi. On croirait voir de la fumée sortir de ses oreilles.

— C'est quoi cette histoire ? demande-t-il le plus calmement possible.

Je lui explique donc. Tout au long de mon récit, M. Gagnon respire par le nez, aussi fort qu'un taureau devant une cape rouge. Il fixe Tarentula que je sens rapetisser, de phrase en phrase, sur sa chaise.

— Jessica, tu sais que c'est très grave ce que tu as fait là ? dit-il.

— C'était juste pour qu'elle…

— Non. Jessica, pas d'excuses boiteuses. Tu aurais pu attirer de gros ennuis à Guy Charron. As-tu seulement pensé à ça ?

Jessica se fait maintenant minuscule, elle murmure.

— Non.

— Accuser un prof à tort, Jessica, c'est horrible. Encore heureux qu'Ariane n'ait pas déposé une plainte contre toi. Tu vas t'excuser auprès d'elle tout de suite.

Jessica se tourne vers moi. Alors que je m'attends à un de ses sourires narquois ou à une de ses mines condescendantes, elle me regarde avec un visage plein de remords.

— Ariane, je m'excuse. Je ne t'ennuierai plus.

— J'ai l'impression que tu es un visage à deux faces, Jessica. Je ne sais pas si je dois te croire. D'ailleurs, pourquoi es-tu contre moi depuis le début des cours ? Hein ? Qu'est-ce que je t'ai fait ?

— Rien, dit-elle tout bas.

— Je ne te volerai pas Justin, si c'est ce que tu crains.

— C'est ce que tu crois, mais Justin t'aime bien.

— Ah non, si c'est encore une autre de tes manigances, je ne marche pas. Tu veux me faire croire que tu es jalouse ! Tu me prends pour une cruche ? T'es-tu bien regardée ? Tu peux avoir tous les garçons de la terre !

— Non, ce n'est pas vrai. Ils ne restent jamais longtemps avec moi... Parce que je ne sais pas quoi leur dire. Alors que toi, tu parles bien, tu es rigolote... Moi, j'ai juste mon corps, dit-elle avec une humilité qui m'émeut. Je suis fake.

Et elle éclate en sanglots.

— Bon, maintenant que vous vous êtes expliquées, Ariane, tu peux sortir. Je dois parler à Jessica, seul à seul.

Je quitte le bureau du directeur plus légère. Comme si on venait d'enlever un immense poids de mes épaules. Je respire à pleins poumons. Mais j'ai quand même une certaine inquiétude. Quelle sera la punition de Jessica ? D'accord, elle a mal agi envers moi, mais je ne lui veux pas de mal. Je décide donc de l'attendre. C'est plus fort que moi.

Quelques minutes plus tard, elle sort. Elle a séché ses larmes.

— Tu m'as attendue ? s'exclame-t-elle, surprise.

— Oui, je voulais m'assurer que ta punition n'est pas trop effrayante.

— Pourquoi t'inquiètes-tu pour moi, après tout ce que je t'ai fait ?

— Je suis comme ça !

— M. Gagnon a été correct. Il m'a juste sermonnée et m'a recommandé de me tenir tranquille toute l'année, car il ne sera plus aussi gentil à l'avenir.

— Vas-tu être capable ?

— Pourquoi dis-tu ça ?

— Jessica, tu es si… imprévisible.

— Ce n'est pas ce que pense ma mère. Elle dit que je suis gourde et aussi prévisible qu'un film de série B. Mais moi, la plupart du temps, je ne sais pas comment me comporter. Je ne sais pas ce que je veux.

— Eh bien, si tu veux savoir qui tu es, réfléchis à tes valeurs. Réfléchis à ce qui est important pour toi. À ce que tu aimes, toi.

— J'aimerais ça être comme toi.

— Pis moi, j'aimerais avoir tes cheveux et tes yeux bleus.

— Ah non, j'aimerais beaucoup plus avoir tes yeux verts.

— Le gazon est toujours plus vert dans le jardin de l'autre.

* *

*

Yeah! Enfin les vacances du temps des fêtes! Je ne suis pas fâchée. Cette moitié d'année scolaire aura été des plus rock & roll. Ciel qu'il s'est passé des choses. Je peux bien être fatiguée. Au moins, là, c'est soirée vidéo.

Avant de me rendre chez Axel qui nous attend avec une grosse pizza, des frites et des sodas, je vais à la pharmacie chercher mes premières pilules anticonceptionnelles. Quand je remets la prescription au pharmacien, je suis fière, je me sens adulte.

En me rendant chez Axel, je ne peux m'empêcher de penser à Jessica, au fait qu'elle se connaît si peu, et étrangement cette histoire me renvoie à ma relation avec ma sœur. Afin de me distinguer d'elle, il a bien fallu que je sache ce que je valais, ce que je voulais. Ce n'était pas facile, on pouvait s'obstiner pendant des heures. Ma sœur avait beau me reprocher de toujours la suivre, quand je m'éloignais d'elle, elle était la première à s'en plaindre. Les gens n'aiment pas trop quand on change, car ça les oblige à changer aussi.

17 h 30. J'arrive chez Axel avec un sourire banane et le sentiment d'avoir gagné quelques années de plus, côté maturité. Roxanne est déjà là.

— Les filles, on mange et on va au club vidéo ensuite, dit Axel.

La pizza sent tellement bon.

— À l'attaque ! ajoute-t-il.

Tous les trois, on plonge dans la grande pepperoni fromage. Je ne m'étais pas rendu compte que je mourais de faim. La pizza et les frites disparaissent en moins de deux.

Alors qu'on s'apprête à se rendre au club vidéo, mon cellulaire sonne.

— Ariane, c'est maman.

À sa voix paniquée, je comprends qu'il se passe quelque chose.

— Qu'est-ce qu'il y a, maman ?

— Ariane, il faut que tu reviennes à la maison...

— Mais maman, c'est ma soirée vidéo, je t'en ai parlé...

— C'est urgent ! s'énerve-t-elle.

Des chocs électriques parcourent mon cerveau. Je crains le pire.

— Il est arrivé quelque chose à Fred ?

— Non, Ariane...

— À qui, maman ? À qui ?

— Reviens, ma chérie. Je préfère te le dire à la maison.

— Non, maman, dis-le-moi tout de suite. Tu me fais peur...

—C'est ton père...

—Qu'est-ce qu'il y a, maman, dis-le-moi tout de suite... Je t'en prie.

Ma mère fond en larmes.

—Ton père a perdu son emploi et toutes nos économies. On est ruinés, Ariane. Ruinés.

La terre cesse de tourner. Tout s'arrête. Il n'y a plus que moi aux prises avec mes émotions qui jouent à la machine à boule.

DOSSIER 7 :
Du relooking extréme pour l'estime de soi

20 janvier

Il fait encore noir et je suis déjà devant la poly, assise sur un bloc de ciment couvert de neige et de glace. La température frôle les -20 degrés. La rue est presque déserte. Les autobus commencent seulement leur journée, tout comme les quelques personnes qui, les yeux ensommeillés, descendent déneiger leur voiture avant de partir travailler. J'ai froid. Je me recroqueville. J'ai l'impression que la buée qui sort de ma bouche se transforme illico en minuscules glaçons. Si mes émotions pouvaient geler, aussi...

J'aurais pu rester bien au chaud chez moi et attendre 8 h pour aller à l'école, mais j'étouffais. Je souffre d'insomnie depuis que ma famille est ruinée. J'ai peur qu'on se retrouve à la rue à quémander. Ou qu'on soit réduits à vivre dans des tentes, comme ces Américains pauvres qu'ils ont montrés au téléjournal. Ils n'ont d'autre choix que de demeurer dans des villages de tentes en bordure des grandes villes.

Je me suis levée pour aller déjeuner et je suis tombée sur mon père. Il était assis dans la cuisine, les yeux cernés jusqu'au Missouri, le visage défait. J'aurais préféré qu'il soit comme d'habitude, qu'il chiale pour n'importe quoi : « Ariane, éteins la lumière quand tu quittes une pièce ! », « Ariane, ferme ta fenêtre, on chauffe l'extérieur ! » Mais ce matin, ce que je voyais, c'était l'angoisse de mon père.

Depuis qu'il a perdu son emploi, il se sent comme une larve. Pour lui, un homme au chômage ne vaut rien. Pauvre papa.

De la porte, j'observais mon père, et j'avais mal pour lui. Je suis donc entrée dans la cuisine, arborant le sourire banane de mes meilleurs jours.

— Allô, papa !

— Ah, Ariane, a dit mon père avec une esquisse de sourire.

Et il s'est replongé dans le vide de son existence. Le voir avec l'estime au ras des pâquerettes, ça me fait mal. C'est pour cela que je suis partie tout de suite.

— Salut, Ariane ! dit Axel, tout emmitouflé dans ses vêtements d'hiver.

— Hein ? Qu'est-ce que tu fais là ?

— Ben, je viens à la poly !

Je regarde autour de moi. Le jour s'est levé et des élèves font le pied de grue sur le trottoir. J'étais tellement absorbée par mes pensées que je n'ai rien vu.

— Mais tu claques des dents, Ariane ! On dirait un mini marteau-piqueur ! Attends un peu...

Axel défait son foulard et me le passe autour du cou.

— Ton nez est tout rouge. Ça doit faire longtemps que tu es ici !

— Je ne sais pas... Deux heures, peut-être, réponds-je en frottant mes joues contre la chaleur du foulard.

— C'est quoi l'idée ? La poly te manquait à ce point-là ? rigole-t-il.

Je ne ris pas. Je fixe le camion de livraison stationné devant moi. Il est couvert de slush grise. Comme ma vie.

— Toi, tu as la tête d'une fille qui s'en fait pour son père. C'est ça ?

— Ben oui. Si tu l'avais vu, ce matin. Il était tellement déprimé. Je n'aime pas ça.

— Il va s'en remettre. Là, il est encore sous le choc d'avoir perdu son emploi. Mais tu vas voir, Ariane, son énergie va revenir et il va se sortir de cette mauvaise passe.

— Tu as raison, Axel, mais pour l'instant il m'inquiète. Je ne veux pas qu'il fasse une dépression comme ma mère. Elle vient à peine de s'en sortir.

— Ce sont les parents qui sont supposés s'occuper de leurs enfants, pas le contraire, réplique-t-il, en jouant avec le col de son manteau pour se réchauffer.

— Je le sais bien, mais que veux-tu ? Depuis que ma sœur est... Depuis ça, les Labrie-Loyal collectionnent les problèmes. Impossible d'avoir la paix.

— Holà, Ariane ! Tu ne vas pas nous faire une déprime. OK. Ton père a perdu son emploi, mais ce n'est pas le premier à qui ça arrive. Il va en trouver un autre. Et pour toi, les choses vont plutôt bien.

— Ah oui ? En quoi ?

— Ben, tu as de bonnes notes dans toutes tes matières. Hey ! En maths, madame a obtenu le meilleur résultat de l'examen : 94 % ! Tu es super intelligente. Le monde t'adore. Tu souris tout le temps. Pis tu n'es pas comme les autres filles...

— Qu'est-ce que tu veux dire ? demandé-je, curieuse.

Axel devient rouge tomate, regarde ailleurs et, sans crier gare, me balance :

— J't'aime, Ariane.

La cloche sonne, annonçant l'ouverture des portes. Axel se sauve vers l'entrée. Moi, je reste derrière, abasourdie. Qu'est-ce qu'il entend par « J't'aime » ? Veut-il dire comme amie ? Ou veut-il parler d'autre chose... de sentiments amoureux ? Non. Pas Axel. C'est mon meilleur ami de gars. Non. Il ne s'intéresse pas à moi... je crois.

J'arrive à mon casier la tête pleine de questions. Axel se dépêche de prendre ses livres et se sauve, mal à l'aise. C'est à peine s'il me salue. Se pourrait-il qu'il ait le béguin pour moi et que je n'aie rien vu ? Si c'est le cas, que vais-je faire ? Je n'ai jamais pensé à lui autrement qu'en termes d'amitié. Et si on sortait ensemble... Et là, ça y est, mon imagination s'emballe. Je nous vois, Axel et moi, super gênés, assis l'un à côté de l'autre au cinéma, durant un film d'horreur. On se colle pour se rassurer. Soudain, il approche ses lèvres et m'embrasse, mais comme j'ai du maïs soufflé plein la bouche, je m'étouffe et le lui crache dans la figure. Oh non ! À moins que... On sort ensemble. On s'aime. Tout va bien jusqu'au jour où il tombe amoureux d'une autre fille. Il me quitte et je ne peux pas l'oublier. Chaque jour, je les vois marcher main dans la main. Ils font même exprès de s'embrasser devant moi. Je dépéris à vue d'œil. Je n'arrive plus à me concentrer sur mes cours. J'ai des échecs partout. Ma vie est ruinée. Je n'irai jamais à l'université. À vingt-cinq ans, on me retrouve dans une cabane en carton sous le pont Jacques-Cartier à...

— ARIAAAAAAAAANE!

— Hein?

Roxanne est devant moi et me regarde avec des yeux gros comme des pamplemousses.

— Ça fait une éternité que je te parle!

— Excuse-moi, j'étais dans la lune.

— Ben, reviens sur terre, parce que quelqu'un a besoin de toi.

— Qui? demandé-je, en m'ébrouant, question d'avoir les deux pieds dans la réalité.

— Elle s'appelle Sarah. Ça te dit quelque chose?

— Euh, non.

— Moi non plus.

— Comment sais-tu qu'elle a besoin de moi?

— Quand je suis arrivée à ma case, il y avait ça dessus, dit-elle en me tendant une enveloppe couverte d'une petite écriture.

— Comme elle ne savait pas où se trouvait ta case, elle l'a scotchée sur la mienne.

Tout le monde connaît la case de Roxanne. En dessous de son nom, il y a un crâne méchant sous lequel est écrit en grosses lettres : DANGER ! FILLE ENRAGÉE !

Je lis à voix haute ce qu'il y a sur l'enveloppe :

Salut, Roxanne !
Ce serait vraiment gentil de ta part de remettre cette lettre à Ariane. Merci d'avance.

J'ouvre l'enveloppe.

Ariane,
On ne se connaît pas.

Voyant que je ne lis pas tout haut le contenu de la lettre, Roxanne, nullement gênée, se place derrière moi et regarde par-dessus mon épaule.

À vrai dire, moi, je te connais, mais toi, ça m'étonnerait. Je passe tellement inaperçue. D'ailleurs, c'est pour cela que je t'écris. Bientôt, il y aura la grosse fête de la Saint-Valentin et...

Je lève les yeux vers Roxanne :
— Quelle fête ? As-tu été invitée, toi ?

— On est tous invités. Chaque année, c'est pareil. Il y a quelqu'un qui organise une fête le 14 février pour son niveau. Cette année, on ne sait pas encore qui s'en occupe ni où la fête aura lieu. Mais c'est sûr qu'on sera invitées. Ne t'en fais pas.

Je poursuis la lecture :

J'aimerais beaucoup y aller, car il y a un garçon qui me plaît et qui y sera. Alors j'ai besoin de ton aide pour qu'il me remarque. Si tu veux venir à mon secours, communique avec moi le plus vite possible au : ça.rat@videotron.ca

Sarah Janis

— Qu'est-ce qu'on fait ? demande Roxanne.

— Ben, JE vais m'en occuper, précisé-je à mon amie.

Roxanne fait la tête.

— T'inquiète pas, j'aurai sûrement besoin de ton aide. Tu sais bien que tu m'es indispensable.

Roxanne sourit, fière.

Eh boy ! Mon père déprime, mon meilleur ami est peut-être amoureux de moi et une fille veut que je l'aide à ne pas passer inaperçue. Ce n'est pas cette semaine que j'aurai des vacances.

Expression dramatique. Enfin, un cours relaxe. Pas facile de se concentrer sur ce que les profs racontent quand on a la tête pleine de questions.

Jessica fait son entrée, suivie comme toujours de ses mini-clones. Elle passe près de moi. On se salue. Depuis la confrontation chez le directeur, on se respecte. Ce qui est drôle, par contre, ce sont ses deux suiveuses. Comme elles ont à cœur de copier Jessica en tout, elles se sentent obligées de me saluer à leur tour. J'ai droit à toutes sortes de saluts à moitié avalés ou avec des voix étranges. Ces filles-là ont autant de personnalité que des débarbouillettes!

Nous sommes tous assis sur le grand tapis gris. Le cours commence. Le prof fait l'appel. Je sursaute quand j'entends:

— Sarah Janis.

— Présente!

Mais c'est la fille de la lettre! Pourquoi ne m'a-t-elle pas dit qu'elle était dans mon cours d'expression dramatique? Remarque, même si elle me l'avait écrit, pas sûre que j'aurais su de qui il s'agissait.

Je me tourne vers le fond de la classe. Une fille aux cheveux châtains, à la peau très pâle, de taille moyenne, au style vestimentaire indéfini, regarde le sol.

Le prof nous demande de trouver un partenaire pour l'exercice suivant. Il veut nous enseigner l'art du maquillage de scène. Cool! Tiens donc, ça me donne une idée...

Comme Roxanne est encore une fois au bureau du directeur... je m'approche de la fille de la lettre.

— C'est bien toi, Sarah? Ça te dit de faire l'exercice avec moi?

— Si tu veux.

Je nous installe un peu en retrait, Sarah et moi, de manière à ce que personne n'entende ce qu'elle me racontera. Je veux l'amener à se confier.

Le prof nous distribue des pinceaux et des petits pots contenant du maquillage. Il nous donne des instructions de base et dessine quelques personnages au tableau: clown, Pierrot la lune, geisha... Sarah et moi optons toutes deux pour la geisha. Je commence donc par enduire le visage de ma partenaire d'une crème blanche tout en la questionnant:

— Tu veux que je t'aide afin de te faire remarquer par un garçon, c'est bien ça?

— Bof! Je n'en suis plus si sûre, laisse-t-elle tomber d'une toute petite voix.

— Comment ça ?

— C'est inutile. Jamais il ne s'intéressera à moi. Hier, j'ai eu un moment d'espoir, mais aujourd'hui la réalité m'est retombée dessus : je ne suis pas de taille.

Mon instinct me dit que sa lettre était un cri du cœur. Il faut à tout prix que je l'aide. Je l'interroge :

— Qu'est-ce qui ne va pas ? Tu sors d'une peine de cœur et tu as peur de retomber amoureuse ?

— Si seulement c'était ça. Jamais personne ne s'est intéressé à moi. Je n'ai jamais eu de petit ami. Enfin, ça a failli, mais chaque fois ça a tourné au vinaigre.

OK. Le mal est plus profond.

— Tu penses vraiment que personne ne s'intéresse à toi ? questionné-je tout en lui dessinant une petite bouche rouge vif.

— C'est sûr. Il n'y a jamais personne qui m'aborde. Je passe inaperçue auprès des gars. Et, de toute façon, même si on s'intéressait à moi, ça ne servirait à rien. Je n'en vaux pas la peine. Je ne m'aime pas. Je souhaiterais tellement être quelqu'un d'autre. Une autre fille... Comme toi, Ariane. Tu as l'air tellement bien dans ta peau. Tout te sourit. Tu n'as pas de gros problèmes...

— Oh là, je pense que tu as une très mauvaise vision de toi et des gens autour. Tout d'abord, sache que j'ai mon lot de problèmes. J'en ai même plus que tu peux l'imaginer. Et c'est quoi, ça, « je ne m'aime pas » ?

Sarah me regarde, les yeux rouges comme sa bouche. Cette fille a un sérieux problème d'estime de soi. Ciel ! Je suis dans le thème, cette semaine, mon père, puis elle maintenant.

— Sarah, écoute-moi bien. Je vais t'aider pour que tu te sentes mieux dans ta peau. Que ce soit pour séduire le garçon ou non. D'accord ?

— Si tu penses que ça en vaut la peine.

— Oui, TU en vaux la peine. Donc, demain soir, rendez-vous chez moi. Je t'envoie mes coordonnées par courriel, OK ?

— OK... Merci, Ariane.

Je recule pour contempler mon œuvre... On dirait une geisha qui est passée sous un rouleau-compresseur !

— Regarde-toi dans le miroir avant de me remercier...

* *
*

Je rentre chez moi emballée par l'idée d'aider une fille à booster son estime de soi, à se sentir plus belle autant à l'intérieur qu'à l'extérieur, à se sentir mieux. Aider une autre personne me fait un bien fou.

Après un souper où mon père a fait une tête d'enterrement et ma mère n'a pas cessé de jacasser comme une perruche, je m'enferme dans ma chambre. Je n'arrête pas de penser à ce qu'Axel m'a dit et je deviens toute chose. Des bouffées de chaleur m'envahissent. Je dois avoir les joues rouges comme des feux de circulation. Je suis flattée, mais en même temps inquiète. Qu'est-ce qui va se passer entre Axel et moi ? Non. Ariane, concentre-toi plutôt sur le cas de Sarah. Elle a besoin de toi.

Je m'installe devant mon ordi pour faire quelques recherches sur l'estime de soi et trouver comment je vais procéder pour le cas Sarah. Parce que, même si je suis emballée, je me suis embarquée dans quelque chose de gros. Amener une fille à s'aimer, c'est comme transformer une pomme en orange. Que dis-je ? Une chenille en jument ! En allant me chercher un verre d'eau dans la cuisine, je capte des bouts d'une émission de télé : *Lydia de Boston est une ménagère qui n'osait pas sortir de chez elle, car son nez la complexait... Voyez ce que notre équipe a fait pour elle... Maintenant, Lydia est heureuse et...* Oui ! C'est ça ! Je viens d'avoir une idée... C'est exactement ce que nous allons faire… Oui, nous, car je pense que je vais avoir besoin de tout mon entourage pour cette transformation extrême. Sarah a besoin un « relooking » total !

* *
*

21 janvier

Anglais, français et compagnie. Ce matin, j'enchaîne tout avec brio. J'ai un but. J'ai bien pensé à Sarah et je crois savoir comment l'aider. Je dois m'entourer de bons coachs. Et la première concernée, c'est Jessica !

À la fin de mon cours de géographie, je me précipite vers la sortie dans l'espoir de l'attraper, car sa classe est à côté de la mienne. Je dois lui parler avant qu'on atteigne la cafétéria.

Elle sort seule. Pas de mini-clones sur ses talons.

— Salut, Jessica ! Est-ce que je peux te parler deux minutes ?

Surprise, Jessica arrête de marcher.

— Vas-y.

— Bon, ben… Je ne sais pas comment te dire ça, mais j'ai besoin de ton aide.

Elle me regarde avec des sourcils en forme de point d'interrogation.

— J'ai besoin de tes conseils de « styliste ».

— Hein ? Je ne suis pas styliste.

— Mais tu as l'air d'en savoir beaucoup sur la mode. OK, tu t'habilles trop sexy à mon goût, mais je suis sûre que tu es fan de toutes les émissions de relooking, est-ce que je me trompe ?

— En effet, je suis assez accro à ces émissions. Mais si tu trouves que j'en fais trop, côté sexy, pourquoi as-tu pensé à moi ? dit-elle un peu vexée.

— Parce que suis certaine que tu serais capable de rendre attirant un pot de mayonnaise.

— Quoi, j'ai l'air d'un pot de mayonnaise ? répond-elle, offusquée.

— Non. Non. Je voulais juste souligner ton... talent pour choisir des vêtements et des couleurs qui savent mettre tes charmes en valeur...

— OK. Donc, si je te comprends bien, tu as besoin de mes conseils en mode ?

— En fait, ce n'est pas pour moi. C'est pour quelqu'un d'autre. Une personne qui ne s'aime pas du tout et qui a vraiment besoin d'un coup de main.

— Ben oui, pourquoi pas.

— Yeah ! On se rencontre chez moi ce soir. Je t'envoie mes coordonnées par courriel !

Je ne pensais pas que ce serait si facile. Je croyais que Jessica allait être méfiante, refuser, m'envoyer paître... eh non.

J'ai mon premier coach. Il m'en reste deux autres à enrôler, et ça risque de ne pas être de la tarte... à cause de Jessica, justement.

À la cafétéria, je repère Roxanne assise dans le fond de la salle. Axel est avec elle. J'espère qu'il s'est remis de la gêne causée par sa grande annonce d'hier matin. Il faudra bien qu'on s'en reparle, mais je ne sais pas comment faire pour aborder le sujet. J'ai peur d'avoir l'air cave, d'avoir tout compris de travers, d'avoir cru que son «J't'aime» voulait dire «comme amie». Et si je mets le sujet sur le tapis, je risque d'être confrontée à quelque chose de plus sérieux: ai-je envie d'être avec lui? De risquer notre amitié? C'est trop compliqué!

— Axel, Roxanne, ça vous dirait de coacher quelqu'un?

Mes deux amis me regardent avec curiosité.

— Dans quel sport? s'enquiert Roxanne, en mordant dans son sandwich au jambon.

— Non, je ne parle pas de coach sportif, mais de vie.

— On coacherait qui? demande Axel.

— Sarah, une fille qui veut séduire un garçon, mais qui n'a pas confiance en elle.

— Holà ! Moi, je ne suis pas sûre de comprendre. Ça serait quoi mon rôle ? s'inquiète Roxanne.

— Sarah a vraiment besoin de notre aide. On pourrait lui faire un entraînement commando, comme dans ces émissions de téléréalité. Tu sais, un mélange de *Pour une sortie* avec Jean Airoldi pour le look et de *Dre Nadia* pour la psychologie... Donc, on la coacherait selon nos forces. Axel, toi qui en sais beaucoup sur la musique, tu pourrais lui donner des cours de danse. Et tu servirais de cobaye quand il faudrait qu'elle s'entraîne à parler aux garçons.

— Ben, ça ne me dérange pas pour la danse, mais en ce qui a trait au cobaye...

— Allez, c'est pour une bonne cause, supplié-je mon ami, en bougeant mes cils de façon caricaturale, comme des ailes de papillon.

— Ah, je ne peux pas résister quand tu me regardes comme ça.

Et là, Axel et moi, on continue de se regarder longtemps, assez pour qu'une drôle d'énergie circule dans tout mon corps. Qu'est-ce qui m'arrive ? Je me sens toute chose devant lui. C'est la première fois.

— ARIAAAAAAANE ! crie Roxanne.

Axel et moi sursautons.

— Pis moi, c'est quoi mon rôle ?

— J'ai pensé que tu pourrais lui enseigner comment s'affirmer.

— Hein ? Comment ?

— Tu lui enseignerais à faire abstraction de ce que les autres peuvent penser d'elle, à ne pas avoir peur de dire ses opinions, ce qu'elle veut et surtout à prendre sa place.

— Ah, ben oui. Je peux faire ça. Un petit cours d'autodéfense, ça pourrait lui être utile aussi ? poursuit Roxanne.

— Elle veut attirer un gars, pas le mettre K.-O.

— Dommage. Et toi, qu'est-ce que tu vas faire ?

— Je vais m'occuper de son mental. Alors, ça va ? Ce soir, chez moi ?

— Oui, répondent-ils en chœur.

— Quelqu'un d'autre va se joindre à nous, murmuré-je.

— Qui ? veut savoir Axel.

— Jessica, soufflé-je.

— QUOI ? s'étouffe Roxanne.

— Jessica se joindra à nous.

— Je veux rien savoir ! s'énerve mon amie.

— Roxanne, cette fille-là est correcte…

— M'en fous ! Je vais lui casser la gueule ! s'emporte-t-elle.

— Roxy, il faut savoir oublier les rancunes et passer à autre chose dans la vie. Allez, j'ai besoin d'elle tout comme j'ai besoin de toi.

— Besoin d'elle pour quoi faire ? Je suis sûre que je peux remplacer cette conne.

— Ça m'étonnerait. Jessica s'occupera du look de Sarah.

— Tu veux que Sarah s'habille comme elle, en pétard ? Avec des talons hauts pis des minijupes ? C'est sûr que, habillée de cette façon-là, elle va pogner des garçons… pis des morpions !

— Tu saurais comment rendre une fille sexy, toi ? Ma stratégie consiste à faire en sorte que Sarah se sente sexy et belle à l'extérieur pour qu'elle se fasse plus confiance et se sente belle à l'intérieur.

Roxanne ne dit rien. Elle comprend que ce secteur n'est pas de son ressort.

— En tout cas, si elle s'approche trop de moi, je… je…

— Axel sera entre vous deux, je te le promets.

— Ça a l'air que je n'ai pas le choix, se résigne Axel.

— Allez, on va avoir du fun… Et on va rendre service, dis-je pour motiver mes troupes.

* *
*

19 h 05. J'attends ma petite bande en lisant quelques chapitres du livre *L'estime de soi* écrit par le psychiatre Christophe André. Je ne comprends pas tout, parce que c'est une lecture difficile, mais je saisis l'essentiel. Du moins, je crois. L'estime de soi est très importante dans la psychologie de la personne. Il est difficile de réaliser ses rêves, de bien se sentir, de faire de belles choses quand on se mésestime. L'estime de soi, en quelque sorte, c'est comment on se voit et si on apprécie ce qu'on voit. Or, quand on ne s'apprécie pas, on souffre au quotidien. En plus, quand on se méprise, on a tendance à s'entourer de gens méprisables, qui souvent nous méprisent aussi, car on pense qu'on ne mérite pas mieux. C'est vraiment un cercle vicieux.

19 h 20. Voyons ! Mes amis devraient déjà être arrivés. Je n'aime pas ça quand les gens sont en retard, c'est un manque de respect total. Ah ! La sonnette.

Je cours à la porte, j'ouvre et qui vois-je ? La pauvre Sarah, la tuque tout de travers, affolée.

— Ariane, fais quelque chose, dit-elle.

Derrière elle, Axel est entre Jessica et Roxanne qui se crient des noms. Ça commence mal.

Après quinze minutes de pourparlers, les filles acceptent de baisser les armes, à la condition qu'aucune n'adresse la parole à l'autre. Elles ne s'aiment pas la face, et elles se le font savoir, voilà le fin fond de la brouille. Je réussirai à m'organiser pour que les relations soient cordiales, je m'en fais la promesse. Mais pour l'instant, l'atmosphère est à couper au couteau. Heureusement qu'Axel est là et sait détendre l'ambiance en blaguant, bien qu'il n'y ait que Sarah et moi qui rions de ses farces.

Je prends les commandes :

— Nous sommes réunis pour venir en aide à Sarah. On doit l'aider à se sentir mieux dans sa peau. Ce sera notre mission des trois prochaines semaines. Le but ? Que son estime soit boostée. Maintenant, chacun notre tour, on va faire nos recommandations à Sarah.

— Commence donc, toi, me balance Roxanne, pleine de mauvaise foi.

— OK.

Sarah est assise sur ma chaise de travail, au centre de la pièce. Roxanne est avachie sur mon lit. En fait, elle prend le plus de place possible pour s'assurer que

Jessica restera debout contre la porte. Axel est accroupi par terre. Et moi, je me promène dans la pièce.

— Sarah, tu as dit que tu ne t'aimais pas. Par contre, je suis certaine qu'il y a des choses que tu apprécies chez toi. Alors, je veux savoir lesquelles.

— Hein ? Non. Je n'aime rien.

— Allez, force-toi, je suis sûre qu'il y a des petites choses qui te plaisent. Ton nez, par exemple, il est tout retroussé, c'est mignon.

— Oui, c'est vrai, mon nez.

— Quelque chose d'autre.

— Euh, je n'ai pas l'air de ça, mais je suis très ricaneuse. J'adore rire.

— C'est bon. Je te regarde et je me dis qu'il faut que tu te redresses.

— Hein ?

— Oui, redresse-toi. Tu te tiens comme une crevette. Redresse-toi, lève le menton et souris.

Sarah s'exécute.

— À partir d'aujourd'hui, Sarah, je veux que tu te tiennes ainsi. Et chaque jour, tu écriras deux choses que tu aimes de toi sur un papier. Il faut renforcer ton estime par le positif. Mettre l'accent sur les choses que tu as réalisées jusqu'à maintenant et non pas sur les échecs. Il faut que tu penses aussi à ce que tu aimes faire. D'accord ?

— OK.

Au tour d'Axel.

Axel se lève et se met à tourner autour de Sarah avec des allures d'enquêteur.

— Sarah, qu'écoutes-tu comme musique ?

— Depuis quelques semaines, je suis vraiment accro au dernier Black Eyed Peas.

— Fiou ! Ça passe. Est-ce que tu sais danser ?

— Autant qu'un divan !

— Ariane, mets-nous quelque chose.

Deux, trois clics et je me procure le dernier album de Black Eyed Peas sur iTunes Store.

Dès que la première pièce se fait entendre, Axel se met à bouger. Il danse vraiment bien. Ses mouvements sont ultra originaux et gracieux. Qu'il est beau quand il danse !

Axel saisit les mains de Sarah pour la faire bouger avec lui. Elle résiste, puis le suit. Oh boy ! Ça fait peur. Aucun rythme. Elle semble prise tout d'un bloc, comme si elle n'avait pas de hanches, pas de taille.

Axel cesse de danser.

— Sarah, as-tu un grand miroir dans ta chambre ?

— Euh... Oui.

— Tu vas exercer ta souplesse devant ton miroir. Tu vas apprendre à ressentir le mouvement dans ton ventre. Regarde bien.

Axel se remet à danser et se faufile derrière moi. Il me tient contre lui. Je fige. Mais son bassin et ses mains sur mes hanches m'entraînent dans son rythme. Je danse en suivant Axel. Plus je sens ses mains et son bassin bouger contre moi, plus une chaleur m'envahit. Axel interrompt mouvement et musique.

— Tu vois, Sarah ? C'est ça avoir du rythme et tu…

Je ressens comme des chatouillements dans le bas-ventre. Mais qu'est-ce qui se passe entre Axel et moi ? Soudain, je remarque que Roxanne et Jessica font un drôle d'air. J'ai l'impression qu'elles ont compris ce qui se passe en moi. Je suis gênée. Je change de sujet :

— Au tour de Roxanne…

Elle se redresse sur le lit, attrape un coussin et le lance à Sarah qui le reçoit en pleine figure.

— Tu vois ce qui arrive quand on ne regarde pas les gens en face ? Je vais te montrer à regarder le monde dans les yeux. Dis-moi, c'est quoi ton nom ?

— Sarah Janis, dit-elle d'une toute petite voix.

— Ça va faire, la voix de souris ! Je vais t'apprendre à parler plus fort et à crier aussi, mais pas ici. On se donnera rendez-vous dans un parc.

— OK, répond Sarah, un peu terrorisée.

Maintenant, au tour de Jessica.

— Sarah, je t'ai bien observée et je pense qu'il faut vraiment qu'on te trouve un style, parce que le look «tapisserie», non!

Roxanne éclate de rire. Mais, se rappelant que Jessica est son ennemie, elle arrête.

— Quelle est ta couleur préférée?

— Vert.

— Ça peut aller. Il va falloir ajouter du jean et du noir dans ta garde-robe.

— Je ne sais pas si mes parents vont me donner de l'argent pour m'acheter de nouveaux vêtements, s'inquiète Sarah.

— Ne t'en fais pas. On va faire les friperies de la rue Mont-Royal. Ça ne coûtera pas cher. Il va te falloir du maquillage, aussi. Un peu de rose sur les joues, du mascara, un crayon noir pour souligner tes yeux noisette et un gloss rose. Ça sera super chouette avec des mèches châtain clair.

— Châtain clair?

— Je n'ai pas dit que tu seras blonde. Un balayage châtain clair! Pour donner du relief à ta chevelure terne. Tu veux te démarquer, un peu non?

— Oui.

— Et ne t'en fais pas, je vais m'en occuper. Pas besoin d'aller au salon de coiffure. J'aimerais ajouter quelque chose, dit solennellement Jessica. Sarah, je te trouve très courageuse d'écouter les conseils d'étrangers afin de te sentir mieux et de pouvoir séduire un garçon. C'est un geste très courageux.

Roxanne, Axel et moi approuvons. Sarah, elle, devient cramoisie.

— Au fait, qui est l'heureux élu ? s'enquiert Axel.

Sarah me regarde comme si elle voulait s'assurer que son secret sera en de bonnes mains. Je lui fais signe que oui.

— Alexis.

— Tu veux dire Alexis Jean ? s'exclame-t-il.

— Oui.

— Le capitaine de l'équipe de hand-ball ? LA grosse vedette du sport ? précise-t-il.

— Oui.

— C'est le gars qui a le plus d'amis sur terre ! Son carnet d'adresses, c'est Facebook en entier. C'est tout ton contraire ! Côté estime de lui, on a rarement vu mieux !

— Ben, c'est lui que j'aime, répond-elle l'âme en peine.

— As-tu déjà eu un chum ? l'interroge Jessica.

— Ça aussi, c'est un problème. En fait, les deux fois où un garçon s'est intéressé à moi, ça a viré en catastrophe. La première fois, j'ai trébuché devant lui et me suis étalée. La honte. La deuxième fois, eh bien, j'avais réussi à contrôler ma nervosité. Je ne bégayais pas, je faisais attention où je marchais, mais lorsqu'il a voulu m'embrasser, j'ai été prise d'une crise d'éternuements. Après une trentaine d'atchoums, j'ai cru que j'étais OK, et je lui ai souri, mais le garçon m'a regardée avec dégoût et il s'est sauvé. Quand je me suis vue dans le miroir, l'horreur ! J'avais la morve au nez.

On éclate tous de rire devant Sarah qui finit par rigoler avec nous. Puis on lui concocte un horaire de coaching. De vrais pros !

* *
*

4 février

C'est la fin de la semaine. Je rentre enfin chez moi. Épuisée. J'espère que mon père sera sorti. Au moins, je ne verrai pas son angoisse.

J'ouvre la porte. J'entends de la musique dans la cuisine. Hein ? La voix de mon frère couvre les paroles de la chanson. Fred est super bon pour inventer des paroles. Je suis à peu près sûre que, plus tard, il sera un candidat à *Star Académie*.

J'entre dans la cuisine, et là, qu'est-ce que je vois ? Mon père, en vêtements de sport, fait des push-ups par terre, à côté de la table, devant ma mère qui compte, en touillant sa sauce à spaghetti. Fred exécute lui aussi des push-ups à sa façon. Tous les trois sont crampés.

— Qu'est-ce qui se passe ? demandé-je étonnée.

— 43-44-49... compte mon père.

— Non, 45, reprend ma mère, en riant. Ton père et moi avons pris une grande décision. Ariane, je retourne sur le marché du travail !

— Yeah ! Maman, je suis super contente. En as-tu parlé à ceux qui produisaient ton émission ?

— J'arrête. Je n'en peux plus, dit mon père en sueur.

Ma mère délaisse sa sauce et s'assoit à la table, tout comme mon père et mon frère. Je fais de même.

— Non, ma chérie, je ne retournerai pas à la télé pour l'instant. Je vais d'abord me remettre en forme.

— Moi aussi, répond mon père. C'est pour ça, les exercices. On va s'y mettre ensemble, hein, ma chérie ?

— Oui, mon roi, lui dit ma mère, en le regardant amoureusement.

Ça fait longtemps que je ne les ai pas vus comme ça. Ça fait du bien.

— Moi aussi, dit Fred, en mordant dans un biscuit au chocolat.

— Je vais faire des demandes d'emploi, on verra bien ce que ça va donner. Ton père s'occupera de vous. Depuis le temps qu'il subvient à nos besoins, c'est la moindre des choses que je lui rende la pareille. Et, en restant à la maison, il pourra se remettre à ses projets persos.

Je suis heureuse pour mes parents. J'espère que rien ne percera leur bulle de bonheur. C'est avec le sourire aux lèvres que je me rends dans ma chambre pour prendre mes courriels.

Je suis de bonne humeur. Je trouve que les choses vont de mieux en mieux. Tout d'abord, en lisant mes courriels, je m'aperçois que j'ai reçu l'invitation pour le party de la Saint-Valentin. Il aura lieu chez Jessica. La coquine l'avait bien caché.

Ensuite, Roxanne et Jessica ne se parlent toujours pas, mais elles ne s'entretuent plus. Entre Axel et moi, ça va bien. Très bien. Je passe de plus en plus de temps avec lui. À vrai dire, j'ai l'impression de rechercher sa présence. Et quand il n'est pas là, je l'appelle pour lui poser toutes sortes de questions sur n'importe quoi, et on passe des soirées à parler au téléphone jusqu'à pas d'heure. Je suis sur le point d'avoir de la corne aux oreilles ! Vraiment, il est super gentil. Attentionné, drôle, intelligent... Vraiment, je l'aime beaucoup... Beaucoup. Beaucoup plus que je pensais... Et il en a fait des choses pour aider Sarah. Il est même allé jusqu'à participer à quelques parties de hand-ball après l'école afin de se rapprocher d'Alexis et savoir s'il a une copine et où il se tient. Réponses : pas de copine, et à la maison des jeunes de notre quartier.

En supprimant la tonne de pourriels, je continue de réfléchir à Sarah. Les choses vont bien pour elle. En deux semaines, elle a pris beaucoup d'assurance. D'accord, elle est loin de pouvoir participer à *La danse des étoiles*, mais côté psycho, ça va bien. Je crois l'avoir aidée à se connaître, à savoir qui elle est, ce qu'elle vaut, ce qu'elle aime, ce qu'elle veut, et à focusser sur ses bons coups. Elle est intègre et juste. Elle est même devenue membre d'une association pour la défense des animaux. Elle a aussi compris qu'elle avait plein de potentiel, entre autres, qu'elle était bonne dans le sport. Ça, c'est grâce à Roxanne, avec ses cours d'autodéfense. Elle n'a pas pu s'en empêcher, la Roxy ! Roxanne a encouragé Sarah à s'inscrire à des cours de judo et elle adore ça !

Je suis super heureuse pour Sarah. Elle aurait pu se décourager mille fois, eh non, elle a tenu le coup.

Tiens donc... En parlant du loup. Sarah vient tout juste de m'écrire un courriel.

De : Sarah Janis
À : Ariane Labrie-Loyal
Envoyé le : 4 février à 16h31
Sujet : ALEXIS

Coucou, Ariane !
Ce soir, c'est le grand soir. J'ai décidé d'aller à la maison des jeunes et d'approcher Alexis. Je n'ai plus de temps à perdre. Je viendrai chez toi vers 18 h, avec Jessica, pour te montrer ma transformation. Jessica a fait du bon boulot, je trouve.
À tantôt !

Je ne sais vraiment pas si c'est une bonne chose qu'elle aborde tout de suite Alexis. J'ai peur que ça ne se passe pas comme elle le souhaite, qu'elle se décourage si ce garçon ne répond pas à ses attentes et que tous nos efforts soient réduits à néant. Deux semaines dans sa nouvelle peau, ce n'est pas suffisant, d'après moi. Et puis, je n'ai pas eu le temps de lui faire voir l'autre côté de la médaille, c'est-à-dire si ça n'allait pas avec Alexis. Je veux lui expliquer qu'elle ne doit pas voir cela comme un échec, mais comme une expérience. Pourquoi le monde est-il si pressé?

18 h. Comme prévu, ça sonne à la porte. Je réponds. Jessica me demande de fermer les yeux. Elle me conduit ensuite jusque dans ma chambre. J'entends rire. Puis elle me dit d'ouvrir les yeux. Wow! Je n'en reviens pas. La fille devant moi est tout simplement... Wow!

Jessica sourit, fière de son œuvre.

— Tu aimes ça? me demande Sarah.

— Oh oui! Tu es magnifique!

En effet, elle l'est. Sarah est une tout autre fille. Elle a maintenant un super look: minirobe à carreaux vert et noir, manteau de cuir, collant de fantaisie, de gros anneaux aux oreilles et un béret sur sa chevelure aux mèches châtain clair.

— Ça te change d'avant, ça n'a pas de bon sens. Te sens-tu bien avec ton nouveau look?

— Oh oui! Je n'ai jamais été aussi bien de ma vie. Je me trouve jolie, chose très nouvelle pour moi. J'ai l'impression que j'ai droit moi aussi à mon petit bonheur. Que je mérite d'être heureuse. Avec mon nouveau look, je me sens prête à conquérir le monde, et surtout Alexis.

— Tu es sûre que tu ne préfères pas attendre la fête de la Saint-Valentin ? lui demandé-je, inquiète.

— Non, ce soir, je vais lui parler. Mais je tenais à te dire merci, Ariane. Merci de m'avoir trouvé de si bons coachs. Merci pour tout.

Je n'ai pas le temps de la mettre en garde qu'elle s'éclipse, Jessica sur les talons.

* *
*

Une heure plus tard, ça sonne à la porte. J'y vais en courant. Peut-être est-ce Sarah ? Eh non, c'est Axel qui piétine sur place pour se réchauffer.

— Entre.

— Seulement quelques minutes. Je voulais juste savoir de quoi avait l'air Sarah, son relooking...

On reste dans le vestibule.

— Jessica a vraiment fait du bon boulot. Elle est magnifique...

— Certainement pas autant que toi, me dit-il en me fixant dans les yeux.

Je sens qu'il va se passer quelque chose d'important, là, ici, à l'instant même. Axel n'est pas juste venu pour avoir des nouvelles de Sarah. Des courants électriques parcourent mon dos, ma tête. Mes mains sont moites. Mon cœur s'accélère. Il bat tellement fort que je vais faire une crise cardiaque. Au même instant, mon cellulaire, que j'avais dans la poche, se fait entendre.

Tiens, un texto.

— Hey, Axel, c'est Sarah qui m'a écrit. Attends, je te lis...

Sarah
09/02 - 20:12
Très mal passé.
Suis désespérée.
Tout est foutu !

— Ah non. Pauvre Sarah. Je savais qu'il fallait qu'elle prenne son temps. Là, il va falloir la ramasser à la petite cuillère, me lamenté-je tout haut.

— Tu sais, Ariane, quand on veut vraiment quelque chose, il arrive qu'on ne puisse plus attendre.

En me disant ça, Axel se penche vers moi. Son visage est sur le point d'être collé sur le mien. Sa bouche contre la mienne. Ses lèvres sur mes lèvres.

DOSSIER 8 :
De la fille qui haïssait tendrement sa mère

4 février

— Qu'est-ce que vous faites ? demande mon petit frère.

Ça me fait ouvrir les yeux. Axel, lui, se redresse vite et sourit. Je suis soulagée que les choses entre nous restent au beau fixe. Soulagée de ne pas avoir à plonger tout de suite dans mon angoisse sans nom.

— Axel essayait juste de m'enlever une poussière dans l'œil.

— Je peux-tu jouer avec vous ?

Je regarde Axel, mal à l'aise.

— Axel, je pense qu'il faut que j'entre. Fred ne nous lâchera pas. On se voit demain à la poly. Ciao !

Je ferme rapidement la porte.

Mais qu'est-ce que j'ai tout à coup à avoir la trouille d'Axel ? Hier, je ne souhaitais qu'une chose : passer du temps avec lui et voilà qu'aujourd'hui je l'évite...

Aujourd'hui, j'ai fait exprès d'arriver en retard à la poly pour ne pas tomber sur lui. Mais, nounoune, j'avais oublié que mon premier cours du matin, c'était maths... avec lui !

Là, il est dans la rangée à côté de la mienne, son pupitre est de biais avec le mien. Je sens son regard braqué sur moi. Je le sens qui m'observe. J'ai l'impression que ses yeux s'infiltrent en moi, qu'ils creusent des tunnels dans ma peau, dans mes organes, se frayent un chemin dans mon cerveau, là où se cachent mes pensées les plus intimes. Ils ouvrent le petit bunker en moi, laissant s'échapper les douleurs qui y étaient tapies. Non, je ne veux pas avoir mal.

Je me retourne à toute vitesse et zyeute Axel. Il a l'air absorbé par un problème de trigo complexe. Je me faisais des idées, il ne me regardait même pas. Il est beau. C'est le meilleur garçon qui existe au monde. Je ne pense pas qu'il me ferait mal. Mais avec l'amour, on ne peut être certain de rien. C'est ça, aimer, c'est s'ouvrir à l'autre, le laisser entrer en soi au risque qu'il saccage tout.

Axel lève la tête et voit que je le regarde. Il me sourit.

Je me retourne. Que vais-je faire ? C'est quoi, cette foutue trouille ? J'ai hâte que la journée, la semaine, l'année soit terminée ! Pour l'instant, aussi bien tenter de résoudre ce fameux problème de trigo.

* *
*

Comme tous les midis, je vais rejoindre mes amis à la cafétéria, mais aujourd'hui, je m'y rends avec l'enthousiasme d'un condamné à mort. J'aimerais tellement qu'une soucoupe volante, un attentat terroriste ou une contamination bactériologique survienne...

Roxanne et Axel sont assis à une table du fond. Dès qu'Axel me repère, il me fait de grands signes. Je marche vers eux. Comme je vais m'asseoir, Jessica se braque devant moi. Elle n'est pas maquillée. Oh, là, il se passe sûrement quelque chose de grave.

— Salut, Ariane, est-ce que je peux te parler ?

— Ben oui.

— En privé ?

— Euh... oui. Excusez-moi, dis-je à Axel et à Roxanne qui fait toujours la gueule dès que Jessica est dans les parages.

Je conduis Jessica à mon cagibi.

En arrivant devant la porte, je constate que mon cadenas a été sectionné. La porte du cagibi est ouverte. Encore une fois, des squatteurs ont pris d'assaut mon petit repère. Ça pue la fumée de cigarette et...

— Ça sent donc ben le pot, ici ! s'exclame Jessica.

— Ce n'est pas une bonne idée de rester ici. Si jamais un des surveillants nous découvre, il risque de penser qu'on est des poteuses. Allons à mon casier.

Pourtant, je pensais avoir réglé ce problème-là. Qu'est-ce qu'un psy sans bureau ? C'est comme un cœur sans amour... Axel... Non, ce n'est pas le moment de penser à mes problèmes. Jessica a besoin de moi.

Jessica et moi nous assoyons par terre devant ma case et déballons nos lunchs.

— Bon, Jessica, qu'est-ce qu'il y a ?

Au lieu d'ouvrir la bouche, Jessica éclate en sanglots.

— Ma pauvre, qu'est-ce que tu as ?

Jessica essaie de se ressaisir.

— Ça ne va pas, Ariane, pas du tout. Ma mère ne veut pas que je voie mon père. Je la déteste, s'écrie-t-elle avant de se remettre à pleurer.

— Pourquoi ?

— Parce que c'est une folle !

— Je pense que j'ai besoin de plus de détails...

— Mes parents sont divorcés depuis que j'ai quatre ans. Je reste avec ma mère. J'ai grandi avec elle et ses riches amants. Ma mère, c'est une poule de luxe !

— Oh là ! Jessica, tu es vraiment en colère...

— Ariane, tu ne comprends pas. Ma mère, c'est vraiment une poule de luxe. Elle ne sort qu'avec des hommes riches. Elle ne pense qu'à l'argent et elle voudrait que je sois comme elle, que je pense toujours à protéger mes arrières, que je me rentre dans la tête que les hommes ne sont là que pour profiter de nous et qu'il faut profiter d'eux avant qu'ils se lassent. Snif ! Ce n'est pas des trucs qu'on met dans la tête de sa fille, hurle Jessica.

Sa voix se répercute sur les cases. Je ne pensais pas que cette fille contenait autant de colère et de souffrance. Heureusement que le couloir est vide à l'heure du lunch.

— Hier, j'ai dit à ma mère que j'aimerais revoir mon père. Ça fait deux ans que je ne l'ai pas vu...

— Tu es toujours en contact avec lui ?

— Oui. À chaque fête, il m'envoie un cadeau.

— Mais pourquoi ta mère ne veut pas que tu le voies ?

— Parce qu'elle dit qu'il ne le mérite pas ! Qu'il ne s'est jamais occupé de moi, qu'il n'a jamais donné d'argent. Mais la vraie raison, c'est parce que mon père est pauvre.

— Pourquoi ne vas-tu pas le voir en cachette ?

— Ben, je n'ai pas ses coordonnées, ma mère ne veut pas me les donner. C'est pour cela qu'on s'est crêpé le chignon, hier soir. Je lui ai dit que je finirai par découvrir où il habite et j'irai. Elle m'a répondu : « Tu choisis : ton père ou ton party. Tant que tu seras dans cette maison, tu feras ce que je te dis. » Ariane, c'est horrible. Je veux revoir mon père et je ne veux pas mettre un X sur le party de la Saint-Valentin, le méga événement que tout le monde attend ! Ah, je suis si malheureuse ! Aide-moi !

Et elle pleure de plus belle. Je ne sais pas quoi lui dire. Ce problème me semble au-dessus de mes petites compétences. Le divorce, les histoires de garde légale, de visite, je n'y connais rien. Chez moi, on a beau accumuler les tragédies, on est unis malgré tout. Je plains vraiment ceux qui vivent de tels éclatements familiaux, ça ne doit pas être jojo. Pauvre Jessica, je ne peux pas la laisser tomber.

— Je vais faire quelques recherches. On va trouver une solution. Pour ce soir, je te conseille de te tenir tranquille avec ta mère.

— Merci, Ariane. Je suis certaine que tu vas me sortir de ça.

J'aimerais en être aussi sûre.

Je laisse Jessica aux toilettes pour qu'elle se refasse une beauté. C'est alors que je tombe sur Sarah dans le couloir. Elle non plus n'est pas maquillée, elle a rendossé son ancien look « tapisserie » et elle a les traits tirés.

— Hey, Sarah, comment vas-tu ? Je me suis inquiétée...

— Pas fort.

— Veux-tu qu'on en parle ?

— Tu veux que je te dise quoi ? Que j'ai le cœur brisé ? Que j'ai eu l'air d'une vraie conne devant Alexis ?

— Mais qu'est-ce qui s'est passé exactement ?

— Pas envie d'en parler, surtout pas avec toi. Tu m'as fait croire à une vie meilleure... J'ai été bête de te faire confiance.

— Ben voyons, Sarah. Jamais je n'ai eu l'intention de te créer de faux espoirs.

Sarah me laisse en plan. C'est quoi cette crise ?

Je suis encore toute défaite, lorsque quelqu'un plaque ses mains sur mes yeux.

— Je n'ai pas envie de deviner. C'est qui ?

La personne ne répond rien. Je me mets à me débattre comme un chat attaché à un poteau. Une fois libérée, je me retourne et découvre Axel qui sourit.

— Axel ! Quand je dis que je n'ai pas envie de jouer, c'est que c'est vrai !

— Coudon, Ariane, est-ce qu'il y avait de la vache enragée dans ton sandwich, ce midi ?

— Je n'ai pas envie de rire. Ça ne va pas bien. Jessica vit quelque chose de très difficile. Elle veut mon aide et je ne sais pas comment m'y prendre. Et Sarah est fâchée contre moi. Elle est convaincue que je l'ai fait rêver pour rien.

— Veux-tu que je te donne un coup de main ?

— Non. Axel, tu ne peux pas m'aider.

— Laisse-moi faire quelque chose... Je peux au moins parler à Sarah, savoir ce qui ne va pas.

— Je n'ai pas envie qu'elle croie que je me suis plainte à toi...

— Elle ne le saura pas, je te jure.

— Non. J'aime mieux pas.

— En tout cas, si tu as besoin de moi pour Jessica, je suis là. Tu le sais, tu peux toujours compter

sur moi... Je suis toujours là pour toi, dit-il en repla-
çant une de mes mèches derrière mon oreille et en
me regardant avec ses yeux qui me transpercent pour
atteindre mon cœur.

Je suis mal à l'aise. J'ai peur. Peur de quelque
chose sans savoir quoi. Cette peur me rend nerveuse
et me donne envie de me sauver à toutes jambes.

— On se parle plus tard... Euh... Là, je dois aller à
mon cours de... histoire. Non, français, balbutié-je en
m'éloignant dans la mauvaise direction.

Axel me regarde me fourvoyer.

— Oups! C'est par là... Ciao!

* *
*

Encore une journée forte en émotions. Il y en
a des problèmes sur terre! On devrait tous naître
avec un psy attitré et gratuit qu'on pourrait consulter n'importe quand. Et pourquoi ne donne-t-on pas
des cours de mieux-être, de bonheur et de gestion
des émotions à l'école? Ça rendrait service à l'humanité en entier. En tout cas, pour l'instant, je dois
faire tout l'ouvrage. Alors, ce soir, au lieu de bayer
aux corneilles, je tente d'aider mon entourage. Tout
d'abord, Sarah. Je lui envoie un courriel.

De: Ariane Labrie-Loyal
À: Sarah Janis
Envoyé le: 7 février à 17 h 15
Sujet: AMITIÉ

Sarah,

Je ne sais pas ce qui s'est passé aujourd'hui.
Mais sache qu'en aucun cas je n'ai voulu te créer de
faux espoirs. Je ne t'ai jamais garanti que tu sortirais
avec Alexis. Et si jamais tu as compris autre chose,
j'en suis désolée. Mon coaching visait seulement à te
donner confiance en toi, à ce que tu te sentes mieux.
Par contre, je pense que tu as agi trop rapidement.
Je sais, j'aurais dû te prévenir, mais je n'ai pas eu le
temps.

J'aimerais beaucoup qu'on se parle. Ça me
bouleverse de te savoir malheureuse.

Ariane, qui est toujours là pour toi.

Cette formule, «toujours là pour toi», me
remet en mémoire les mots d'Axel aujourd'hui, à
la poly. Il avait l'air si sincère, si amoureux, et moi,
je suis si perdue dans mes foutues émotions. Je ne
sais toujours pas quoi faire, je peux juste laisser les

choses aller pour l'instant. Je fais l'autruche. Je me cache la tête dans le sable, en espérant que la solution s'impose d'elle-même... Mais bon sang ! Arrête de te plaindre ! Il y a plus mal pris que toi... Jessica, par exemple. D'ailleurs, tiens, second cas de la journée...

J'ai beau réfléchir, je ne sais pas comment faire pour l'aider. Je ne sais pas où regarder : le Barreau du Québec ? Je ne peux quand même pas appeler un avocat pour connaître les droits de Jessica, ça risque de me coûter la peau des fesses. À moins que... ben oui, je vais demander à mes parents. Ils vont peut-être pouvoir répondre à mes interrogations.

Dans le salon, ma mère et mon père sont assis dans les bras l'un de l'autre comme de jeunes amoureux devant la télé. Ils sont beaux à voir. Fred joue avec ses legos sur le tapis.

— Papa, maman, j'ai une question à vous poser...

— On t'écoute, répondent-ils en chœur, ce qui les fait rigoler.

— Dans le cas d'un divorce, est-ce qu'un parent peut vraiment empêcher son ado de voir son autre parent ?

— Ben, je ne suis pas une experte, mais je pense que si la loi a tranché en faveur d'un parent, en effet, l'interdiction peut être appliquée.

— Mais, d'un point de vue psychologique, il me semble que ce n'est pas bien pour l'ado, rajoute mon père.

— Tu as raison, mon amour, ce n'est pas correct. Imagine l'enfant qui ne peut plus voir son père ou sa mère, c'est horrible...

— Et aussi pour le parent, poursuit mon père. C'est dommage les couples qui se séparent, et qui imposent de pareilles situations à leurs proches. Je pense qu'un parent qui empêche son enfant de voir son autre parent, si évidemment il n'y a pas eu de violence ou autres sévices, est une personne déséquilibrée ou très fragilisée.

— Je crois que ça me sera utile, ce que vous venez de me dire. Merci !

Je retourne dans ma chambre un peu plus légère, en me disant que mes parents m'ont mise sur une bonne piste. Au-delà des problèmes légaux, il y a les problèmes personnels de la mère de Jessica. Et je pense que c'est là qu'il faut agir. Si Jessica parvient à faire comprendre ses raisons à sa mère, si elle l'aborde de la bonne manière, peut-être qu'elle parviendra à la faire changer d'avis. Ça ne se peut pas que sa mère soit à ce point déconnectée des besoins de sa fille. Demain, j'en parle à Jessica.

— Ariane, téléphone pour toi ! dit mon père derrière ma porte de chambre.

Des chocs électriques parcourent mon crâne. Oh non. Ça doit être Axel. Je ne suis pas prête à lui parler. Je ne sais pas quoi lui dire.

J'ouvre la porte et prends l'appareil des mains de mon père presque en tremblant.

— Allôôôô !

— Salut, Ariane, c'est moi !

— Ah, Roxy. Tu m'as fait peur.

— Comment ça ?

Je n'ai pas envie de raconter ce qui se trame entre Axel et moi. Comme je la connais, elle essayera de régler le problème le plus vite possible, sans prendre en considération mes désirs. Je ne veux pas qu'elle s'en mêle.

— Pour rien. Comment ça va ?

— Ça va. Je voulais te demander conseil pour... euh... ma sœur... non, plutôt une voisine, bégaye-t-elle.

C'est la première fois que je la sens aussi nerveuse. Mon petit doigt me dit que sa voisine, c'est peut-être elle.

— Bon, voilà. Ma voisine tripe sur quelqu'un dans un de ses cours, mais elle ne sait pas comment le lui faire savoir, car c'est compliqué...

— Compliqué, en quoi?

— Ben, compliqué.

— Comment veux-tu que je t'aide... euh, que j'aide ta voisine si je ne sais pas en quoi c'est compliqué?

— C'est vrai. Bon. En fait, ma voisine ne sait pas si cette autre personne pourrait s'intéresser à elle. Elle a peur de se faire claquer la porte au nez ou de faire rire d'elle.

Eh ben! Est-ce que ça se pourrait que Roxanne soit amoureuse? Qui peut bien être l'heureux élu? J'ai tellement envie de le lui demander... mais je me retiens. Je vais attendre qu'elle me l'avoue. C'est comme ça qu'on crée un lien de confiance.

— Tu sais, en amour, tout le monde a peur d'être rejeté par la personne aimée. Mais on doit tous apprivoiser nos peurs pour s'épanouir. Dis à ta voisine de garder en tête que draguer quelqu'un, ce n'est pas une question de vie ou de mort. C'est un cadeau, une fleur, qu'on fait à la personne qui nous intéresse. Et si celui ou celle à qui on fait de l'œil se moque de nous, eh bien, c'est qu'elle n'en valait pas la peine. Et il vaut mieux le savoir le plus vite possible.

— Merci, Ariane. Tu as toujours de bons conseils. Ciao !

Si je m'attendais à ça : Roxanne est peut-être amoureuse ! Ça paraît que la Saint-Valentin approche ! Les petits cœurs ne sont pas accrochés seulement dans les boutiques, mais aussi dans les yeux des gens qui m'entourent... sauf dans les miens.

* *
*

8 février

Ma mère est venue à la poly cet après-midi. Elle a eu envie de faire un brin de jasette avec mes profs, car jusqu'à maintenant, elle avait toujours raté les rencontres de remise de bulletins. Elle a donc bavardé avec ma prof de français, avec Guy Charron, qu'elle a trouvé « tellement hippie ! » et avec mon prof d'arts plastiques qui lui a beaucoup plu. Je comprends, ils ont les mêmes intérêts. J'étais très surprise de la voir à la sortie des cours. Elle m'attendait en souriant devant l'entrée des élèves. J'étais contente qu'elle soit là, car ça m'a évité de rentrer seule avec Axel qui m'attendait, lui aussi, pour marcher avec moi.

On a fait un bout de chemin tous les trois. Axel m'a dit qu'il n'avait toujours pas de nouvelles de Sarah, lui non plus. Puis, ma mère et Axel ont discuté de l'aménagement des salles d'enregistrement. Du matériau le plus efficace pour contenir les riffs de guitare électrique et les coups de batterie. Ma mère adore Axel, ça paraît. Elle le trouve super mignon avec son look «minet». Elle dit qu'il s'habille comme les garçons dans les années 60. En plus, elle le trouve intelligent, poli et tout et tout.

À la maison, je me suis empressée de préparer ma chambre pour ma rencontre avec Jessica. Je l'ai invitée à souper chez moi. Ma mère a bien voulu qu'on mange toutes les deux dans ma chambre quand je lui ai dit que c'était elle, la fille du divorce, et qu'elle avait besoin de parler. Ma mère a même fait une tarte aux pommes pour la consoler.

18 h. Ça sonne. Jessica est pile-poil à temps. On s'installe toutes les deux sur mon pupitre pour manger.

— C'est quoi, ça ? Ça sent donc ben bon ! s'exclame Jessica.

— C'est du coq au vin.

— Wow ! Je n'en ai jamais mangé. La seule chose que sait faire ma mère, c'est réchauffer des repas congelés.

— Parlant d'elle, comment ça a été hier ?

— Je me suis enfermée dans ma chambre. Je ne l'ai pas vue de la soirée.

— Dis, Jessica, en dehors de cette chicane, avez-vous de bonnes relations ?

— Pouah ! Non. On se crie constamment par la tête !

— J'ai pensé à quelque chose… Peut-être que si tu t'adressais à ta mère sans lui hurler par la tête, ça pourrait ouvrir la porte à la communication…

— Communiquer ? Je n'ai pas envie de communiquer avec elle ! Je la déteste !

— Elle doit bien avoir de bons côtés !

— Bah !

— C'est quoi le dernier beau moment que tu as passé avec elle ?

— Je ne sais pas… Ben, l'année dernière, elle m'a emmenée à Playa del Carmen, au Mexique. Toute la semaine, on s'est baignées, on a fait de la plongée sous-marine dans un récif de corail, on a visité des ruines mayas. Pendant sept jours, on s'est parlé comme si on était deux amies. C'était bien. Puis il a fallu que son chum vienne la rejoindre. La semaine qui a suivi a été l'enfer.

— Pourquoi ?

— Quand il est là, elle n'arrête pas de minauder et ça m'énerve.

C'est drôle, mais j'ai des souvenirs de Jessica en train de minauder avec Justin. On reproche souvent aux autres ce qu'on ne veut pas voir chez soi.

— Je pense que si ta mère se comporte de la sorte avec son amoureux, c'est peut-être parce qu'elle n'est pas à l'aise, qu'elle ne sait pas comment être elle-même devant cet homme. Et peut-être que ça a à voir avec l'argent.

— Comment ça ?

— Peut-être qu'elle joue à l'amoureuse pour pouvoir bénéficier de l'argent de cet homme. À propos, est-ce que ta mère travaille ?

— Non. Elle se fait entretenir par son « homme d'affaires ». Quand elle était avec mon père, elle travaillait un peu. Elle vendait des produits de beauté chez La Baie. Ah, Ariane, j'étais tellement heureuse, enfant, quand mes parents étaient ensemble. Je me rappelle, j'étais constamment assise sur les genoux de mon père...

— Tu sais, Jessica, peut-être que ta mère a peur de te perdre. Peur que tu lui préfères ton père.

— C'est sûr que les dernières fois que j'ai vu mon père, je n'ai pas été correcte avec elle… Mon père est peintre et il mène une vie de bohème. Chez lui, il y a toujours des tas d'artistes qui font la fête. J'ai toujours vanté ses mérites, je ne me suis jamais gênée pour dire à ma mère que je préférerais rester avec lui… On peut faire ce qu'on veut chez mon père, c'est sûr que c'est le fun.

— Oui, mais qui a pris soin de toi toute ta vie ? Qui a pourvu à tous tes besoins ? Qui a fait en sorte que tu ne manques jamais de rien ? Tu sais, ta mère n'est peut-être pas parfaite, mais ton père ne doit pas l'être lui non plus.

— Oui, je sais, il est paresseux… et irresponsable.

— Donc, Jessica, je te conseille de parler calmement avec ta mère. Demande-lui pourquoi elle craint à ce point que tu revoies ton père. Rassure-la. Ayez une vraie conversation de filles. Et défense de crier !

— Je vais essayer ça. En tout cas, il est délicieux votre coq au vin.

— Oui, ma mère est bonne cuisinière. Attends de goûter à sa tarte aux pommes !

* *

*

La semaine poursuit son cours comme un long fleuve tranquille. C'est bien la première fois que ça arrive depuis le début de l'année. Chez moi, tout va bien. Mes parents semblent vivre en pleine lune de miel. Fred ne fait plus pipi au lit. Florida est tellement obéissante et tranquille que même mon père l'adore. À la poly, j'ai eu une ribambelle de bonnes notes. D'ailleurs, je viens tout juste de sortir de mon cours d'histoire où j'ai obtenu 94 % pour ma dissertation sur les chasseurs-cueilleurs.

Là, je m'en vais au cours d'expression dramatique. Ça va être relax !

— Bonjour, Ariane.

— Bonjour, M. Gagnon.

— Comment va ta mère ? J'ai beaucoup aimé discuter avec elle, l'autre jour. Dis-lui qu'elle aura de mes nouvelles bientôt !

Hein ? Je ne savais pas que le directeur et ma mère s'étaient parlé. Elle ne me l'avait pas dit. Et c'est quoi cette histoire de « nouvelles » ?

Je pense encore à ça quand j'arrive à mon cours d'expression dramatique. Jessica est devant la porte de la classe et embrasse Justin. Ça me fait un petit pincement au cœur. Quand je passe près d'eux, elle m'accroche. Justin, lui, s'en va à son cours en me souriant.

— Ariane, il faut à tout prix que je te parle.

— Qu'est-ce qu'il y a ?

— Ma mère ne veut toujours rien entendre. C'est une folle. J'ai beau essayer de lui parler calmement, elle me gueule toujours après.

— Redis-moi les paroles exactes de votre discussion.

— Ben, en revenant de chez toi mardi, j'ai fait ce que tu m'avais dit. J'ai dit à ma mère : « Pourquoi tu es jalouse de mon père ? Pourquoi tu ne penses qu'à toi ? Pourquoi tu ne t'occupes pas de ce que je ressens ? » Et j'étais calme. Mais elle s'est énervée. Évidemment, ça a fini en cris.

— Jessica, je pense qu'il y a encore un problème de communication.

— Oui, je sais, elle ne m'écoute pas.

— Non, tu l'as accusée tout le long que tu lui parlais : *Pourquoi TU es... Pourquoi TU fais...* C'est normal qu'elle se sente attaquée et réagisse fortement.

— Mais non, j'étais calme comme tu me l'avais conseillé. Je ne l'ai pas agressée.

— Tu sais pourquoi elle s'est sentie attaquée ? Tu as utilisé le « tu » accusateur. Pourquoi TU ne penses

qu'à toi ? Pourquoi TU ne t'occupes pas de moi ?...
Quand on veut régler des conflits, il faut utiliser le
« je ». Genre « je me sens délaissée quand tu agis ainsi ».
Le « je », plus un sentiment pour dire ce que tu ressens.
Ça la prédisposera à t'écouter. C'est simple, mais c'est
super difficile à appliquer.

— Wow ! Comment tu sais ça ?

Je souris. Je ne dis pas à Jessica que, hier soir, j'ai
lu tout ce que j'ai pu trouver sur Internet à propos de
la communication. Je voulais savoir comment parler à
Axel de ce qui se passe entre nous.

— Essaie ça ce soir et tu m'en donneras des
nouvelles.

Jessica et moi entrons dans la classe. Jessica va
rejoindre ses mini-clones qui me saluent avec toujours
autant de malaise. Qu'est-ce qu'elles me font rigoler,
ces deux-là ! Une fois assise sur le tapis, alors que je
regarde mon agenda, Sarah s'assoit à côté de moi. Elle
semble aller mieux. Elle s'est maquillée et habillée
comme Jessica le lui a montré.

— Salut, Ariane !

— Salut, Sarah ! réponds-je incertaine, craignant
qu'elle me traite de noms ou je ne sais quoi.

— Excuse-moi pour ces derniers jours... Je me
suis comportée comme une idiote, comme une ingrate

envers toi. Tu as essayé de m'aider et moi, je t'en ai voulu pour ma bévue. Mais tu n'y es pour rien. C'est moi qui me suis précipitée...

— Excuse-moi aussi. J'aurais dû te prévenir, te mettre en garde, te dire que même quand on a ultra confiance en soi, qu'on a un look du tonnerre et qu'on s'épanouit, on essuie aussi des échecs. Ça fait partie de la vie.

— Mais ce n'est pas tout à fait un échec entre Alexis et moi.

— Hein? Tu veux dire qu'il se passe quelque chose...

Comme Sarah vient pour répondre, le prof d'expression dramatique commence le cours. Il va falloir que j'attende cinquante minutes avant de connaître la suite de l'histoire. Ça va être long.

* *
*

11 février

Long, long, long... Je ne pensais pas que ça allait être aussi long! Une journée a passé. Je suis de retour à l'école, direction cours de français, et je ne sais toujours pas ce qui s'est passé entre Alexis et Sarah. À la fin du cours, hier, on n'a pas pu discuter : le prof nous a gardés trop longtemps, si bien que tout le monde était en retard à son cours suivant. Puis, je ne l'ai pas revue. Et je n'ai pas eu de nouvelles d'elle, hier soir. Elle n'avait pas le temps, elle allait voir Alexis. J'ai tellement hâte de savoir ce qui se passe entre eux. Comme j'ai hâte de savoir quelle est cette histoire de directeur qui veut donner des nouvelles à ma mère. Quand je lui ai demandé de quoi il s'agissait, elle a souri et s'est empressée de faire mille choses. On aurait dit qu'elle ne voulait pas me répondre. Mais qu'est-ce qui se passe ? Roxanne non plus ne m'a presque pas donné de nouvelles cette semaine. Donc, pas moyen de connaître l'identité de son prince charmant ! Je ne l'ai jamais vue avec un garçon. En dehors d'Axel et moi, elle ne se tient avec personne. Oh oui, elle semble bien s'entendre avec une fille de son cours d'anglais, mais c'est tout. J'ai hâte de savoir quel est le garçon qui fait craquer mon amie. J'ai beau jouer la carte de la patience, je suis super curieuse.

Tiens, voilà Jessica. Elle va sûrement me dire comment ça a été avec sa mère.

Elle est à trois mètres de moi, mais je sais que le ciel lui est tombé sur la tête. En plus de ne pas être maquillée, elle est mal fringuée et toute décoiffée. Ça n'augure rien de bon.

— Ça ne va toujours pas avec ta mère ?

Jessica éclate en sanglots en plein couloir, devant les étudiants, les profs, le concierge.

Je la prends par la main et la conduis à l'écart.

— Raconte-moi, Jessica.

— Ça ne s'arrange pas. J'ai vraiment fait ce que tu m'avais dit. J'ai parlé au « je ». Je lui ai fait part de mes sentiments. Je suis restée calme. J'ai fait attention de ne jamais l'accuser. Mais elle n'a rien voulu savoir.

— Peut-être lui faut-il du temps ?

— Elle m'a dit de choisir entre le party à la maison ou revoir mon père. Que je ne pouvais pas tout avoir. Mais j'ai plutôt l'impression qu'elle veut juste me torturer.

— Qu'as-tu répondu ?

— J'ai choisi mon père. Elle m'a jeté ses coordonnées, m'a dit de faire mes bagages et d'aller rester chez lui.

— C'est horrible.

Pauvre Jessica. Sa mère semble vraiment avoir une énorme rancœur envers le père de sa fille.

— Ariane, je ne retournerai pas chez moi. J'ai ramassé le strict nécessaire et rempli ma valise. Elle est dans ma case. Ce soir, je m'en vais chez mon père.

Soudain, je me sens coupable. Peut-être aurait-il fallu que je conseille à Jessica de se taire devant sa mère ? De se dire à elle-même qu'elle verra son père plus tard.

— Ariane, je dois annuler le party...

— Je comprends.

— Mais je me sens mal à l'aise. C'est une coutume... Toi, peux-tu prêter ta maison ?

— Oui, Jessica ne t'inquiète pas... Je vais m'en charger.

Dès que cette réponse fuse de ma bouche, je m'en mords les doigts. Pourquoi ai-je répondu oui ? Sur le coup de la culpabilité, je serais prête à faire plein de choses. Un party chez moi... Oh boy ! Comment ma mère va-t-elle prendre ça ? Et mon père ? Bon, il y a assez d'espace. On a un sous-sol dont on ne se sert pas et qui est pas mal grand. Mais est-ce que mes parents vont vouloir qu'une centaine d'élèves viennent célébrer la Saint-Valentin chez eux ? Dans quoi est-ce que je viens de m'embarquer ?

En tout cas, pas le temps de me lamenter, je dois agir le plus vite possible, car le party a lieu demain soir !

Une fois les cours terminés, je reviens vite à la maison pour faire la grande demande à ma famille.

Mon père est sorti faire des commissions. Ma mère est en train de redécorer la salle à manger qui était en piteux état.

— Mamaaan !

— Toi, quand tu prononces maman comme ça, c'est que tu as quelque chose à demander !

— On ne peut rien te cacher...

Je prends tout mon courage à deux mains et j'explique le problème à ma mère. À mon grand étonnement, elle ne pique pas de crise, elle ne s'énerve pas et me répond : oui ! Elle est d'accord ! Elle dit même qu'avec de vieux bouts de tissu à motif hindou qu'elle doit avoir quelque part dans un placard, elle va nous concocter une déco « Rock The Casbah ! ». Et elle va s'occuper de convaincre mon père. Je suis super contente ! Mais pas le temps de m'asseoir sur mes lauriers. Je dois envoyer un courriel de groupe pour annoncer le changement de lieu de la fête et, bien sûr, aider ma mère à préparer le sous-sol. Pas une minute à perdre.

* *
*

18 h. En moins de deux, ma mère a transformé notre sous-sol terne en palais des mille et une nuits ! Des coussins sont disposés de manière à former des petits salons. Le plafond est recouvert de tissus qui pendent mollement, on dirait qu'un immense matelas bigarré le recouvre. Même un narguilé, une vieille pipe à eau qui date des années d'université de mon père, trône sur une petite table en teck. Mais défense de l'utiliser. Oui, une vraie casbah ! En prime, ma mère nous a préparé au moins deux mille litres de thé à la menthe. Il y a aussi des croustilles, des chocolats, des bonbons en forme de cœur et deux gros punchs aux fruits. Les invités doivent apporter d'autres bricoles à grignoter. J'ai hâte qu'ils arrivent.

20 h. La fête bat son plein. Une cinquantaine d'élèves sont présents. Tous sont émerveillés par la déco, et le thé à la menthe remporte un vif succès. Et ça parle et ça danse au son des choix musicaux d'Axel qui joue au DJ. Moi, j'essaie de danser, mais, depuis le début de la soirée, des gars et des filles me courent après pour me raconter leurs problèmes. Là, je suis en congé. Ben quoi ! Une apprentie psy aussi a droit de s'amuser ! Par contre, voilà Jessica. Impossible pour moi de ne pas savoir ce qui se passe dans sa vie.

— Alors, Jessica. Es-tu allée voir ton père ?

— Oui, laisse-t-elle tomber la mine défaite.

— Qu'est-ce qui ne va pas ?

— Ben, mon père n'avait pas l'air super content de me voir. Il vient de se faire une nouvelle blonde... Il m'a accueillie froidement quand je lui ai dit que je venais m'installer chez lui. Il m'a dit que, pour l'instant, je pouvais rester là et dormir sur le divan, mais qu'on allait en reparler. Puis il est parti avec sa nouvelle blonde. Oh, Ariane, je pense que j'ai fait une grosse connerie.

Justin se pointe derrière elle et l'entoure de ses bras.

— Salut, les filles ! Hey ! C'est cool chez toi, Ariane ! Oh qu'est-ce qui ne va pas ma chérie ? demande-t-il à Jessica qui me fait signe qu'on se reparlera plus tard, avant de se coller contre son chum.

Comme je m'apprête à retourner sur la piste de danse, Alexis et Sarah font leur apparition ensemble. Évidemment, je m'empresse de les accueillir. Alexis va rejoindre sa bande de chums nous laissant seules, Sarah et moi.

— Pis, Sarah, est-ce que je vais finir par savoir ce qui se trame entre Alexis et toi ? Vous sortez ensemble ou quoi ?

— Non, on ne sort pas ensemble. On est amis.

— Ça doit te briser le cœur de te tenir avec le garçon que tu aimes sans pouvoir l'embrasser, le toucher, faire des projets avec lui. À moins que vous ayez décidé de prendre votre temps... Comment ça s'est passé l'autre jour, quand tu es allée le voir à la maison des jeunes ?

— Ciel, Ariane. Tu me poses plein de questions en même temps ! Commençons par le début. Quand je suis allée à la maison des jeunes, j'étais super décidée. Un vrai bulldozer. J'étais tellement sûre de mon nouveau charme et j'avais tellement ce garçon dans la peau que, en entrant dans la place, dès que je l'ai repéré, j'ai foncé droit sur lui.

— Et puis ? Et puis ?

— Ben, je lui ai fait les beaux yeux. Mais comme il jouait au billard, je n'arrêtais pas de me mettre dans son chemin, ce qui le rendait vraiment mal à l'aise. J'ai persisté. Je lui ai souri. C'est là que ses amis ont commencé à faire des commentaires, à dire qu'il avait une soupirante. Pauvre Alexis, il ne savait plus où se mettre. Voyant qu'il était intimidé, ça m'a donné encore plus de *guts*. Je l'ai abordé de front en lui disant une banalité du genre : « C'est quoi ton signe du zodiaque pour avoir des beaux yeux de même ? »

— Non, tu n'as pas fait ça ? pouffé-je.

— Ben oui, une vraie débile ! Et je continuais de le draguer. Et plus je le draguais, plus il était mal à l'aise. Je ne me serais jamais crue capable d'être ainsi. En tout cas. Alexis a fini par se fatiguer et m'a prise à part. Et là, ça n'a pas été drôle. Il m'a dit de lui foutre la paix, que je ne l'intéressais pas, qu'il me trouvait collante, qu'il n'avait jamais vu une fille agir de la sorte, etc. Il était vraiment en colère. Et moi, j'avais tellement honte. Je me suis mise à pleurer et je me suis enfuie chez moi.

— Ça n'a pas dû être facile...

— Oh non. Le lendemain, juste après qu'on se soit vues, Alexis est venu s'excuser d'avoir été bête avec moi. On a parlé et, depuis, on se parle tous les jours. On s'entend super bien. Je le trouve vraiment gentil.

— Allez-vous sortir ensemble ?

— J'aimerais ça, mais je ne pense pas.

— Pourquoi ?

— Je n'ai pas le droit de te le dire. Il m'a fait promettre de n'en parler à personne. Ça va aller, pour moi. J'ai perdu un amoureux, mais je viens de me faire un ami.

— Si tu vas bien, moi, je suis contente. C'est ça qui compte.

— Ne t'inquiète pas, Ariane. Axel m'a dit que tu te faisais du mauvais sang pour moi.

— Il t'a dit ça ?

Je lui avais pourtant demandé de ne pas s'occuper de mes affaires. Il n'a pas pu s'en empêcher. Lui, là, je vais aller lui dire deux mots !

Je fonce sur Axel, mécontente qu'il ne m'ait pas écoutée. Il a délaissé son rôle de DJ pour danser. Et il se fait aller sur la musique des We Are Wolves tout en chantant les paroles de *Fight and kiss*.

Une fois devant lui, je viens pour lui dire ma façon de penser quand, sans savoir pourquoi, j'attrape son visage entre mes mains, plaque ma bouche sur la sienne. Ma langue fend ses lèvres, touche sa langue. La dernière chose que je remarque, ce sont les gens qui nous entourent et qui nous regardent.

DOSSIER 9:
De la façon de repousser celui qu'on aime

27 février

Je n'ai qu'une chose en tête : je suis débile ! Je dois bien être la fille la plus débile à l'est de Papineau ! En plus d'être débile, je suis cave, niaiseuse et nounoune !

Je suis assise dans le salon et je regarde l'émission *Découverte* avec mes parents qui n'en finissent plus de se minoucher. Mon petit frère joue avec ses jouets sur le tapis. Même si ça fait vingt-cinq minutes que je regarde les images à la télé, je ne sais toujours pas de quoi ça parle.

Hier soir, Axel s'est installé avec sa guitare électrique et son ampli dans la neige sur le trottoir devant chez moi. Il a hurlé mon prénom une bonne dizaine de fois jusqu'à ce que je mette le bout du nez à la fenêtre de l'entrée, en tirant à peine le rideau, et il a chanté une vieille pièce de Noir désir, *L'appartement*, tout en prenant bien soin de remplacer le prénom Laura par le mien.

Attends-toi à c'que je me traîne à tes pieds
Ariane, j'ai constaté que même un silence de toi
Pouvait pousser mon rire à mourir

Attends-moi, toi, tu es la reine des sommets,
L'orage sévit dans les plaines
Tu ne m'entends pas, je suis parasité malgré moi

Elle a su, simplement,
Enfermer mon cœur dans son appartement

Avec ou sans toi, j'ai quelques problèmes
Tu t'en fous, Ariane, j'suis désolé quand même
Si tu vas par là, ça me convient aussi dépose-moi

Encore une fois, c'est d'en bas que j'appelle
Elle se penche parfois de son nid d'hirondelle
Daigne me recevoir, ne me laisse pas de place pour
m'asseoir

Elle a su, simplement,
Changer les clefs de son cœur et de l'appartement

Attends-toi à c'que je me traîne à tes pieds
Ariane, en attendant je sais que le jour viendra,
Où je pourrai en mourir de rire.

C'est le plus beau geste romantique qu'on ait jamais fait pour moi. Malgré ça, comment ai-je réagi ? J'ai refermé le rideau et je suis allée m'enfermer dans ma chambre. Je me serais cachée en dessous de mon lit pendant sept ans si j'avais pu, le temps que mon malaise disparaisse.

Même mon père, qui est aussi romantique qu'un banc de sardines, n'en revenait pas. Pourtant, je continue à me cacher et à éviter Axel. Qu'est-ce qui cloche chez moi ?

La chanson d'hier soir n'était pas sa première mise en œuvre pour me séduire. Depuis le party de la Saint-Valentin, la soirée où je l'ai embrassé, il essaie plein de choses pour me conquérir. Jusqu'à maintenant, j'ai eu droit au CD rempli de MP3 de ses chansons d'amour préférées (c'est ainsi que j'ai connu le groupe Noir désir), aux roses collées sur ma case, à la lecture enflammée d'un poème à la radio étudiante (heureusement, on ne citait mon nom nulle part), à la boîte de chocolat... Et moi, qu'est-ce que je fais ? Je me sauve de lui comme d'une armée de morts vivants.

Après l'avoir embrassé, je lui ai fait non de la tête et lui ai dit que ça allait trop vite. Puis, j'ai fui et me suis réfugiée dans les toilettes où je me suis cachée le reste de la soirée. Heureusement, elle s'est bien termi-née, cette soirée, d'après ce qu'on m'a raconté. Tout le monde a bien mangé, bien bu le thé à la menthe de ma mère, bien dansé, bref tout le monde s'est bien amusé.

Et il y a eu aussi le point fort (l'autre point fort après le baiser d'Axel) qui a fait jaser : la mère de Jessica s'est pointée pour s'excuser auprès de sa fille. Elle l'a suppliée de revenir à la maison. Elle lui a demandé pardon de l'avoir mise à la porte sous le coup de la colère. Elle lui a dit qu'elle s'était inquiétée comme une folle. Le père de Jessica l'avait appelée pour la mettre au courant et lui dire qu'il n'était pas prêt à prendre en charge une ado. Qu'il n'avait pas assez d'argent. Qu'il avait besoin de sa liberté pour créer. Par contre, il aimerait bien voir sa fille plus souvent.

Jessica ne s'est pas fait prier pour retourner vivre avec sa mère. Et, depuis, le rapport entre ces deux-là s'est grandement amélioré. Elles ne se crient plus par la tête et, ça, je sais que j'y suis un peu pour quelque chose. Si j'étais aussi bonne pour m'aider que pour aider les autres !

— Ariane ! ARIANE !

Ma mère me sort de mes pensées.

— Quoi ?

— Puisque tu fixes la télé sans vraiment la regarder...

— Ben non, je la regarde !

— Ah oui ? De quoi ça parle ?

— Euh... Des crevettes !

— Je ne sais pas où tu as vu des crevettes dans un reportage sur l'industrie aérospatiale, mais voudrais-tu aller chercher les croustilles dans l'armoire ?

— Tu n'es pas au régime, maman ?

— Ce sont des croustilles « légères » !

Je me lève et, comme un zombi, je me rends à la cuisine. Je fouille dans l'armoire.

— M'MAN... JE NE LES TROUVE PAS !

— J'AI DÛ LES CACHER DANS MA CHAMBRE POUR NE PAS QUE TU-SAIS-QUI METTE LA MAIN DESSUS !

Je vais dans la chambre de mes parents et, en fouillant dans leur commode, je tombe sur une lettre annonçant l'embauche de ma mère... à ma poly ! Quoi ? Ma mère prof d'arts plastiques à MA poly !? Non !

Je me rends dans le salon, en colère :

— Maman, c'est quoi ça ? lui demandé-je, en brandissant la lettre sous son nez.

— Je t'avais dit de lui en parler le plus tôt possible, soupire mon père, en s'éclipsant du salon pour nous laisser régler ça.

— Je voulais te l'apprendre bientôt. J'attendais le moment idéal… C'est une bonne nouvelle, hein, ma chérie ?

— Une bonne nouvelle pour qui ? Je n'ai pas envie que tu enseignes là où j'étudie.

— Pourquoi ? Comme ça, on sera ensemble plus souvent !

— Justement. Je t'aime beaucoup, mais je ne veux pas vivre mes histoires sous tes yeux !

Ma mère ne répond pas. Elle semble vexée.

— Maman, n'essaie pas de me faire sentir coupable en plus.

— Ce n'est pas mon intention. Je t'avoue que je n'avais pas réfléchi à ce que tu viens de me dire. Mon idée n'était pas de t'espionner. Ne pense surtout pas ça.

— Alors pourquoi à ma poly et pas ailleurs ?

— Quand je suis allée à ton école, j'ai appris qu'ils cherchaient un prof d'arts plastiques pour les activités parascolaires. Comme j'ai un diplôme en enseignement, je me suis dit pourquoi pas.

— Mais maman !

— Ariane, je ne vais pas t'enseigner. Et puis je ne serai là que quelques heures par semaine.

— Oui, mais tu seras à MA poly. Je vois ça d'ici : je vais me faire niaiser par les autres. Ta mère te suit partout ! Ça m'a demandé tellement d'efforts pour me faire accepter, tu vas tout détruire. Tout détruire !

Je me sauve dans ma chambre, furax. Je ne veux pas avoir ma mère sur les talons à longueur de journée. Non. Crime ! Tout va de travers, j'ai l'impression. Ma mère, Axel. Oui, tout va de travers.

* *
*

1er mars

Je suis devant ma case que je ne parviens pas à ouvrir à cause d'une autre rose rouge qu'Axel a collée sur la porte. J'ai mal au ventre, j'ai mal à la tête, j'ai mal à mon adolescence. Appuyé sur la case à côté de la mienne, William, un gars qui est dans mon cours d'arts plastiques, lance des petits bouts de papier mâché sur un groupe de filles avec une paille en guise de sarbacane. Je le trouve puéril. William est toujours en train d'achaler les filles. Si c'était pour les draguer, au moins, genre une tentative d'approche, mais non. On dirait qu'il veut juste les embêter.

Roxanne se pointe.

— Wow ! C'est quoi ça, Ariane ?

— Une rose !

— Ben oui, nounoune, je vois bien. Mais elle est de qui ?

Je ne veux pas le lui dire. Je ne veux pas qu'elle se mêle de mes affaires. Ce sont mes problèmes et c'est à moi de les régler.

— Je ne sais pas.

— Voyons, Ariane, je suis certaine que tu sais qui met des roses sur ta case... Attends un peu... Laisse-moi deviner... Oui, je sais... C'est Axel ! Hein, c'est ça ?

— Comment le sais-tu ?

— Ah ! Mon petit doigt me l'a dit !

— Roxy, dis-moi comment tu le sais... Ça paraît tant que ça, qu'il se passe quelque chose entre nous ?

— Ben oui ! Axel te regarde avec des yeux de merlan frit depuis le début de l'année. Il t'aime tellement. Vous allez faire un si beau couple !

— Holà ! je n'ai pas pris de décision.

— Quoi ? Un garçon qui colle des roses sur ta case, qui chante des chansons d'amour devant chez toi...

— Quoi ? Tu es au courant ?

— Ben oui, Axel m'a tout raconté. Je sais presque tout depuis le début.

— Et tu as fait comme si de rien n'était...

— Ben oui, Ariane. Il n'y a pas que toi qui peux être finfinaude en psychologie !

Roxanne vient de me clouer le bec. Si je m'attendais à ça. Comme je m'apprête à lui dire que, moi aussi, je sais qu'elle est amoureuse de quelqu'un, une des filles qui a reçu une boule de papier dans le front se pointe et traite William d'épais. Ce dernier lui rit en pleine face. La fille tourne les talons, vexée.

— William, pourquoi fais-tu ça ? lui demandé-je.

— De quoi je me mêle, Dr Psy ?

— Pis toi, c'est quoi ton problème ? Pourquoi tu les embêtes ? C'est tellement bébé ce que tu fais. Grandis un peu !

Il veut répliquer, mais Roxanne se place bien en évidence dans son champ de vision. Lui non plus n'est pas de taille contre elle, alors il préfère se tenir à carreau. Il prend ses livres et s'en va.

— C'est quoi le problème avec les garçons ? Est-ce qu'ils peuvent réfléchir à leurs actes deux minutes ?

— Ah ! Les gars, juste un paquet d'ennuis, renchérit Roxanne avant de partir pour son cours, car la cloche vient de se faire entendre.

Français, géo, histoire, je passe à travers mes cours comme un automate. Je ne sais pas comment je fais pour assimiler la matière, mais mon cerveau a l'air de bien fonctionner, car lors des exercices, j'ai tout bon. En morale, cependant, ça déraille.

Comme si toutes les planètes s'étaient alignées dans le ciel, le sujet dont parle Guy, aujourd'hui, c'est l'amour. Il cite un auteur qui s'est penché sur la question : Francesco Alberoni qui a écrit *Le choc amoureux*. Ce dernier affirme que, lorsqu'on tombe amoureux, on a l'impression que l'autre nous permet de réinventer notre histoire, de refaire notre passé. Tout devient magique. On flotte au-dessus de notre quotidien. On ne touche plus terre. Tout nous apparaît plus facile. On a juste une envie : passer le plus de temps possible avec l'être aimé. À son contact, on se sent vivant, mieux, épanoui.

C'est bien beau tout ce qu'écrit cet auteur, mais pourquoi ce n'est pas ce que je ressens ? Je ne dois pas être amoureuse d'Axel. Oui, c'est sûrement ça. Sinon pourquoi est-ce que je me sauverais comme une débile, hein ?

— ARIANE !

Guy est devant moi et me regarde étrangement.

— Quoi ?

— Depuis tantôt tu marmonnes.

Oh non, je deviens folle ! J'espère que les autres n'ont pas compris ce qui me turlupine.

— Ariane, veux-tu partager avec nous ce qui te préoccupe ?

— Euh... Non, j'aimerais mieux pas...

Le reste du cours, je m'applique à bien suivre ce que Guy raconte. Tout parle de moi, j'ai l'impression. Aimer ou ne pas aimer. S'ouvrir à l'autre ou ne pas s'ouvrir. Puis Guy aborde la peine de cœur.

— Si vous avez vécu une peine de cœur, vous savez que c'est douloureux. Que ça fait aussi mal qu'un deuil. À vrai dire, c'est un deuil. Vous avez l'impression que la personne qui vous quitte part avec un morceau de vous. En fait, vous ne vivez pas seulement une peine de cœur pour l'être aimé, mais vous revivez en quelque sorte tous vos deuils passés. Oui, et ça peut remonter à des deuils très lointains comme la première séparation avec votre mère, quand vous vous êtes rendu compte, bébé, qu'elle n'était pas une partie de vous, qu'elle était séparée de vous. Vous vous êtes sentis rejetés. Vous revivez la première grande séparation avec le parent et...

Là, j'ai du mal à suivre. Et je ne dois pas être la seule ; toute la classe regarde Guy, interloquée.

— Oh, excusez-moi. Je me suis emporté. Récemment, j'ai lu un livre de psychanalyse qui traitait des séparations. C'était très intéressant, mais évidemment, c'était destiné à des chercheurs universitaires. Un peu trop poussé. Ce qui est important, c'est que la première peine de cœur est la pire de toutes. Vous avez l'impression que jamais vous ne vous en remettrez. Mais voilà, le temps estompe la douleur. Un matin, vous vous réveillez de nouveau capable d'aimer. Et si vous vous sentez seul lors d'une peine de cœur, dites-vous que pratiquement toute l'humanité est passée par là.

— Guy, je voudrais savoir comment on fait pour que ça fasse moins mal? demande une fille du cours.

— Eh bien, on ne peut pas aller plus vite que la cicatrisation du cœur. Par contre, ce que je peux conseiller aux personnes qui souffrent d'une peine de cœur, c'est de se permettre de vivre la douleur. De pleurer quand on a mal, de penser à l'autre quand nos pensées nous mènent vers lui. Mais après un certain temps, il faut faire l'effort de retourner dans la vie quotidienne pour ne pas être avalé par ce gouffre noir. Eh oui, il faut se forcer, voir des amis, aller au cinéma, s'intéresser à autre chose. Écrire un journal intime aide à se libérer de son chagrin. Avoir une marraine ou un parrain de peine de cœur aussi. On choisit une personne en qui on a confiance et on lui demande la permission de pleurer dans ses bras quand le besoin s'en fait sentir...

Pendant que Guy raconte ça, étrangement, j'ai en tête des images non pas d'Axel ou de Justin, mais de Nadia. Quand elle nous a quittés, je n'ai pas pu vivre mon deuil. Ma mère avait besoin de moi, de mon père, de mon frère. Elle hurlait tellement de douleur qu'on ne pouvait pas entendre ce qui se passait en nous. La douleur de ma mère nous habitait tous. Alors, j'ai tassé ma peine.

La cloche sonne.

Je rentre chez moi avec ces pensées qui m'assaillent. Soudain, je sens une présence à côté de moi. Je me retourne.

— Salut, Ariane !

Je rougis.

— Euh... Salut, Axel. Ça va ?

— Ça pourrait aller mieux.

— Qu'est-ce qu'il y a ?

— C'est à moi que tu demandes ça ? dit-il en soupirant.

Je me tais, mais je me traite quand même de débile, intérieurement.

— Tes rires me manquent, Ariane.

J'accélère le pas. Axel accélère aussi.

— Tes rires, tes grands yeux, tes...

J'accélère encore plus. Je ne vois pas l'immense plaque de glace au milieu du trottoir. En moins de deux, je me retrouve sur le dos les quatre fers en l'air. Axel qui me suivait de près n'a pas pu freiner. Résultat ? Il m'écrase de tout son poids.

On est étendus dans la neige, corps contre corps, visage contre visage. La buée qui sort de nos bouches forme un nuage autour de nos têtes comme un cocon. On se regarde dans les yeux. Je sens quelque chose dans mon estomac.

En essayant de me déprendre, je soulève la tête. Nos bouches se retrouvent collées l'une sur l'autre. Axel frôle mes lèvres de ses lèvres. Promène sa bouche autour de la mienne. Sur mes joues, dans le creux de mon cou, sur mes yeux fermés. Sans s'arrêter, sans m'embrasser, sans appuyer sa peau contre la mienne. C'est doux. C'est bon. Mais l'inconfort dans mon estomac grandit.

De toutes mes forces, je pousse soudain Axel qui s'étale de tout son long dans la neige. Il me regarde, et la seule chose que je trouve à faire, c'est de balbutier : «Je ne peux pas.» Et je me sauve chez moi. Je passe la soirée à bouder ma mère et à m'en vouloir d'être si perdue face à Axel.

* *
*

2 mars

Sur ma case, un diachylon couvert de baisers. Axel s'est encore manifesté. Ça ne peut plus durer. Je dois lui dire d'arrêter. Mais pourquoi est-ce que je n'y arrive pas ? Il me semble que si je ne l'aimais pas, je lui aurais dit depuis longtemps d'aller jouer dans le trafic. Pourtant, si j'étais vraiment amoureuse, ce serait plus fort que moi, je me jetterais dans ses bras. C'est comme ça que ça marche !

William se pointe à sa case et me regarde. J'espère qu'il ne m'a pas pris en grippe, celui-là.

— Ariane, je peux te parler ?

— Euh, ben oui.

— Tu sais, tu avais raison, hier. C'est bébé ce que j'ai fait. Je pense que j'ai un gros problème... Pis j'ai besoin d'aide. Peux-tu m'aider ?

— OK, William. Veux-tu qu'on en parle tout de suite ?

— Oui, si c'est possible.

— On a quinze minutes avant que les cours commencent... Viens avec moi.

J'emmène William dans mon cagibi, en espérant que les squatteurs n'y aient pas fait leur nid. Sur mon chemin, je croise le beau Justin qui me sourit avec ses dents archi-blanches.

— Salut, beauté ! Tu vas bien ?

— Euh... Oui, oui. Et toi ?

— Toujours.

Puis il me fait un clin d'œil et poursuit son chemin. Même s'il est l'amoureux de Jessica, je ne peux m'empêcher d'avoir le cœur à l'envers chaque fois que je le vois. Il me fait encore de l'effet, ce garçon. Mais je n'ai pas le droit de penser à lui. Il est à Jessica. Et ça a l'air de bien aller entre eux. Ils sont toujours en train de se bécoter, de se tenir par la main, de sourire à pleines dents comme dans les pubs. Vraiment, c'est le couple parfait. Elle a de la chance, Jessica.

On arrive devant mon cagibi. J'ouvre la porte doucement... Tout est calme. Pas de squatteurs. Pas d'odeurs douteuses. Fiou !

— OK, ici tu peux parler librement, William.

— Bon, je ne sais pas par quoi commencer...

— Si tu commençais par ce qui te fait mal.

— Oh, là ! T'es *rough*, toi !

— OK, pourquoi t'en prends-tu toujours aux filles ?

— Je ne m'en prends pas aux filles, mais à certaines filles. En fait, aux mêmes filles, toujours les mêmes. Elles ont ruiné ma vie.

— Qu'est-ce qu'elles ont fait de si grave ?

— Ça remonte au début de l'année. J'ai rencontré une fille... Elle était formidable.

— Qui est-ce ?

— Je préfère ne pas le dire. Donc, on s'est mis à se tenir ensemble. Puis je lui ai avoué que j'étais amoureux d'elle. C'était la première fois que ça m'arrivait, la première fois aussi que je disais une chose pareille à une fille. On est sortis ensemble. J'étais super content. Elle était parfaite : belle, intelligente... Elle n'avait qu'un seul défaut...

— Laisse-moi deviner : ses copines. Les trois filles que je t'ai vu embêter hier.

— Ben oui. Je les déteste. Si tu savais... Elles ont monté ma blonde contre moi. Elles parlaient dans mon dos. Elles ne m'aimaient pas.

— Sais-tu pourquoi ?

— Je pense qu'elles étaient frustrées parce qu'elles n'avaient pas de petit ami.

— Peut-être qu'elles étaient déstabilisées. C'est dur pour un groupe d'amies qui sont toujours ensemble de voir l'une d'elles devenir amoureuse, moins disponible.

— En tout cas, en présence de ses copines, ma blonde n'était plus elle-même. Elle se transformait en une autre personne. Elle se moquait de moi. J'étais devenu un jouet pour elle et sa gang. Un jour, elle m'a même poussé à embrasser ses amies à tour de rôle. Je n'étais pas d'accord, mais j'ai finalement cédé... et je l'ai regretté. Parce qu'après, elle ne s'est pas gênée pour embrasser un autre gars... avec qui elle est partie.

— Combien de temps a duré votre relation ?

— Quatre mois. Au début, c'était parfait, mais après ça a viré au vinaigre. Moi, j'étais prêt à tout pour elle.

— Pourquoi, William ? Elle n'avait pas l'air si aimable que ça.

— Oh oui, elle l'était.

— Elle l'était ou tu espérais qu'elle le soit ?

William se tait. Je pense que je viens de mettre le doigt sur quelque chose.

— Tu sais, William, on projette beaucoup de soi sur la personne qu'on aime. Et parfois, on est amoureux de l'idée qu'on se fait de l'autre et non pas du vrai lui ou elle.

— Mais je sais qu'elle avait tout le potentiel pour devenir la fille de mes rêves.

— Tu voulais la changer ? Enlève-toi ça tout de suite de la tête. On aime la personne pour ce qu'elle est, avec ses défauts et ses qualités. Pas pour ce qu'on espère qu'elle sera.

— Non, Ariane, tu ne comprends rien. On s'aimait. Ce sont ses amies, les bitchs, qui ont tout détruit.

— C'est plus facile de mettre la faute sur les autres que de regarder ses propres défauts.

— Tu penses que c'est de ma faute si elle m'a quitté ?

— Ce n'est pas ce que j'ai dit. Ce que je pense, c'est qu'au lieu de t'acharner sur ses amies, tu devrais lâcher prise, ne plus t'en occuper et te recentrer sur toi. Détester une ou plusieurs personnes demande beaucoup d'énergie. Or, cette énergie, tu pourrais t'en servir pour comprendre ce que tu ressens : tristesse, impuissance, douleur. Si tu veux, pense à ça et on se revoit demain matin. On en parlera. Sinon, tiens, mon numéro de cellulaire. Si jamais tu as un besoin urgent de parler.

La cloche sonne.

4 mars

Enfin, dernière journée de classe avant la fin de semaine. Pas trop tôt. J'ai passé la semaine à éviter Axel, à bouder ma mère et à aider William à réaliser qu'il devait vivre sa peine de cœur. Vraiment, j'ai été super occupée. Là, j'ai encore une petite rencontre avec William et puis direction chez moi. Je m'effondre devant la télé et je ne bouge plus.

William m'attend déjà au cagibi.

— Comment ça va, aujourd'hui ?

— Pas facile. Tu as raison... Je me suis trompé. J'ai imaginé mon ex comme j'aurais voulu qu'elle soit...

Enfin, pas trop tôt, me dis-je. Au moins, il a avancé, car c'est toujours difficile d'admettre qu'on s'est fait des illusions. Mais une fois qu'on reconnaît son problème, on peut dire qu'il est à moitié réglé.

— Ça fait mal de s'en rendre compte. Et puis, je dois t'avouer que j'avais un certain plaisir à haïr sa gang. Pendant que je leur en voulais, je ne pensais pas à moi, ni à l'idée que ça fait mal d'être utilisé comme un jouet...

— Oui, ça fait mal. Mais le plus dur, c'est admettre que tu as accepté d'être traité de la sorte.

— Oui, tu as raison. Pourquoi je me suis fait avoir ?

— Alors là, il faudrait qu'on creuse longtemps. Ça demanderait quelqu'un avec du temps et plus d'expérience que moi.

— Mais si ça se reproduit ? Comment éviter ça ?

— Je pense qu'en mettant des mots sur ce que tu vis, ça va t'aider. Là, quels sont tes sentiments ?

— Ben, j'ai l'impression d'avoir été trompé et ça fait mal.

— Mais tu ressens quoi ? De la colère ? De…

— Oui, je suis en colère. Pas contre mon ex ni ses amies, mais contre moi. J'ai été cave, répond William en se frappant le front.

— Holà, du calme. Ça ne donne rien de se détester. Mis à part la colère, ressens-tu autre chose ?

— Non… Je ne sais pas.

— Es-tu triste que ta première histoire d'amour n'ait pas marché ?

Et là, au lieu de me répondre, William se referme sur lui-même. C'est le silence. Je ne dis rien. Quand quelqu'un ressent quelque chose de fort, il faut lui laisser le temps de s'exprimer sans le brusquer. Inutile d'essayer de remplir le silence, comme on le fait trop souvent avec nos amis quand ils vivent quelque chose de difficile. Genre : « Mon chum m'a quittée. » « Ah, oublie-le... il n'en valait pas la peine. Un de perdu, dix de retrouvés. » Ce sont des formules toutes faites qui enterrent l'émotion au lieu de lui permettre de sortir. Il faut savoir garder le silence dans ces moments, même si le silence nous met mal à l'aise. Oh boy, mais je réfléchis vraiment en psy, j'ai l'impression. C'est ça quand on se tape au moins deux bouquins de psycho et des milliers de sites « psys » par semaine. Je regarde William. Ses yeux s'emplissent d'eau. Soudain, une larme descend le long de sa joue.

Les larmes d'un garçon me mettent plus mal à l'aise que celles d'une fille. C'est tout dire des stéréotypes qu'on nous fait gober depuis toujours. Les petits garçons ne pleurent pas. Même aujourd'hui, ça perdure ! Mais, par-delà cette pensée sociologique, je ne peux m'empêcher de voir Axel. Le pauvre, quand je vais lui dire qu'il doit arrêter de courir après moi, qu'il perd son temps, qu'on est mieux de rester amis, que je ne pense pas l'aimer comme il aimerait. Que nous deux, ça ne marchera pas... Que c'est voué à l'échec... Je m'approche de William et prends ses mains dans les miennes. Et je lui parle de la peine de cœur. Je lui raconte ce que Guy a dit l'autre jour dans le cours. Qu'il est bon de vivre sa peine de cœur, de laisser sa tristesse s'exprimer...

William se calme, il se lève d'un bond.

— À partir de maintenant, ça va aller mieux, hein, Ariane ? J'ai pleuré. Fini la peine de cœur !

Ah, les gars ! Toujours dans l'action. Toujours pressés !

— William, une peine de cœur ne dure pas dix minutes. Ça peut prendre quelques semaines, voire quelques années...

— Quoi ? Es-tu folle ? Plusieurs années !

— Si tu veux que cette peine de cœur dure moins longtemps, écoute-toi. Chaque fois que tu as de la peine, permets-toi de la ressentir. Mais fais bien attention de ne pas être aspiré par ce gouffre. Tu me sembles quelqu'un de plutôt excessif... J'ai peur que, après avoir détesté avec passion les copines de ton ex, tu te mettes à vivre ta douleur avec autant de passion.

Et là, je lui parle des trucs de Guy pour apaiser une peine de cœur. Tous les trucs, dont un que j'aurais dû taire...

— Merci, Ariane, je vais faire bien attention. De toute façon, dès que j'ai de la peine, je t'appelle. Tu seras ma marraine de peine de cœur.

Quoi ? Je n'ai pas le temps de lui dire non qu'il est déjà parti. Zut ! Je veux bien l'aider, lui donner des pistes pour réfléchir, mais je ne veux pas être sa marraine de peine de cœur. Qu'il prenne quelqu'un d'autre. Je n'ai pas le temps d'être vingt-quatre heures sur vingt-quatre à son service. Je dois régler mes problèmes aussi.

Vivement que je sois chez moi devant la télé. Là, j'ai mon quota de soucis pour la semaine. Heureusement, sur mon trajet de retour, pas d'Axel. Je n'aurais pas eu la force de régler notre histoire ce soir.

J'arrive chez moi. Mmm... Ça sent le basilic à plein nez. Ma mère a dû faire ma recette de pâtes préférées : spaghetti au pesto, crevettes, courgettes. Elle veut se faire pardonner sa super idée d'enseigner à mon école.

— Salut, Ariane, dit ma mère en préparant une purée au fromage bleu qui accompagnera des feuilles d'endives.

— Salut, réponds-je sèchement.

Je me dirige vers la télé, lorsqu'elle me demande de m'asseoir. Je m'exécute à contrecœur. Si elle pense que tout lui sera pardonné en échange de deux, trois bonnes recettes, elle se trompe. On ne m'aura pas par l'estomac.

— Ariane, j'ai beaucoup réfléchi à ce que tu m'as dit l'autre jour. Je pense que tu as tort et que tu as raison aussi. Tu as tort quand tu penses que j'ai posé ma candidature pour t'espionner. Et je ne crois pas que, en travaillant à ton école, je détruirais tous tes efforts pour te faire accepter.

— Les autres vont dire que tu me surveilles...

— Tu sous-estimes peut-être un peu les autres élèves.

— Bla-bla-bla...

— Ariane, je n'aime pas quand tu es de mauvaise foi. Écoute avec respect ce que j'ai à te dire.

— Excuse-moi.

— Où j'en étais ? Ah oui, je pense aussi que tu as raison. Moi non plus, je n'aurais pas aimé avoir ma mère vingt-quatre heures sur vingt-quatre à mes côtés.

— Merci de me comprendre. Mais ça ne règle pas le problème, maman. Tu seras dans ma poly l'année prochaine...

— Eh bien, il se pourrait que non.

— Quoi ? Comment ça ?

— Figure-toi que les producteurs de mon émission m'ont appelée ce matin. Ils veulent que je revienne à la télé. Les téléspectateurs se sont plaints de mon absence. Celle qui me remplace n'est pas parvenue à gagner le cœur de l'auditoire. Les cotes d'écoute sont en chute libre. Non seulement les producteurs me supplient de revenir, mais en plus ils m'offrent une augmentation de salaire.

— Wow! Maman! C'est formidable. Tu vas dire oui, hein?

— C'est sûr!

— Je suis si contente pour toi... Et pour moi!

— La prochaine fois que j'aurai une idée qui peut te toucher, je t'en parlerai avant de prendre une décision.

— Salut, mes amours, dit mon père qui entre. Regardez qui j'ai trouvé sur ma route.

Roxanne est derrière lui.

— Salut, tout le monde.

— Roxanne, qu'est-ce que tu fais ici?

— Je viens de me chicaner avec mes parents.

— Ma pauvre enfant. Tu veux souper avec nous? lui demande ma mère.

On s'assied à table et ma mère sert les pâtes aux crevettes. C'est délicieux. Tout va super bien, jusqu'à ce que la conversation bifurque sur Axel.

J'esquive les questions trop compromettantes comme une joueuse de tennis en pleine finale, mais ça m'épuise. Ma mère pose la question qui tue:

— Ma chérie, pourquoi n'es-tu pas intéressée par ce garçon ? Ton père n'a pas déployé autant d'énergie pour me conquérir et il m'a séduite...

— Maman, ça me regarde.

— En plus d'être difficile, elle a mauvais caractère ! rigole Roxanne.

Moi, je ne trouve pas ça drôle. D'autant plus que mon cellulaire sonne dans ma chambre. J'ai la trouille...

— Ariane, c'est ton cellulaire qu'on entend ? C'est peut-être ton amoureux transi qui veut te chanter : *Ne me quitte pas / Je serai l'ombre de ton chien / L'ombre de ta main*... chantonne mon père pour se moquer.

— Là, ça suffit. Vous... Vous... Je vous déteste !

Et je m'enfuis dans ma chambre, les larmes aux yeux. Je n'en reviens pas que les gens que j'aime prennent ce que je vis avec un grain de sel. Que personne ne compatisse.

Je me jette sur mon lit. Florida, qui m'a suivie, saute sur le lit à son tour et vient se blottir contre mon ventre.

On cogne à ma porte.

— Laissez-moi tranquille !

— Ariane, c'est moi. Je ne me moquerai pas de toi, juré, dit Roxanne.

Comme je ne réponds rien, elle entre. Roxanne n'est pas du genre à attendre. Elle s'assoit sur le lit à côté de moi et flatte Florida.

— Tu pleures ?

— Non. Mais si tu es venue pour jouer avec mes sentiments, tu vas avoir droit à un océan de larmes, je te le garantis.

— Non, je ne me moquerai pas. Et désolée si ce qu'on a dit à table t'a blessée. Pour nous, c'est clair pourtant : Axel et toi êtes faits pour aller ensemble. Je pense que c'est ce qui nous pousse à te taquiner. On ne comprend pas pourquoi tu résistes.

— Comment êtes-vous si sûrs qu'on devrait sortir ensemble ? Vous n'êtes pas dans ma peau, dans mes sentiments. Je ne peux quand même pas sortir avec Axel pour vous faire plaisir !

— Non, ça, c'est sûr. Mais ne me dis pas qu'Axel n'est pas un bon gars pour toi.

— Ce n'est pas ce que…

Mon cellulaire se fait entendre de nouveau. Zut ! Je ne peux pas avoir la paix deux minutes.

— C'est qui ? demande Roxanne.

— Je ne sais pas et je ne veux pas le savoir.

— Laisse-moi voir, dit-elle en prenant l'appareil dans ses mains.

Je prie pour que ça ne soit pas Axel.

— Ariane, c'est Axel.

— Oh non !

— Je te niaise. C'est écrit William. Douze fois.

— Non, pas William !

— Il court après toi ?

— Oui, mais pas pour ce que tu t'imagines. Il a décidé que j'étais sa marraine de peine de cœur. Mais je n'en ai pas envie !

— Ben, dis-le-lui.

Le téléphone cesse de sonner. Ce qui fait un bien fou à mes nerfs.

— C'est peut-être facile pour toi de dire aux gens des choses qui risquent de leur faire de la peine ou qui ne leur feront pas plaisir, mais pour moi, c'est super difficile.

— Veux-tu que je le rappelle et que je lui dise de se trouver une marraine dans le bottin ?

— Ben non.

— Bon, alors ?

— Je ne sais pas comment faire.

— C'est simple. Le plus difficile, c'est le premier non. Puis plus tu dis non, plus tu deviens habituée. Ce n'est pas sorcier. Cesse de faire attention tout le temps aux sentiments des autres et pense plus aux tiens. Tu ne peux pas faire plaisir à tout le monde sans arrêt, Ariane. Il faut que tu penses à toi. Si tu n'as pas envie de sortir avec Axel, dis-le-lui. On ne va pas t'en vouloir pour ça.

— Roxanne, je peux t'avouer quelque chose ?

— Vas-y !

— Je te trouve de plus en plus hot !

— Merci, moi aussi. Ariane, est-ce que je peux te poser une question à mon tour ?

— Oui.

— Pourquoi n'es-tu pas plus intéressée que ça par Axel ? Il t'aime et toi aussi, j'en suis certaine. Vous vous entendez super bien. Vous avez du fun ensemble. Je ne te comprends pas. Il est mille fois mieux que Justin.

— Axel et Justin, ce n'est pas pareil. Justin, c'est plutôt de l'ordre de la passion. Je le trouve super beau...

— Il a une face de pet !

— C'est pas vrai !

— Ben quoi, il sourit tout le temps pour rien avec son sourire Colgate. Tu étais prête à sortir avec lui alors qu'il ne t'avait même pas remarquée.

— Je le sais... Mais mon attirance pour lui, ça ne s'explique pas.

— Axel est plus beau que Justin. Il ressemble à Zac Efron, tu ne trouves pas ?

— Ah oui, c'est vrai. Je n'y avais pas pensé.

— Pis en plus d'être mignon comme tout, il est super attentionné pour toi. Coudon... Tu ne ferais pas partie de ces filles pour qui l'amour doit faire mal à tout prix ?

— Hein ? De quoi tu parles ?

— Oui, c'est logique. Tu étais prête à tout pour un gars qui n'en valait pas la peine, qui t'a posé un lapin et pour qui tu as pleuré. Mais tu ne veux rien savoir d'Axel qui est super gentil avec toi.

— Ben non. C'est ridicule.

— Vraiment ?

— Axel est super gentil, et... et...

Curieusement, je ne sais pas quoi répondre. Je pense que Roxanne vient de mettre le doigt sur quelque chose. Je me lance :

— L'amour, ça ne peut pas être facile, c'est impossible. Il y a toujours quelque chose qui risque de nous exploser en pleine figure si on se laisse aller.

— Tu as peur ?

— Ben oui, j'ai peur. J'ai super peur de perdre Axel comme ami. J'ai super peur qu'il me fasse mal ou de lui faire mal. J'ai super peur de le perdre comme j'ai perdu Na...

Roxanne me regarde intensément.

— Ariane, non seulement tu as le droit d'être aimée, mais tu mérites peut-être plus que n'importe qui d'être aimée. Et ce n'est pas parce que ta sœur est partie que tous les gars que tu aimes vont disparaître.

Les paroles de mon amie me vont droit au cœur. J'ai l'impression qu'on vient de défaire un nœud qui était à l'intérieur de moi depuis très longtemps. Tout à coup, je me sens plus légère. Comme si l'énergie circulait de nouveau en moi. Comme si le blocage s'était défait et que je réalisais que, en effet, j'ai le droit d'être aimée.

* *
*

Roxanne est repartie chez elle. Moi, je me sens ragaillardie par notre discussion de ce soir. Je me sens des ailes dans le dos. D'ailleurs, je vais appeler Axel pour lui demander si on peut se voir en fin de semaine pour parler de mes craintes et lui dire que, peut-être, on pourrait essayer… nous deux.

Comme je m'apprête à composer son numéro, le cellulaire sonne. Tiens, c'est Jessica.

— Salut, Jessica ! Comment ça va ?

— Je viens de quitter Justin.

DOSSIER 10 :
D'une fille qui frenche une autre fille

29 mars

— Tiens, le beau Raoul des *Têtes à Claques*, lance Axel, carrément désobligeant.

— Salut, Les dents de la mer ! rétorque Justin.

Ils sont là, devant ma case, de chaque côté de moi, à souffler comme des taureaux enragés. Ça fait presque trois semaines que ça dure. Quelques jours seulement après l'appel de Jessica, Justin, LE Justin, mon fantasme numéro un sur qui j'avais mis un gros X (pas touche, c'est l'amoureux d'une amie et c'est tabou), s'est mis à me faire de l'œil. Ça m'a flattée. Ça me flatte toujours. Mais je suis vraiment mal à l'aise face à Axel et à Jessica. Moi qui pensais qu'ils filaient le parfait bonheur ! Les apparences sont parfois trompeuses.

Pourtant, les deux premiers mois de leur liaison, ils se sont aimés super fort — c'est ce que m'a raconté Jessica après leur rupture. Ensuite, les choses ont commencé à se détériorer. Jessica m'a avoué qu'elle

et Justin n'avaient pas beaucoup de points en commun... et qu'en fait elle s'ennuyait royalement avec
lui. Elle lui a donc écrit un courriel pour rompre, dans
lequel elle a évité ces phrases faciles et humiliantes :
« Ce n'est pas toi, c'est moi. » « Je ne te mérite pas. »
« Tu es trop bien pour moi. » « Soyons amis. » Au lieu
de ça, Jessica lui a écrit de but en blanc :

Justin,
Ça ne te fera pas plaisir de lire ce qui suit, mais je n'ai pas
le choix. C'est une question de bonheur — MON bonheur.
J'en ai assez de t'avoir constamment sur les talons.
J'ai beaucoup de choses à goûter avant de m'enterrer
vivante avec un gars. Alors oublie-moi.
Jessica
P.-S. : Pas d'appels, de textos, de courriels ou de pigeons
voyageurs.

C'est Justin lui-même qui m'a montré ce courriel. Car
vers qui s'est-il immédiatement tourné quand il s'est fait
plaquer ? Ben oui. Le soir où il m'a montré ce courriel, il
semblait perdu. C'était une semaine après leur rupture. Il
est venu me voir à la fin du cours de morale. Il avait l'air
piteux. Mais je n'ai pas eu besoin de le consoler longtemps.

Le lendemain, déjà, il avait drôlement retrouvé son chemin : il m'a invitée au cinéma. J'en mourais d'envie mais, par principe, j'ai refusé. Puis il s'est mis à me téléphoner souvent, très souvent, sous prétexte qu'il voulait parler de Jessica. En réalité, nous ne faisions que bavarder de tout et de rien. C'est ainsi que de jour en jour, il s'est rapproché de moi — au grand dam d'Axel.

Le week-end qui a suivi la rupture de Jessica, j'ai téléphoné à Axel. Je lui ai dit qu'il me fallait encore réfléchir, et aussi passer plus de temps avec lui. Que je ne me sentais pas tout à fait prête à me laisser aller dans une relation amoureuse, que j'avais peur... Axel l'a très bien compris. Il m'a dit qu'il m'attendrait, et que juste de passer des miettes de minute avec moi le rendait fou de joie, qu'il était prêt à prendre tout ce que je pouvais lui donner. Il est gentil, Axel. Vraiment, c'est le meilleur garçon qu'une fille puisse rencontrer. Mais je dois avouer que Justin est très gentil, lui aussi.

En fait, ils rivalisent de gentillesse. Par exemple, quand il a su qu'Axel avait déposé une boîte de chocolats près de ma case, Justin m'a m'offert un gigantesque lapin de Pâques. Je vais finir par avoir des caries jusqu'en dessous des pieds !

— Ariane, quand tu passeras deux minutes sans cet affreux de six pieds deux, tu me feras signe. J'ai quelque chose à te proposer : une belle activité qui te mènera au septième ciel, dit Justin avec un sourire malicieux.

— Toi, tu commences à me pomper l'air ! coupe Axel. C'est quoi ça, « une activité qui te mènera au septième ciel » ?

— Ça ne te regarde pas !

— Ah ! les gars, ça suffit ! Vous me tapez sur les nerfs à la fin !

— Ariane, ne te mêle pas de ça ! répondent-ils en chœur.

Quoi ! Ça, c'est la meilleure ! Eh bien ! Dans ce cas, qu'ils se débrouillent tout seuls ! Outrée, je les laisse en plan. Ils sont tellement montés l'un contre l'autre que c'est à peine s'ils remarquent mon départ. Je n'en reviens pas !

En me rendant à mon premier cours du matin, je sens une petite main saisir mon bras. Je me retourne.

— Hé ! Sarah ! Comment vas-tu ? Ça fait un bout que je n'ai pas eu de tes nouvelles !

— Ça va, ça va. Ariane, j'ai un gros service à te demander...

— Oui ?

Sarah regarde sa montre, l'air soucieux.

— Il reste encore quinze minutes avant la fin de la pause lunch. Aurais-tu le temps de te rendre à ton cagibi ? Tu sais, un jour, je t'avais dit qu'Alexis et moi, on ne pouvait pas sortir ensemble pour une raison dont je ne pouvais pas te parler...

— Oui, je m'en souviens.

— Eh bien, c'est que... Ah, et puis non. Va à ton cagibi et attends-moi deux minutes, O.K. ?

J'ai à peine accepté qu'elle a déjà filé. Je me rends donc à mon petit bureau privé. Sarah semble si soucieuse ! J'espère que ce n'est pas trop grave... Et si Alexis était très malade ? S'il se savait mourant, il ne voudrait pas s'engager avec Sarah, de peur de lui briser le cœur. Peut-être est-il atteint de leucémie ou d'un cancer fulgurant ? De plus en plus de gens souffrent de cancer très jeunes. Et plus on est jeune, plus les cancers sont fulgurants, car les cellules se développent plus rapidement. Moi-même, ça pourrait m'arriver... D'ailleurs, j'ai une drôle de marque sur la peau du poignet, un bouton bizarre, se pourrait-il que... Stop ! Arrête, nounoune ! Tu es en super santé.

Il n'y a rien d'inquiétant à avoir de petits boutons!
Moi et mes idées... Il faut que je me calme. Non, je
n'ai pas de maladie grave! Et Alexis non plus.

On cogne à la porte, ce qui me sort de mes scénarios catastrophiques et hypocondriaques. J'ouvre.

Alexis, devant la porte, me sourit. Un sourire
timide.

— Sarah m'a dit que tu pourrais m'aider...

— Peut-être. Entre, assieds-toi.

Il pénètre dans mon cagibi. Regarde autour de
lui. Tire un seau et s'assoit dessus. Il semble très mal
à l'aise.

Je brise la glace.

— Dis-moi... Peut-être me trouveras-tu bizarre,
mais... Tu n'es pas venu m'apprendre que tu avais un
cancer ou quelque chose du genre, hein?

Alexis sourit à nouveau, cette fois plus fran-
chement.

— Mon bilan de santé est excellent! Je n'ai pas de
cancer. Pourtant, il m'arrive de voir mon problème
comme un cancer...

Il se rembrunit.

— Ce que j'ai à te dire doit rester entre nous. Peu
de gens sont au courant... Mais je ne peux plus vivre
avec ce secret.

Nerveux, Alexis se lève et se met à piétiner sur place.

— Parle, tu me fais peur.

— C'est très sérieux, ce que j'ai à te dire.

— Je n'en doute pas...

Il se rassoit.

— Je suis gay.

Je me serais attendue à tout, mais pas à ça ! Alexis si sportif, si balèze, si mâle... est homosexuel ?

— Tu en es sûr ? À notre âge, beaucoup de gens se posent des questions sur leur orientation...

— Non, j'en suis sûr. Je l'ai toujours su. Depuis mes premières expériences sexuelles, je pense à des gars quand je... enfin, tu sais quoi. Mes copains, eux, c'est sur des filles qu'ils tripent.

— Bon, alors, si tu es certain de ton identité... quel est le problème ?

— Le problème, c'est les autres. Je n'en peux plus de vivre caché, dans le mensonge. De faire semblant d'avoir des copines pour être comme tout le monde. Ça m'écœure, tu ne peux pas savoir à quel point. Et quand les gars de ma bande poussent des farces sur les gays... J'enrage.

— Pourquoi ne le leur dis-tu pas ?

— J'ai peur qu'on me rejette. Surtout mon père...
Il va me ficher à la porte !

— Ben voyons... Tu crois qu'il pourrait faire ça ?

— On voit que tu ne connais pas mon père, toi !
Quand il voit deux gars s'embrasser à la télé, c'est à
peine s'il n'appelle pas les diffuseurs pour les engueuler ! Un jour, il a dit que, s'il découvrait qu'un de ses
enfants était fif, il l'enverrait dans un camp de redressement aux États-Unis. Tu sais, ces camps où on fait
tout pour étouffer ton homosexualité...

— Oui, j'en ai entendu parler. Je trouve ça affreux.
L'homosexualité n'est pas une maladie ! Mais en quoi
puis-je te venir en aide ?

— Ben, je crois que je suis amoureux.

— Est-ce que ce garçon le sait ?

— Je ne crois pas. Mais on passe souvent du
temps ensemble à jouer au handball, à s'entraîner...

— C'est un gars de ta gang de sportifs ?

— Oui.

— Lui, est-il gay ?

— Je ne sais pas. Et je ne sais pas si je peux
prendre le risque de lui avouer tout ça. Pas tant de
peur qu'il me rejette, mais plutôt à cause des réactions que ça risque de causer dans ma gang. Et si ça

arrive aux oreilles de mon père... Ariane, qu'est-ce que je peux faire ? Si je le pouvais, j'aimerais les filles, mais je suis comme ça ! Parfois je me déteste...

— Holà ! Alexis, tu n'as pas de pensées suicidaires, j'espère ? Je sais que beaucoup de jeunes homosexuels font des tentatives...

— Non, non. Le sport a ça de bon. Avec tous mes entraînements, je n'ai pas le temps de penser à ce genre d'affaires-là.

— Je suis rassurée. Laisse-moi réfléchir et faire quelques recherches avant de te répondre.

— Tu vas m'aider, hein ?

— Oui, ne t'inquiète pas. Je ne te laisserai pas tomber.

C'est avec ce nouveau problème à régler que j'entame mon après-midi. Expression dramatique. Pendant que le prof parle de Cyrano de Bergerac et de son gros nez, moi, je pense à Alexis. En fait, son histoire me met en colère. Je n'en reviens pas qu'aujourd'hui, l'homosexualité soit encore pointée du doigt. Je trouve les humains tellement arriérés ! Pourquoi ont-ils si peur de la différence ?

— Ariane ! Tiens, chuchote Jessica derrière moi.

Elle me tend un bout de papier, que je déplie discrètement.

Ariane,

J'aimerais beaucoup que tu acceptes mon invitation. Ce week-end, mon beau-père me laisse son chalet à Saint-Sauveur pour les vacances de Pâques. Ça me ferait très plaisir que tu viennes. Il y aura Aby et Louise, « mes clones ». Si tu veux, tu peux même inviter Roxanne. Je sais qu'elle ne m'aime pas beaucoup, mais ça serait peut-être le bon moment pour qu'on apprenne à se connaître, elle et moi. Qu'en penses-tu ?

Jessica

xoxo

Je me retourne et regarde Jessica qui me fixe avec des yeux suppliants. Je lui souris et lui fais signe que oui.

Il faut quand même que je demande la permission à mes parents, mais je ne crois pas que ça pose problème.

Roxanne, assise à côté de moi, piaffe d'impatience. D'un signe, je demande à Jessica si je peux passer le billet à Roxanne. Elle acquiesce.

Je crois deviner que le petit passage qui la concerne la touche. Sous ses dehors de brute, Roxanne est une fille au grand cœur qui souhaite la même chose que la planète entière : être aimée.

2 avril

Je ne sais pas si c'est parce que c'est le printemps, mais je me sens dégelée ! Oui, dégelée. Mon cœur papillonne vers Axel, puis vers Justin, et ainsi de suite. Ben quoi ? Je n'ai rien promis à personne ! Aussi bien en profiter. Et pour l'instant, je ne suis engagée dans aucune relation et je ne fais rien de mal, sinon accepter leurs petits cadeaux et tenir compagnie à l'un et à l'autre. Mais là, ce qui m'excite encore plus, c'est que nous partons dans pas long pour le chalet de Jessica. Son beau-père va venir nous reconduire dans sa familiale sept places. Mes bagages sont prêts. J'ai déjà acheté ma contribution à l'épicerie, et aussi celle de Roxanne qui, évidemment, n'avait pas d'argent.

— Ariane, je crois que c'est lui qui arrive, crie mon père depuis le salon où il se tient à la fenêtre avec Roxanne.

Je m'empresse d'aller les rejoindre. En effet, voilà notre « taxi privé ». Les filles y sont déjà. On voit le beau-père de Jessica sortir de la voiture et venir sonner à la porte. Il ressemble à Daniel Craig, le beau James Bond !

— Ouais, la mère de Jessica ne s'ennuie pas! lance Roxanne.

Pendant que mon père et le sosie de James Bond discutent sur le trottoir, Roxanne et moi nous engouffrons dans la minifourgonnette avec nos bagages. Enfin, notre trip de filles peut commencer!

* *
*

Pendant le trajet qui dure au moins deux heures, on se gave de bonbons en chantant à tue-tête des chansons de Taylor Swift. Je crois que le beau-père de Jessica en a sa claque de notre petite bande d'énervées, car il a le pied de plus en plus lourd sur l'accélérateur. Il doit avoir hâte d'arriver pour se débarrasser de nous! Enfin, la minifourgonnette ralentit pour s'engager dans un petit sentier privé. Nous y voilà. Un immense chalet de type maison canadienne, en bois rond, se dresse devant nous.

— Ce n'est pas un chalet, c'est un palais! s'écrie Roxanne en descendant de l'auto.

À l'intérieur, c'est encore plus magnifique. Une gigantesque cheminée en pierre, trois chambres spacieuses, une cuisine ultramoderne avec des électros en inox, un tapis à poils longs, des fenêtres panoramiques... C'est digne d'un magazine de déco !

— Wow, Jessica ! Tu as vraiment de la chance, m'exclamé-je.

— Je sais. Suivez-moi, je vais vous montrer où vous allez dormir.

On monte à l'étage.

— Roxanne, Ariane, vous prendrez la chambre avec vue sur le lac. Moi, je m'installe à côté avec Aby. Louise, tu as droit à la petite chambre.

— Pourquoi c'est elle qui dort toute seule ? demande Roxanne. On ne pourrait pas avoir le choix ?

— Croyez-moi, les filles, pour le bien de l'humanité, Louise doit dormir seule, répond Jessica, qui ajoute tout bas : Louise ronfle énormément... problème de nez.

Le beau-père de Jessica prépare un feu de foyer. En cas de pépin, nous rappelle-t-il, on ne devra pas hésiter à l'appeler ou à demander de l'aide aux voisins, qu'il connaît bien. Puis il nous salue et s'en va.

Enfin seules dans le grand chalet, on se met à courir partout comme de vraies gamines ! Ensuite, on fait une promenade qui nous mène jusqu'à un grand lac. On fait rebondir des cailloux plats sur l'eau. Louise et Aby prennent une profusion de photos de nous toutes. Avant que la nuit tombe, on retourne au chalet.

Pour souper, on se fait des spaghettis sauce tomate, puis on s'installe sur de gros coussins dans le salon pour regarder des films d'horreur, tout en s'envoyant des kilos de pop-corn au beurre. Entre deux massacres à la tronçonneuse, je constate que les filles sont en grande conversation sur les profs.

— Toi aussi, tu as Mme Martin en anglais ? demande Roxanne.

— Je trouve qu'elle parle super mal anglais, tranche Jessica. Je me demande comment elle a pu obtenir son diplôme...

— Nous, comme prof d'anglais, on a Fred Smith, intervient Louise.

— Il est tellement bôôôô ! s'émoustille Aby.

— Moi, mon prof préféré, c'est Guy Charron, dis-je.

Jessica regarde par terre, se souvenant qu'il n'y a pas très longtemps, elle a failli lui causer beaucoup de tort.

— C'est le meilleur prof de la poly, affirme Roxanne.

— Peut-être, concède Louise, mais il n'est pas beau comme Fred Smith !

— Vous ne trouvez pas qu'il ressemble à Heath Ledger ? lance Aby.

— J'espère qu'il n'aura pas le même destin, rigole Roxanne, ce qui nous fait pouffer, Jessica et moi.

— En tout cas, s'obstine Louise, Fred Smith, c'est certainement le prof le plus sexy.

— À part être beau, est-ce qu'il est un bon prof ?

Les deux filles me dévisagent comme si cette question leur dévoilait ma débilité profonde.

— Ben t'sais, beau de même... tu peux juste être bon, déclare Aby.

Puis elles enchaînent sur le cas d'un acteur super sexy.

Les clones sont bien sympathiques mais, comme je m'en doutais, elles sont plutôt superficielles. Elles peuvent discourir pendant des heures sur la mode, les produits de beauté ou les beaux acteurs de cinéma, mais en dehors de ça, c'est le néant. Je comprends tout de même pourquoi Jessica les fréquente : leur présence la valorise.

Soudain, le gros méchant du film va s'en prendre à la petite blonde. Du sang. Des tripes. Des bras qui pendent, à moitié arrachés. Tout ça dans une maison isolée. De quoi provoquer des cauchemars...

Évidemment, on va se coucher la peur au ventre ; on aurait mieux fait de choisir des films d'amour !

* *
*

3 avril

Autour de la table, cinq paires d'yeux cernés.

— Méchant film ! J'ai fait de mauvais rêves toute la nuit, avoue Jessica attablée devant un bol de céréales.

— Ce n'était pas l'idée du siècle de ne louer que des films d'horreur, approuvé-je. On le saura, la prochaine fois.

— Moi, je n'ai pas eu peur, lance Roxanne.

— Tu n'as tellement pas eu peur, répliqué-je, que tu m'as réveillée à quatre heures du matin parce que tu croyais qu'un ours était entré dans le chalet !

— Ben quoi ? Louise ronfle tellement fort ! se défend Roxanne, peu diplomate.

Louise plonge le nez dans ses céréales, rouge comme une tomate.

Jessica intervient.

— Qu'est-ce que ça vous tente de faire, aujourd'hui ?

— Aby et moi, on a apporté un nécessaire de manucure...

— On n'est pas venues jusqu'ici pour passer la fin de semaine à se poupouner dans le chalet ! s'emporte Roxanne. On sort ! On va prendre l'air !

— J'approuve, dis-je.

Jessica opine. Louise et Aby devront se plier au souhait de la majorité.

Une heure plus tard, nous sommes fin prêtes : baskets et polars sont à l'honneur, sauf pour les clones qui tiennent mordicus à leurs souliers de toile. Jessica nous a même concocté un petit pique-nique : viandes froides et salade de pommes de terre.

On fait une magnifique balade dans le bois. Ça me rappelle quand j'habitais à la campagne et que Nadia et moi, on se promenait ensemble... Nadia aurait adoré cet endroit. Quoiqu'elle n'aurait peut-être pas trop apprécié la compagnie de Louise et d'Aby, qui s'arrêtent à tout bout de champ pour se prendre en photo et mettre à jour leur profil Facebook !

En chemin, nous croisons plein de chevreuils. On est tout émerveillées. Évidemment, on ne peut pas se retenir, et on se met à courir comme des folles pour en attraper un. Résultat : au bout de quelques minutes, on est couvertes de boue! Après une marche de trois heures et un pique-nique dans le bois, on rentre au chalet se laver et s'offrir une petite sieste.

Le soir, après le souper, Jessica sort un gros sac de guimauves. On les fait griller au-dessus du feu de foyer, tout en sirotant des chocolats chauds. C'est le paradis sur terre!

— Jessica, tu es une hôtesse hors pair! la complimenté-je.

— Merci! Je tiens ça de ma mère. Elle a toujours su recevoir.

— Qu'est-ce qu'on est bien ici! soupiré-je.

— Et qu'est-ce qu'on est bien sans gars! balance Roxanne, ce qui nous fait toutes rire.

— Surtout, on est bien sans Justin-le-suiveux, précise Aby.

— Qu'est-ce qu'il pouvait être ennuyeux, renchérit Louise. Pas vrai, Jessica?

— J'avoue qu'il pouvait être plate, admet l'intéressée. Nous n'avions vraiment rien en commun. J'adore magasiner; c'est à peine s'il s'est acheté une paire de chaussettes cette année, c'est sa mère qui s'occupe de tout. J'adore manger dans les restos branchés et me faire inviter; lui tripe sur McDo et tient à partager l'addition. Il raffole des sports extrêmes;

moi, je crains de me casser un ongle. Et, de toute façon, je ne me voyais pas dans une relation engagée, très engagée, comme la concevait Justin.

— Il t'a même proposé des fiançailles, rappelle Aby. À quatorze ans, faut le faire ! Tu as bien fait de le plaquer.

— Tu peux le dire, approuve Louise. Et puis ça devenait compliqué d'être entre copines. Monsieur finissait toujours par faire son apparition. Plus le temps passait, plus il te réclamait pour lui tout seul. Tu pouvais bien le trouver encombrant et possessif !

— Et chaque fois que tu essayais de casser, il s'arrangeait pour que tu te sentes coupable.

— Hé ! Tu entends ça, Ariane ? glisse Roxanne. Tu fais mieux de te sauver de Justin, si tu ne veux pas qu'il t'arrive la même chose.

Grand silence. Zut ! Je n'ai pas eu le temps d'arrêter mon amie. Tous les regards se tournent vers Jessica. Je m'en veux de ne pas lui en avoir parlé plus tôt.

Jessica me sourit.

— J'étais au courant, Ariane. En fait, toute l'école le sait ! Comment veux-tu ne pas remarquer un gars qui laisse un gros lapin de Pâques devant la case d'une fille ? Ne t'en fais pas avec ça.

Fiou ! On respire.

— Quand je l'ai quitté, poursuit-elle, je savais que Justin irait vers toi. Il est incapable de vivre deux minutes sans amoureuse. Je ne suis pas psy, mais je suis sûre qu'il souffre de dépendance affective. En tout cas, je suis heureuse d'avoir réussi à me libérer de lui… Mais toi, Ariane, est-ce qu'il t'intéresse vraiment ?

Je ne sais que répondre. En fait, je suis assez mal à l'aise d'aborder le sujet avec l'ex du garçon qui me court après. Et puis, jusqu'à présent, je ne connaissais pas Justin sous cet angle…

— Bah… vous savez, bafouillé-je, j'ai d'autres chats à fouetter que de penser à ces histoires de garçons. En fait, j'ai un gros cas à régler….

— Hé, les filles ! Regardez ce que j'ai trouvé ! nous interrompt Aby qui brandit une bouteille de vodka.

— Si on se faisait des vodkas-jus-d'orange comme la dernière fois ? propose joyeusement Louise.

Je n'ai encore jamais bu d'alcool. J'ai un peu peur. Roxanne et moi, nous nous regardons, indécises.

Jessica se lève, sort des coupes des armoires et le jus d'orange du frigo. Elle prépare les cocktails.

— Vous boirez sans moi, jette sèchement Roxanne.

— Allez, juste un petit verre ! insiste Louise.

— Non. Je n'en veux pas.

— Ah ! Tu es donc ben plate, maugrée Louise, mais Jessica s'interpose :

— Laisse-la donc tranquille. Si elle te dit qu'elle n'en veut pas, c'est qu'elle n'en veut pas.

Elle sert un simple jus d'orange à Roxanne, puis me tend mon verre. Je le prends en me demandant encore si je dois le boire. Je hume le cocktail : ça sent plutôt bon.

— Trinquons ! décide Aby en levant sa coupe.

On se place en cercle, chacune avec son cocktail, Roxanne avec son jus d'orange, et on fait « tchin-tchin ».

J'avale ma première gorgée en me disant qu'au moins je connaîtrai l'effet de l'alcool. Dans la vie, il faut goûter à tout et tenter le plus d'expériences possible, non ? Hum, ce n'est pas mauvais ! C'est même très bon.

Évidemment, on siffle notre premier verre à la vitesse de l'éclair. Jessica nous ressert. Louise et Aby, qui n'en sont pas à leur première fois, se mettent à nous raconter des histoires saugrenues qui leur sont arrivées sous l'effet de l'alcool.

— Vous rappelez-vous la fois où j'avais tellement bu que j'avais vomi comme une possédée chez Jessica ? rigole Louise.

— M'en parle pas ! Tu avais bloqué le lavabo ! Ma mère voulait t'arracher la tête !

— Ou cette autre fois où j'étais tellement soûle que je n'arrivais plus à marcher droit ! ajoute Aby.

Ça continue comme ça une bonne demi-heure, et on apprend des masses de détails sur leur comportement déluré.

Jessica nous sert un troisième cocktail.

Je me sens bien. On dirait que des ailes ont poussé sur mon cerveau ! Je suis très détendue. Est-ce l'alcool qui fait ça ?

— De quoi parlait-on tout à l'heure, avant la vodka ? demande Jessica. Ah oui ! Le nouveau cas d'Ariane. C'est quoi, cette fois-ci ?

—Je n'ai pas le droit d'en parler. Secret professionnel !

— Au moins, dis-nous c'est à quel propos ! insiste Aby.

Ma tête commence à tourner. En temps normal, je parviendrais à esquiver leur curiosité. Mais là, j'ai du mal à penser correctement.

— Bon O.K., je vais vous le dire… Un gars de la poly vient de m'avouer qu'il est gay…

— C'est qui ? C'est qui ? demande en chœur toute la bande.

— Ah, ça non ! Je ne vous le dirai pas. Pas même sous la torture !

Les filles me sautent toutes dessus et me chatouillent. On est mortes de rire. J'en ai mal aux côtes. Entre deux spasmes, je remarque que Roxanne est restée en retrait. Elle me regarde d'un œil grave.

— Arrêtez ! ordonné-je. Vous ne saurez rien. Je n'ai pas le droit. J'ai promis de me taire.

— Allez Ariane, ça restera entre nous ! supplie Louise.

Et là, je ne sais pas pourquoi, je lâche le morceau.

— C'est Alexis.

Et voilà, c'est sorti. Son nom a à peine franchi mes lèvres que, déjà, je me sens coupable.

— Les filles, il faut vraiment me jurer de garder le secret, hein ?

— Oh oui, on jure ! répondent en chœur Louise, Aby et Jessica.

Je suis plus ou moins rassurée. Mais le mal est fait.

— Alexis est gay, eh ben ! s'étonne Jessica. Je ne m'en serais jamais doutée. C'est le plus grand sportif de l'école !

— Ça ne veut rien dire ! objecte Roxanne. Il y en a plein, des sportifs gays.

— Mais Alexis est tellement... gars ! Il n'a pas des manières de..., poursuit Aby.

— Les homos ne sont pas obligés de se comporter en grandes folles ! proteste Roxanne avec véhémence.

Je ne savais pas que mon amie s'enflammerait à ce point pour la cause. Elle m'étonnera toujours.

— Mais... en quoi est-ce un problème ? demande Jessica. Il a bien le droit d'être homo.

— Bien sûr, dis-je. Mais il a peur d'être rejeté.

— Tout le monde a peur d'être rejeté, observe-t-elle.

— Je sais bien mais, pour lui, l'enjeu est un peu plus gros que pour les hétéros... Pensez-y ! Quand un gars ou une fille drague quelqu'un de l'autre sexe, c'est vu comme allant de soi, « normal ». Mais s'il s'agit d'une personne du même sexe, ça sort de l'ordinaire. La bande d'Alexis risque de changer son regard sur lui, et même de prendre ses distances. Tout le monde n'a pas l'esprit si ouvert. Les gars peuvent avoir peur de passer pour des homos en continuant de se tenir avec lui.

Louise se tourne vers Aby.

— Si tu m'apprenais que tu es lesbienne, je resterais ton amie quand même, déclare-t-elle solennellement.

— Pareil pour moi, réplique Aby sur le même ton. Et les deux clones se serrent dans les bras l'une de l'autre.

— Comme c'est touchant, ironise Roxanne.

À travers les brumes de l'alcool, je devine que mon amie commence à regretter d'avoir accepté cette invitation à la campagne avec ces filles. Je ramène la conversation sur mon « nouveau cas ».

— Ce dont Alexis a le plus peur, c'est de son père. Il craint même d'être mis à la porte.

— Je vois souvent le père d'Alexis, rapporte Roxanne. Sa famille habite ma rue. Son père est inoffensif, tu peux me croire. Il passe son temps à hurler, mais quand c'est le temps de passer à l'action, je te jure qu'il déguerpit. Je le sais, l'autre jour il s'est mis à gueuler après mes frères, comme quoi ils auraient brisé sa boîte aux lettres. Mais dès qu'ils se sont approchés de lui, il a décampé.

Le récit de Roxanne m'encourage. Je crois que je pourrai aider Alexis. Peut-être voit-il encore son père avec ses yeux d'enfant ? Peut-être a-t-il seulement peur de l'affronter ? Ou de le décevoir ?

Jessica nous prépare d'autres cocktails. Aby fait jouer le DVD de Katy Perry et monte le son à fond la caisse. On est tellement paf que toute la petite bande se retrouve en t-shirt et en pantoufles sur la terrasse, à danser et à chanter *I Kissed a Girl* à tue-tête !

Bientôt, on rentre au chalet, congelées comme des popsicles. Après cette combinaison alcool-froid-chaleur, on est épuisées. Louise et Aby s'effondrent sur le divan. Roxanne, que notre beuverie agace, prend son manteau et décide d'aller marcher un peu. Après quelques minutes, on constate que les clones se sont endormies. Jessica profite de ce que nous sommes seules pour ramener la discussion sur Alexis.

— Pauvre lui ! C'est bête qu'il ne puisse pas vivre son homosexualité au grand jour. Il me semble que c'est socialement accepté, aujourd'hui.

— Tu sais, il y a encore plein de tabous sur ce sujet.

— Pourtant, ce n'est pas rare de voir des gens du même sexe s'embrasser à la télé. Pense à Madonna qui a donné un gros french à Britney Spears, il y a quelques années...

— Oui, mais c'étaient deux filles. Comment crois-tu que les gens auraient réagi si ç'avait été, disons, Brad Pitt et Eminem ? Je pense que l'homosexualité féminine passe mieux. On est déjà habitué de voir des filles échanger des marques d'affection. Mais les gars...

— Tu as raison. Ariane... as-tu déjà embrassé une fille ?

— Euh... Non. Et toi ?

— Non. Je me demande ce que ça fait.

— Ben, ça doit faire comme avec un gars, mais en plus doux.

— Tu crois ?

— Ben oui... Euh, j'imagine...

— Ariane...

— ...

— Tu voudrais qu'on essaie ?

Une vague de chaleur m'envahit de la tête aux pieds. Est-ce l'alcool, ou le caractère exceptionnel de la proposition de Jessica, ou peut-être un peu des deux ? Je ne sais pas, mais je me rends soudain compte que mes lèvres et celles de Jessica sont collées.

On s'embrasse avec la langue. C'est vrai que c'est doux, avec une fille. Encore plus doux que les baisers d'Axel. Et il n'y a pas de petits pic-pics causés par les poils qui repoussent !

Après s'être frenchées trente bonnes secondes au moins, on éclate de rire. On ne peut plus s'arrêter. On rit comme des folles, sans doute pour chasser le malaise. Hé, j'ai embrassé une fille ! Mon amie, en plus ! Et je ne me suis pas fait prier. Et si j'avais un vrai penchant pour les filles ? D'ailleurs, comment se fait-il que j'aie embrassé Jessica aussi spontanément, sans me poser de questions ?

* *
*

4 avril

Le réveil est douloureux. On dirait qu'on m'a tapé toute la nuit sur le crâne avec une enclume ! Et j'ai un mal de cœur carabiné. Ça doit être ça, la gueule de bois. En tout cas, je ne suis pas seule à en souffrir. On est toutes mal en point et d'une humeur de chien — sauf Roxanne qui, évidemment, se moque de nous. J'ai envie de lui arracher la tête. Heureusement, le beau-père de Jessica vient nous chercher plus tôt que prévu, en début d'après-midi. Je ne suis pas fâchée de quitter le chalet, j'ai juste envie de retrouver mon lit… et de dormir pendant trois mille ans !

* *

*

6 avril

Ça y est, j'ai la grippe. Ce n'était pas l'idée du siècle de danser en t-shirt sur la terrasse ; j'ai dû attraper froid. J'ai des frissons, mal à la tête et la gorge qui brûle comme si j'avais avalé un cactus. J'aurais mieux fait de rester chez moi aujourd'hui, c'est à peine si je parviens à prendre mes notes dans les cours. Je n'ai qu'une envie : me coucher !

Il faut dire que je n'ai pas pu me reposer tellement à mon retour du chalet : Fred, qui a mangé plein de chocolat de Pâques, s'est transformé en petit monstre ! Il ne me lâchait pas deux minutes. Et mes parents étaient en colère. Ils m'ont sermonnée pendant des heures : l'alcool, c'est dangereux, il faut boire avec modération ou s'abstenir, l'alcool fait perdre la tête, et blablabla. Ces remontrances, ils n'avaient pas besoin de me les servir : je m'en voulais déjà assez comme ça. Je n'en revenais pas de m'être ouvert la trappe au sujet d'Alexis. En tout cas, j'espère que ça ne se saura pas.

Enfin, l'heure du lunch ! Quelque chose de chaud à me mettre sous la dent me fera sûrement du bien.

À la cafétéria, je viens à peine de mettre le bol de soupe sur mon plateau que Roxanne arrive en coup de vent et m'oblige à la suivre.

— Qu'est-ce qui se passe ?

— Viens, je te dis.

Arrivées au gymnase, on se retrouve parmi une petite bande dans laquelle il y a Jessica et ses clones, Sarah, Alexis et sa bande de sportifs. Tous regardent un spectacle hallucinant : Axel et Justin en train de grimper au mur d'escalade, sans la moindre protection ! Les voilà presque tout là-haut, à plusieurs mètres du sol.

Justin est très habile, on voit qu'il est en grande forme. Mais Axel... Il est rouge tomate ! L'activité sportive d'Axel se résume en général à soulever sa guitare. Pourquoi fait-il ça ? Eux et leur stupide combat de coqs ! Sans protection, en plus !

— Redescendez tout de suite ! crié-je malgré mon affreux mal de gorge.

Évidemment, aucun des deux ne m'écoute.

Axel manque de tomber plusieurs fois, mais se rattrape de justesse. Toute notre petite foule se tait, de peur qu'il arrive quelque chose de grave.

Axel et Justin atteignent le plafond presque en même temps; Justin avec un peu d'avance. Enfin, ils vont redescendre. Et là, Axel s'accroche mal, ou je ne sais trop ce qu'il fait, mais il chute. On se précipite tous sur lui. Étendu de tout son long sur le sol, il ne bouge pas.

— Axel, ça va? Axel, réponds-moi! Axel! AXEL!!! crié-je.

Après un silence qui me semble une éternité, il dit, en imitant le râle d'un mourant:

— Il me faut la respiration artificielle.

Je le gifle.

— Tu m'as fait peur et tu te permets de te moquer de moi! Je te déteste!

Je suis quand même soulagée qu'il ne lui soit rien arrivé de grave. Justin nous rejoint.

— Ç'aurait pu être grave, les gars! Vous êtes stupides! Vraiment stupides! hurlé-je.

Justin rigole avec Axel.

Pendant ce temps, les copains d'Alexis se mettent à grimper allègrement à leur tour, eux aussi sans protection.

— Allez Arno, viens nous rejoindre! lance Alexis au seul de ses amis qui n'a pas grimpé.

— Non, les gars, je vous l'ai déjà dit, j'ai la phobie des hauteurs.

— Laisse-le faire, réplique un autre. Tu sais bien : Arno, c'est un fif !

Et toute la bande rigole.

À mi-hauteur du mur, Alexis cesse de grimper. Il pompe l'huile. Au bout de quelques secondes, il redescend. Il reste au pied du mur à attendre les autres. Ça y est, il va leur dire leurs quatre vérités. Il ne tient plus en place. Mais non : une fois tous les gars sur le plancher, Alexis ravale sa hargne et fait comme si de rien n'était.

— Vous êtes tous une bande d'hypocrites ! explose Roxanne, rouge de colère.

Tout le monde la regarde en silence.

— Vous vous croyez tous plus *hot* que les autres, mais vous êtes des minables ! Personne n'a de colonne vertébrale ici ? Vous laissez passer les injustices sans dire un mot. Moi, je ne peux plus me taire.

Je n'ai jamais vu Roxanne aussi en furie. Qu'est-ce qu'elle a ? Elle poursuit :

— Alexis... Tu es bon pour te plaindre, mais on ne peut pas dire que tu sois héroïque, hein ? Tu laisses tes amis insulter les gays. Tu ne fais rien ! Tu ne dis rien ! Tu n'as pas honte ?

Alexis se retourne, défait, tandis que ses amis le questionnent.

— De quoi elle parle, Alexis ?

Alexis relève la tête et me regarde. Je ne sais plus où me mettre. Pourquoi ai-je parlé ? Maudit alcool ! Je m'en veux ! Je m'en veux tellement !

Roxanne me fait face.

— Et toi, Ariane ! Tu n'es pas fatiguée de flirter avec la terre entière ? Tu attends quoi ? Qu'Axel et Justin s'entretuent ? Tu n'as pas le droit de jouer avec le cœur de ceux qui t'aiment ! En plus, deux garçons, ce n'est pas assez pour toi : il faut que tu enrôles une fille dans tes aventures. Je vous ai vues vous embrasser samedi soir, Jessica et toi. J'étais devant la fenêtre du salon, vous ne m'avez même pas remarquée tellement vous étiez occupées !

J'ai honte. Tellement honte. Axel et Justin semblent sonnés. Jessica rit nerveusement. Louise et Aby nous regardent avec de grands yeux comme si on était des extraterrestres. Je voudrais disparaître !

— En tout cas, si je vous entends encore vous moquer des homosexuels, je vais vous péter la gueule, je vous le jure ! hurle Roxanne en quittant le gym.

Je me lance à sa poursuite. Dans le couloir, je parviens à la rattraper.

— Roxanne, qu'est-ce qu'il y a ? Je ne t'ai jamais vue aussi enragée.

— Tu veux savoir ce que j'ai ? Eh bien ! moi, j'aime une fille. Et cet amour est sacré, dit-elle avant de tourner les talons.

J'ai l'impression qu'une bombe vient d'éclater.

DOSSIER II:
Des baisers noyés dans des litres de salive

Une bombe vient d'éclater. Roxanne aime une fille ! Et cette fille, si c'était moi ? Oh ciel ! Qu'est-ce que je vais faire ? Et puis, maintenant que son secret n'en est plus un du tout, Alexis va vouloir m'arracher la tête ! Justement, le voilà qui sort du gym.

— Alexis... Laisse-moi t'expliquer.

— Toi, tu t'enlèves de mon chemin. Je ne veux plus jamais te parler !

Alexis s'éloigne en colère.

Axel débouche à son tour dans le couloir. Il s'approche de moi et me lance son regard le plus sérieux.

— Ariane... qui es-tu ?

— Je te jure, Axel : je suis toujours la même !

— Je crois que j'ai besoin de réfléchir un peu...

— Mais Axel...

Trop tard. Il s'en va et je ne peux pas le rattraper, car Justin vient à ma rencontre, sourire fendu jusqu'aux oreilles.

— Dis donc, Ariane... On ne se serait pas douté de ça !

— S'il te plaît, Justin. Ne va surtout pas t'imaginer que je suis aux filles ! C'était juste un trip, une expérience. On avait bu...

— Tu bois, en plus ! Je ne te pensais pas aussi olé olé !

— C'était la première fois. Oh là là, j'ai l'air d'une dévergondée... J'ai honte !

— Tu n'as pas à avoir honte, on fait tous des expériences...

— Quoi, tu as déjà embrassé un autre gars ?

— Non. Mais, moi aussi, j'ai fait des gaffes...

— Lesquelles ?

Le signal de la fin de l'heure de lunch retentit.

— Sauvé par la cloche. Je t'appelle, ce soir, ma belle. Bye !

Au même moment, j'aperçois Sarah. Elle va me faire la gueule, j'en suis sûre. Pour l'éviter, je me dépêche de me rendre à ma case. J'attrape mon manteau et je déguerpis. Cet après-midi, je serai incapable de suivre mes cours. Mes émotions sont en bouillie tout comme mon nez, ma tête, ma gorge. Il faut que je dorme. Si j'étais restée couchée dans mon lit à soigner ma grosse grippe, jamais tout cela ne se serait produit.

* *
*

20 avril

—Tu es sûre que tu vas être OK, ma chérie ? s'inquiète mon père, en prenant pour la centième fois ma température.

Plus moyen de voir mon père sans thermomètre et flacon de sirop à la main. Une vraie mère poule !

— Oui papa, ça va aller. Tu peux te rendre à ton nouvel emploi l'esprit en paix. Je suis une grande fille et je vais bien me soigner.

— Tu as encore pas mal de fièvre…

— Ça va passer. Je vais faire exactement ce que le médecin a dit : prendre mes antibiotiques pour régler son cas à cette méchante bronchite, boire beaucoup d'eau et garder le lit.

— Puisque tu me dis que tout va être OK, j'y vais !

— Bonne chance, papa. Je suis fière de toi.

— Merci !

Mon père quitte l'appartement avec entrain. Ça fait longtemps que je ne l'ai pas vu aussi enthousiaste.

C'est sa première journée comme ingénieur dans une firme de biotechnologie. C'est le beau-père de Jessica qui l'a embauché dans sa boîte. Au lieu de construire des antennes qui vont dans l'espace, mon père concevra des antennes qui entrent dans le corps humain pour régler des cas de cancer, de diabète, de cécité... Je suis très contente pour lui. Un peu moins pour moi, par contre. Cette bronchite me cloue au lit depuis deux jours. J'ai mal aux côtes à force de tousser. On dirait qu'un tracteur s'amuse à me passer sur le corps toutes les heures.

Ça fait deux jours que je n'ai de nouvelles de personne, mis à part Justin qui m'appelle souvent, mais comme je dors presque tout le temps, je ne lui ai pas encore parlé. Peut-être a-t-il des choses importantes à me dire à propos de ce qui s'est passé au gymnase ? En tout cas, je n'ai pas hâte de retourner à l'école, oh, ça non !

* *
*

25 avril

De retour à la poly. Ça fait un bail ! Les élèves sont étranges avec moi. Les garçons me regardent avec des yeux libidineux et les filles m'évitent. Oh ! Je comprends... Depuis mon histoire avec Jessica, on me prend pour une lesbienne! Il va falloir que je me débatte avec ça, en plus de gérer tous mes autres problèmes... Alexis, entre autres. Je lui ai envoyé des tas de courriels d'excuses, mais il ne veut rien savoir. J'ai vraiment gaffé, ce coup-là.

Premier cours: mathématiques. Moi qui craignais ne pas être capable de suivre... *¡No hay problema!* Pendant mon absence, la classe n'a pas beaucoup progressé. Pas plus qu'Axel dans ses réflexions, d'ailleurs. Il est froid avec moi. À la fin du cours, j'essaie d'entamer la discussion.

— Axel, attends-moi, dis-je en courant derrière lui.

— Oh, Ariane!

— Es-tu encore fâché contre moi?

— Pas du tout! Je suis... étonné, disons. Cette histoire de baiser entre filles m'a déstabilisé, et m'a fait peur aussi. Mais là, ça va mieux. On fait tous des choses étranges, parfois!

— Ouf... tu me rassures! Dans ce cas, aurais-tu du temps pour qu'on se voie bientôt?

— Je ne peux pas. Mon *band* et moi, on doit répéter presque à temps plein pour le spectacle de fin d'année. C'est dans moins d'un mois, et pas question qu'on joue nos anciens morceaux: ils ne sont pas assez bons. On doit composer de nouvelles pièces qui déménagent !

— Je comprends...

— Si ça te dit, tu peux venir nous voir au local...

— J'adorerais, mais j'ai encore un peu mal à la tête à cause de ma bronchite. Je ne me vois pas enfermée dans un petit espace, entourée de haut-parleurs, volume au max...

— C'est comme tu le sens. Ciao !

Axel a beau dire qu'il n'est pas fâché, j'ai l'impression que quelque chose a changé dans son comportement à mon égard. Et s'il n'était plus amoureux de moi ? Peut-être s'est-il fatigué de m'attendre ? Peut-être en a-t-il assez de me voir me comporter en petite abeille qui butine de fleur en fleur ? Avant, il me semble qu'il aurait négligé quelques-unes de ses répétitions pour être avec moi.

* *
*

27 avril

Depuis deux jours, j'évite Jessica. Les élèves bavassent déjà bien assez dans mon dos. De toute façon, ses clones sont tellement après elle depuis qu'elles savent que leur amie m'a embrassée ! On dirait qu'elles cherchent à l'empêcher de devenir lesbienne. Mais ça, c'est le moindre de mes soucis. Alexis ne veut toujours pas me parler. Ça aussi, je peux le gérer, car Alexis n'est pas dans mes cours. Mais Sarah, oui et, justement, j'ai expression dramatique. Pas moyen de l'éviter.

J'entre et, comme d'habitude, m'assois sur le tapis. Jessica vient pour s'installer à côté de moi quand ses clones se jettent rapidement entre nous. Roxanne arrive, l'air renfrogné. Elle me regarde. Je lui souris, mal à l'aise. Elle me sourit à son tour, mais ne s'assoit pas à côté de moi. Elle reste debout à l'arrière de la classe. Ça fait plus d'une semaine qu'on ne s'est pas parlé. Elle me fait peur. Non pas comme la première fois que je l'ai rencontrée, quand je craignais qu'elle me prenne pour un *punching bag*. Non, j'ai peur de ses sentiments : je n'arrête pas de penser qu'elle est peut-être amoureuse de moi. Qu'est-ce que je vais faire si c'est le cas ?

Sarah entre dans le local. Je vais avoir droit à son regard qui tue...

— Salut, Ariane !

Hein ? Elle m'a saluée.

— Euh... Allô, Sarah !

— Je voulais te dire...

— Si c'est pour exprimer ta colère, je ne suis plus capable d'en prendre. L'affaire Alexis, je m'en veux tellement, si tu savais !

— Ne panique pas, Ariane. Je ne suis pas du tout fâchée contre toi. Il était temps qu'Alexis sorte du placard et qu'il assume ce qu'il est. Je commençais à en avoir marre de l'entendre se plaindre à propos de son homosexualité. Là, il doit agir et regarder les choses en face.

Je suis soulagée. Les choses vont mieux que je le pensais. C'est le cœur léger que je traverse ma journée de cours. N'empêche que les choses ne sont plus tout à fait comme avant. Je me sens seule. Axel est plutôt froid et ne se montre pas disponible. J'évite Jessica et les clones. Roxanne est peut-être amoureuse de moi. Bref, on dirait que je n'ai plus d'amis ! Et puis, j'ai la tête qui tourne. Je m'accroche à la porte de ma case.

— Qu'est-ce que tu as, Ariane ? demande Justin en me tenant le bras. Tu es blanche comme un drap !

— Ça doit être des restants de ma bronchite.

— Je vais aller te reconduire chez toi. Tu es trop pâle, ça m'inquiète.

— Ce n'est pas nécessaire, Justin...

— J'insiste. Je ne me le pardonnerais pas si tu tombais dans les pommes sans que je sois là pour te rattraper.

— Merci, mon bon prince !

— De rien, belle damoiselle.

Je marche avec Justin. Tout au long du trajet, il s'amuse à me faire rire en se comportant en troubadour. Il est super tordant. Ça me détend.

— Gente dame, votre chevalier vous a protégée contre dragons et sorciers. Vous voilà maintenant à votre château.

— Merci, ô mon brave, je vous dois la vie !

— Que diriez-vous seulement de m'honorer d'un baiser ?

— *Baise m'encor, rebaise-moi et baise ; / Donne-m'en un de tes plus savoureux, / Donne-m'en un de tes plus amoureux : / Je t'en rendrai quatre plus chauds que braise.*

Là, les choses se mettent à déraper. Justin prend au mot les vers de la poétesse de la Renaissance Louise Labé, qu'il ne doit pas connaître, et le voilà soudain rivé à mes lèvres. Je suis tellement surprise que j'en reste paralysée ! Du vrai marbre.

Justin redouble d'ardeur. Il fend mes lèvres avec sa petite langue vigoureuse comme un dard et m'envoie au moins deux litres de salive dans la bouche. Moi qui ai souhaité cet instant plus que tout, je ne fais que penser qu'il n'embrasse pas tellement bien. En tout cas, moins bien que Jessica et qu'Axel. Et toute cette bave... Veut-il me noyer ?

Justin cesse enfin de m'embrasser, me regarde avec des yeux de merlan frit et me serre dans ses bras.

— Oh, ma belle Ariane ! Ça faisait longtemps que j'attendais ce moment-là. Je suis heureux. Ce sera une histoire magique, nous deux. Qu'aimerais-tu faire ce soir ? Ça te dirait d'aller au cinéma ou quelque chose du genre ?

— Euh...

Tout va tellement vite ! J'ai à peine le temps de reprendre mon souffle et mes esprits qu'il m'embrasse de nouveau.

— Je t'appelle tantôt, ma beauté. Bye !

— Euh... Bye !

* *
*

29 avril

On sonne à la porte.

— Ariane ! lance mon père depuis l'entrée. Tu as de la visite !

Je sors de ma chambre et me retrouve face à face avec Roxanne. Je l'invite à entrer.

— Installe-toi. As-tu soif ?

Elle me lance un regard moqueur.

— Pas pour de la vodka, en tout cas !

Je deviens rouge comme une tomate. J'ai tellement honte ! Mais, même si ça me gêne atrocement, je dois saisir la perche que me tend mon amie.

— Justement... Tu sais, l'autre jour, avec Jessica... c'était plutôt une sorte d'accident. En fait, je ne suis pas vraiment attirée par les filles. Euh... Je t'aime beaucoup, Roxanne, mais peut-être pas exactement comme tu le souhaiterais...

— Nounoune ! Ce n'est pas sur toi que je tripe, mais sur Rébecca, la fille de mon cours d'anglais ! s'esclaffe Roxanne.

Je suis soulagée ! Dire que j'ai pensé que Roxy avait des visées sur moi ! Je me sens idiote. Enfin, je récupère mon amie. Ma vie va redevenir un peu plus comme avant. Avant que tout éclate dans le gym. Déjà que Roxanne soit assise sur mon lit, un dimanche soir, à bavarder avec moi en flattant Florida, je me sens mieux.

— C'est pour ça que tu m'évitais, j'imagine ? me demande -t-elle.

— Je ne t'évitais pas…

— À d'autres, OK !

— C'est vrai. Tu as raison… Mais c'est parce que j'en ai ma claque qu'on me prenne pour ce que je ne suis pas. Tu sais, Roxy, si tu n'avais pas gueulé devant la terre entière que j'ai embrassé Jessica, je n'aurais pas droit à ces superbes surnoms de… J'aime mieux ne pas les répéter, ils me mettent tellement en colère !

— Je le sais comment on vous appelle, Jessica et toi : les gouines !

— Quoi ?

— Hi ! hi ! hi !

— Merci, Roxanne !

— Si on ne vaut pas une risée…

— En tout cas, ça ne règle pas mon problème avec Justin.

— Quel problème ? Tu rêvais d'être avec lui, c'est ton fantasme numéro un… Tu as même eu une peine d'amour quand il t'a posé un lapin !

— Oui. Oui. Oui, Roxanne. Tu as raison.

— Alors quoi ?

Comme je vais répondre, mon cellulaire sonne : un texto de Justin. Il voudrait venir faire un tour chez moi.

— Oh! non! Pas encore lui... Regarde, dis-je en tendant mon cellulaire à Roxanne.

— Il veut venir te voir! Ça ne te tente pas?

— Non! Je n'ai plus de vie depuis deux jours. Pas moyen que je respire sans qu'il me souffle son gaz carbonique dans le visage. Je n'en peux plus!

Roxanne pouffe de rire.

— Merci pour la solidarité! me renfrogné-je.

— Quoi? Je ne vais quand même pas me mettre à pleurer! Tu voulais le beau Justin, tu l'as eu! Si tu es tannée de lui, dis-lui de faire de l'air. Vous ne vous fréquentez que depuis deux ou trois jours, il ne va quand même pas se jeter en bas du pont!

— Pas si sûr!

— Qu'est-ce que tu veux dire?

— Jessica avait raison: Justin souffre vraiment de dépendance affective... Il faut que je l'aide.

— Encore! Même en amour, tu te prends pour mère Teresa! Des vacances, ça ne te tente pas? Il me semble que les psys n'ont pas le droit de traiter leurs proches... encore moins s'il s'agit de leur amoureux! À moins que tu ne sois pas amoureuse de Justin... Hein, Ariane?

— Ben oui... Euh... Je le suis, réponds-je en regardant par terre.

— Tu en es sûre ?

— Oui, tannante !

— Comment se fait-il, alors, qu'à l'école, personne n'ait eu vent de votre histoire ?

— J'ai préféré qu'on reste discrets pour l'instant... pour ménager Jessica.

— Jessica est super contente de ne plus l'avoir sur les talons ! Donc ce n'est pas pour ça... Ça ne serait pas plutôt à cause d'Axel ?

Je ne réponds pas. Mon amie lit en moi comme dans un livre ouvert et ça me déstabilise. C'en est même frustrant !

— Assez parlé de moi. Qu'en est-il de ton histoire d'amour avec Rébecca ?

— OK, Mademoiselle a décidé de changer de sujet ! Comme tu veux. Mais il n'y a pas grand-chose à dire... Mon histoire est beaucoup moins compliquée que la tienne. Rébecca et moi, ça va bien. On a commencé à se voir après les cours.

— Est-ce que vous vous êtes embrassées ?

— Non... pas encore. Mais j'en meurs d'envie. Je la trouve tellement belle !

« Belle », ce ne serait pas le mot que j'emploierais pour parler de Rébecca. Petite, cheveux noir corbeau, teint cadavérique, chaînes décorant le tout. Elle fait plutôt peur, cette «emo». Mais, dit-on, l'amour est aveugle...

— Est-elle au courant que tu craques pour elle ?

— Je ne sais pas.

— Quand vas-tu lui déclarer ta flamme ?

— Bientôt, parce que j'ai l'impression de brûler de l'intérieur quand je suis avec elle. Tu dois savoir de quoi je parle ! Toi aussi, tu dois vivre ça quand tu te retrouves avec Justin...

Roxanne m'a lancé ça avec ses yeux scrutateurs d'âme et son petit sourire ironique. Elle m'énerve !

Je ne réponds pas. De toute façon, mon cellulaire sonne de nouveau : encore Justin !

* *
*

21 mai

S'il me demande encore une fois comment je le trouve avec sa nouvelle coupe de cheveux, je le pousse en bas de l'escalier C !

Depuis que je suis arrivée à la poly ce matin, je n'ai pas eu une minute à moi : entre chaque cours, Justin s'empresse de venir me rejoindre et pour me demander sans arrêt comment je le trouve avec sa nouvelle coupe. Hier, en revenant du cinéma, Monsieur est allé chez le coiffeur. Et ce matin, Monsieur est insécure du cheveu. Monsieur veut que Madame le rassure. Mais Madame est super fatiguée. C'est que Madame n'a presque pas fermé l'œil de la nuit. Insomnie consécutive à une ingurgitation astronomique de sucre...

J'ai tellement mangé de bonbons au cinéma que quelques heures plus tard, dans mon lit, j'en tremblais presque. J'étais super speedée ! Depuis bientôt un mois, je passe presque toutes mes soirées avec Justin. Oui, Justin. Toujours Justin ! Soit on regarde des films d'action mettant en vedette Bruce Willis, soit on parle pendant des heures de volleyball ou de mécanique. Je n'ai jamais le temps de sonder mes sentiments envers lui : il est toujours là. Partout où je regarde. J'en ai le tournis !

Bref, comme je n'avais pas envie de passer la soirée à recevoir ses tsunamis de salive, j'ai eu l'idée du cinéma. Puis, de rage, devant un film plate, j'ai mangé des tonnes de bonbons. Et là, ben, je suis patraque.

— Tu ne trouves pas que René en a enlevé un peu trop sur les côtés ?

— Non, Justin. Tu es très bien comme ça. Et puis, dis-toi que ce ne sont que des cheveux, ils vont repousser.

— Oui, mais moi, je veux être beau pour toi, Ariane. Je veux que tu me trouves séduisant. Me trouves-tu séduisant ?

Je ne réponds plus rien. Je suis épuisée, vidée. Deux filles passent et me regardent comme si j'avais la lèpre. Encore cette histoire de lesbienne.

— Tu as vu comment ces pétasses-là t'ont dévisagée ? Tu sais, Ariane, il y a moyen de régler ce problème-là : on n'a qu'à montrer ouvertement qu'on se fréquente. Écoute, oublie Jessica et ses émotions. De toute façon, cette fille-là est froide comme une sardine congelée.

— Justin, je te rappelle que tu parles de mon amie.

— Oui, je sais bien... mais tu ne l'as pas connue intimement comme moi. Je pourrais t'en parler pendant des heures, de ton amie. En plus d'être froide, elle est incapable de compassion et d'empathie. Elle est loin d'être comme toi, avec ton grand cœur...

Ça m'ennuie qu'il dénigre Jessica. En plus d'être constamment sur mes baskets, Justin a pour vilaine habitude de descendre les êtres qui lui ont dit non ou qui ne sont pas d'accord avec lui. Si on n'était plus ensemble, je crois qu'il ferait pareil avec moi.

— Arrête, Justin. Les sentiments de mon amie sont importants pour moi. Tu ne vas pas me changer.

— Tu as un grand cœur, répète-t-il en me caressant la joue.

Au même moment, Axel se pointe à sa case. Je m'empresse de m'éloigner de Justin. Mouvement que mon chum sent. «Chum»... que c'est étrange d'employer ce mot-là! On dirait qu'il sonne faux dans ma bouche, dans ma tête.

— Bon, ben, Justin, on se voit tantôt, en morale. Là, je dois parler à Axel.

Justin regarde Axel avec des yeux assassins, puis se tourne vers moi sans un mot. Après trente bonnes secondes de ce silence, il s'en va. Je viens de lui faire mal. C'est la première fois que je le vois réagir avec ce comportement possessif.

— Qu'est-ce que tu voulais me dire, Ariane?

— Oh, rien... Ah! si... Comment vont tes répétitions?

— Super! On a composé la toune du siècle, hier. Ça sonne comme une tonne de briques. C'est une chanson que tu écoutes avec tes tripes, et les guitares sont...

Je retrouve mon ami, et ça me fait du bien. Axel est super emballé quand il parle de ce qu'il aime. Ses yeux brillent. Il est beau. Vraiment beau. Il m'a manqué. Beaucoup plus que je le pensais.

— En tout cas, c'est sûr qu'on va être prêts pour le spectacle la semaine prochaine. Tu vas y être, hein?

— Je ne raterai pas ça pour tout l'or du monde.

— Tant mieux! Il faut que tu y sois: ce concert n'aurait aucun sens si tu n'y venais pas.

Quand il me dit ça, ses yeux transpercent mes yeux pour aller sonder mon cœur. Des papillons se mettent à virevolter dans mon estomac. Axel approche son visage du mien. Je suis hypnotisée.

— Hé! Je te trouve! nous interrompt Sacha, le bassiste du groupe d'Axel. On a un pépin avec la batterie de Philippe, il faut que tu viennes tout de suite au local de musique.

— J'arrive. Bon, ben, Ariane, à plus!

— Oui, à plus…

Je me suis inquiétée pour rien. Axel répétait vraiment avec son groupe et ce n'est pas par « écœurantite » de moi qu'il ne peut pas me voir ces temps-ci. Je suis super contente… Mais pourquoi à ce point? Ça ne devrait pas me faire autant d'effet. Après tout, je sors avec mon fantasme numéro un, le beau Justin! Pourquoi l'ai-je tant voulu, si c'est pour qu'il me tape sur les nerfs? J'ai juste envie de m'enfuir quand je suis avec lui! Et jusqu'à tout récemment, c'était pareil avec Axel. Qu'est-ce que j'ai? Shakespeare a écrit: «On est toujours plus ardent à la poursuite qu'à la jouissance.» Pas mal, comme pensée. Mais je ne me comprends plus, et je n'aime pas ce que je suis devenue... Il faut que je me branche, je ne peux pas courir indéfiniment deux lièvres à la fois!

Justin, lui, a besoin de moi. Si je ne l'aide pas à se guérir de sa dépendance affective, qui le fera? Si je lui inculque un peu de confiance en lui, d'estime de soi, il ressemblera davantage au Justin qui m'a fait fantasmer.

Parlant du loup... Justin m'attend à l'escalier B, il sait que je dois me rendre à mon cours de français. Il a l'air inquiet.

— Qu'est-ce que tu voulais lui dire, à Axel?

— Je voulais savoir comment se déroulaient ses répétitions. Tu sais, il travaille super fort pour son concert de la semaine prochaine.

— Fiou! Je suis rassuré.

Justin me serre dans ses bras.

— J'ai eu peur que tu ne m'aimes plus. Moi, je t'aime.

Aimer ! Il a dit : « Je t'aime. » Ouille ! Ça commence à être sérieux. Et ça ne me plaît pas qu'il me dise ça si rapidement. Il me semble que ce mot implique beaucoup. Ce n'est pas comme dire merci ! Et puis, cette façon qu'il a de se comporter en mollusque...

C'est étrange... Je me rends soudain compte que je ne suis vraiment pas comme Nadia. Ma sœur adorait que les garçons rampent à ses pieds. Qu'ils bavent devant elle et fassent ses quatre volontés. Elle était championne dans l'art de dégoter des amoureux dépendants. Peut-être avait-elle peur d'être plaquée ? Car c'est la peur du rejet qui se cache derrière la dépendance amoureuse et qui pousse celui qui en souffre à mettre ses propres besoins de côté pour exécuter tous les désirs de l'être aimé. En tout cas, moi, je suis loin d'aimer ça. Je préfère de beaucoup un gars comme Axel qui a une colonne vertébrale et qui...

Ariane, tu es épouvantable ! Ton fantasme numéro un te dit qu'il t'aime, il te regarde en ce moment même avec la larme à l'œil, car il a eu peur de te perdre, et toi, tu penses à un autre... Tu ne sais vraiment plus où tu en es !

— Dis, mon amour, tu veux bien venir manger chez moi ce soir ? Ma mère aimerait beaucoup faire ta connaissance.

Il m'a appelée « mon amour ». J'ai un goût étrange dans la bouche, comme si je venais de sucer un citron. En plus, sa mère veut me rencontrer... À quand les faire-part pour notre mariage ?

— Euh... Non. Non, Justin. Pas ce soir. Je suis fatiguée et j'aimerais passer un peu de temps toute seule...

— Pourquoi seule ? Tu n'as pas envie de me voir ? Chacune de mes respirations, moi, je les passerais avec toi.

— Moi, j'ai parfois besoin de faire des choses pour moi.

— Qu'est-ce que tu aimerais qu'on fasse pour toi ?

— Non ! Pas ce que j'aimerais qu'ON fasse, ce que JE veux faire, moi. Tu n'as pas envie de faire des choses pour toi-même, des fois ?

— Te voir est la plus belle chose que je peux faire pour moi-même.

Ce n'est vraiment pas évident de lui faire entendre raison, à celui-là. C'est pire que de la dépendance affective... c'est du pot de colle affectif !

— C'est gentil, ce que tu dis là, Justin. Mais on ne peut pas être constamment accrochés l'un à l'autre comme des siamois.

— Mes parents sont toujours ensemble. Ils travaillent ensemble, rentrent du boulot ensemble, font des courses ensemble, prennent des cours de danse ensemble... et ça leur réussit ! Ça fait quinze ans qu'ils sont mariés et très heureux. Allez, viens à la maison ce soir. Tu les aimeras, j'en suis sûr. Eux, ils t'aiment déjà. Je leur ai tellement parlé de toi...

Ah, c'est pire que pire ! Il ne veut absolument rien entendre.

— Justin, j'irai ce week-end, d'accord ? Ce soir, il faut vraiment que je me repose. J'ai l'impression que ma bronchite menace de revenir. Tu n'entends pas siffler mes bronches ?

Je me mets à respirer en faisant le plus de bruit possible.

— Tu as raison... Dans ce cas, repose-toi, ma petite chérie d'amour.

Ouf !

* *
*

24 mai

Cette semaine, je n'ai pas réussi à passer ne serait-ce qu'un soir toute seule. Même après en avoir fait la demande à Justin, ça n'a pas réussi. Il s'est pointé chez moi avec un immense contenant de soupe que sa mère avait expressément cuisiné pour m'aider à me remettre de ma vilaine bronchite. En d'autres circonstances, j'aurais trouvé le geste touchant, mais là, c'était trop.

Justin n'a pas décollé, même si par moments j'ai été imbuvable. Je lui ai lancé toutes sortes de piques : un petit mot par-ci sur sa fameuse coupe de cheveux qui n'est pas très réussie, un petit mot par-là sur sa façon de ne jamais défendre ses idées, un autre petit mot sur son manque de culture... Il m'énerve, et ça me rend méchante. Bien sûr, j'ai essayé de lui glisser quelques mots plus délicats sur son problème de dépendance affective... en vain. Il m'a regardée comme si je lui faisais une démonstration de produits Tupperware : ça ne s'adresse pas à lui.

En tout cas, c'est ce soir que je mange chez lui et que je vais faire connaissance avec sa famille. Ça ne me tente tellement pas ! Mais au moins, tout de suite après, je vais au spectacle de fin d'année. J'ai tellement hâte d'entendre les nouvelles compositions d'Axel ! Et puis Rébecca fait un petit numéro de magie en première partie. Elle qui semble si timide, j'ai hâte de voir comment elle se tirera d'affaire sur scène. Qui sait ? peut-être fera-t-elle apparaître le fantôme de Michael Jackson ? Oh oui, j'ai super hâte ! Roxanne m'attend et, en prime, je n'aurai pas Justin sur les talons. Il a promis à son père de jouer dans la mécanique de leur voiture de collection, une vieille Ford 1960. Évidemment, Justin aurait aimé que je reste. Mais, la mécanique et moi... Ça, au moins, il l'a compris : lui, ce sont les spectacles de fin d'année qu'il trouve plates.

* *
*

— Comment trouves-tu la sole au beurre, Ariane ? me demande le père de Justin.

— Délicieuse !

Les parents de Justin sont si contents de ma réponse que sa mère se lève et m'embrasse sur chaque joue.

— Ma femme avait si peur que tu n'apprécies pas sa cuisine. Hein, ma chérie ?

— Mon amour, ne révèle pas tous mes secrets ! proteste-t-elle, rouge comme une tomate.

— Elle est comme ça, la maman de Justin : elle veut toujours faire plaisir aux autres.

— Mais c'est important de penser aux autres. Pas vrai, Ariane ?

— Vous avez raison, madame. À condition de ne pas trop s'oublier !

— C'est bien vrai. Mais pour moi, penser aux autres, c'est comme penser à moi !

Impossible de les détester. Les parents de Justin sont vraiment gentils. Ils m'ont très bien accueillie et ont tout fait pour me faire plaisir. Et ils ont tellement l'air de s'aimer ! J'ai un peu de mal à voir où ils ont pu bâcler l'éducation sentimentale de leur fils. Comment ont-ils fait pour qu'il se retrouve avec un manque affectif gros comme une piscine hors terre ?

Après le dessert, je peux enfin filer. Yé !

* *
*

Me voici enfin dans l'amphithéâtre de la poly. Je ne pensais jamais pouvoir me libérer de Justin. Il m'a tellement embrassée, avant que je parte, que j'ai cru qu'il allait m'avaler !

L'amphi est rempli à craquer. Où peut bien être Roxanne ?

— Hé ! Ariane ! Ici ! crie mon amie assise à côté de l'allée centrale. Je t'ai gardé une place au chaud. Comment ça s'est passé, chez tes beaux-parents ?

— Très bien. Ils sont super gentils. Mais ne les appelle pas « mes beaux-parents » !

— Ariane, je ne comprends pas pourquoi tu poursuis cette relation avec Justin. Tu ne l'aimes pas.

— Mais si !

— OK. As-tu envie de faire l'amour avec lui ?

— Ben là, Roxy, c'est privé !

— Allez, réponds ! As-tu envie de perdre ta virginité avec lui ?

La question de Roxanne me percute. Quand j'essaie d'imaginer de quoi ça pourrait avoir l'air, c'est Axel que je vois apparaître au-dessus de moi.

— Ariane, regarde ! C'est Rébecca !

Sur scène, la flamme de Roxanne fait disparaître dans son pouce des pièces de monnaie, puis une cigarette allumée. Puis elle transforme des bâtons en cordes molles… Elle est habile ! Et on dirait que, sur scène, elle s'affranchit de sa timidité habituelle. Son charisme me frappe. De plus, avec sa grande cape de velours noir, son visage poudré tout blanc et son maquillage de scène qui lui fait d'immenses yeux inquiétants, Rébecca est très élégante. Je comprends soudain beaucoup mieux ce qui fascine Roxanne chez elle.

— Tu es là, mon amour !

Je me retourne. Justin vient de s'accroupir dans l'allée, juste à côté de moi.

— Justin ! Tu n'étais pas censé faire de la mécanique avec ton père ?

— Tu avais raison, ma belle : la mécanique, c'est
ennuyeux… quand tu n'es pas là.

Puis Justin passe ses bras autour de moi et
approche son visage du mien pour m'embrasser, alors
que nous avions convenu de garder notre histoire
secrète. J'éclate.

— Assez !

Justin sursaute :

— Qu'est-ce qu'il y a ?

— Suis-moi !

On sort de l'amphi.

— Justin, je ne suis plus capable. Je ne peux jamais
avoir la paix deux minutes ! Tu ne me laisses pas respirer ! Je vais te dire : tu es un dépendant affectif et,
comme tu es incapable de rester avec toi-même, tu es
constamment accroché à mes baskets… Sauf que moi,
je n'en peux plus !

— Ariane, calme-toi ! Tout d'abord, arrête avec
cette histoire de dépendant affectif ! Je ne souffre
pas de ça.

— Oui !

— Non ! Je sais quand même ce que je suis et ça,
je ne le suis pas. J'aime faire plaisir, te faire plaisir, car

je t'aime. Je suis comme mes parents. Ils m'ont appris que l'amour, c'est de vouloir le bien de l'autre en premier. Tu sais, Ariane, les gens n'ont pas tous des problèmes psychologiques !

Zut ! Pour la première fois, j'envisage que je me suis peut-être gourée. Si Justin était seulement gentil ? Ça existe, après tout ! Aurais-je été exagérément influencée par les propos de Jessica ?

— Ariane, je t'aime… mais je vois bien que tu ne ressens pas la même chose pour moi. Je pensais qu'en t'aimant super fort, ça allait t'encourager… mais non. Tu aimes Axel ! C'est avec lui que tu devrais être. Moi, je te rends ta liberté.

Puis il tourne les talons et s'en va comme un chien piteux.

Je n'en reviens pas que Justin, comme Roxanne, ait pu lire ainsi en moi. Aurais-je perdu tout discernement ? Suis-je atteinte d'un excès de confiance en mes capacités de psy ? Où est passé mon instinct ?

— Ariane ! Vite ! crie Roxanne. Le *band* d'Axel va jouer.

Je retourne en courant dans l'amphi, juste comme Axel s'approche du micro.

— Mesdames et messieurs, nous sommes le groupe Borderline !

Riffs de guitare hyper puissants et batterie qui défonce. Tout le monde se lève et se met à danser. Axel explose littéralement sur scène. Il est super bon, beau, *hot*, extraordinaire. Et c'est vrai que ses chansons déménagent. Je ne peux pas empêcher mes yeux de le fixer.

Après cinq ou six chansons, il s'adresse à la foule :

— La dernière chanson que nous vous offrons ce soir est interprétée par Ellen Page et Michael Cera dans le film *Juno*. Je voudrais la dédier à la fille que j'aime. Ariane Labrie-Loyal, si tu veux bien venir me rejoindre sur scène...

Tout le monde me regarde. Je suis tellement gênée ! Roxanne me pousse dans le dos :

— Vas-y ! Go !

Mes pieds sont en béton.

La foule se met à scander :

— A-RIANE ! A-RIANE ! A-RIANE !

Mes jambes se mettent alors à avancer mécaniquement. Comme dans un rêve, je me retrouve sur scène. Axel me fait asseoir avec lui sur le bord de la scène et se met à chanter en s'accompagnant de sa guitare : « *You're a part-time lover and a full-time friend...* » Une fois la pièce terminée, Axel approche son visage du mien. On s'embrasse, enveloppés par les lumières chaudes et par la foule qui applaudit. Pour la première fois depuis très longtemps, je me sens à ma place.

J'ouvre les yeux et je souris à Axel. Puis, je regarde la foule...

Entre deux changements d'éclairage, je croise le regard d'un grand brun hyper baraqué qui se tient tout au fond de la salle. Des chocs électriques me transpercent le corps.

C'est Josh.

DOSSIER 12 :
De l'art
de recevoir
des menaces
de mort

7 juin

— Ben non, les filles, ça ne pouvait pas être Josh, répété-je à Roxanne et Jessica pour la millième fois.

On est avachies sur des coussins dans ma chambre et on papote entre filles. On vient de commencer ces petites soirées « réservées aux filles » et je dois dire que j'adore ça. Surtout depuis que Jessica a cessé de traîner ses clones avec elle partout où elle va !

Je poursuis :

— J'ai dû halluciner, au spectacle. Il y avait tellement de monde, et j'étais si nerveuse...

— As-tu téléphoné à la maison de correction pour savoir s'il ne s'est pas enfui ? demande Roxanne.

— Axel a téléphoné. Il paraît que Josh a été transféré dans un autre centre de correction, où il continue de purger sa peine.

— Un autre centre ? Lequel ?

— On n'a pas demandé.

— Vous n'avez pas demandé ! s'indigne Roxanne.

Bonjour la prudence ! Tu n'es même pas sûre qu'il se trouve vraiment dans l'autre centre. Et ces appels que tu reçois ?

— Quels appels ? demande Jessica.

— Bah ! Depuis quelques semaines, je reçois des appels anonymes sur mon cellulaire. Je n'entends que respirer. Mais je sais qui c'est : Justin. C'est sûr. Et puis, Roxy, arrête avec tes inquiétudes ! Moi qui pensais que j'étais peureuse... C'est toi, la reine des paranos ! Pour une fois que tout va bien dans ma vie, je n'ai plus envie de me faire du mauvais sang !

— Tu dis souvent que l'amour me rend aveugle, mais toi, il te rend stupide ! réplique-t-elle.

— Calmez-vous, les filles ! nous interrompt Jessica. Vous n'allez pas vous chicaner pour cette espèce de... Comment il s'appelle, déjà ?

— Josh ! répond Roxanne. Ça paraît que tu n'as jamais eu affaire à lui... Tu t'en rappellerais, je te le garantis !

— Jessica a raison, parlons d'autre chose...

— Ariane, savais-tu que mon beau-père apprécie vraiment beaucoup ton père ? Il est super content de l'avoir embauché.

— Mon père aussi est content de travailler dans

sa compagnie. Il s'y plaît beaucoup. C'est tellement génial qu'ils se soient rencontrés quand ton beau-père est venu nous chercher pour nous conduire au chalet ! Je le vous dis, les filles, c'est vraiment la plus belle période de ma vie. Mon père a retrouvé du travail. Ma mère a retrouvé le sourire grâce à sa nouvelle émission. Mon petit frère n'a plus fait pipi au lit depuis longtemps. Et Axel...

— Ah, Axel... Il est teeellement bôôôôô ! rigole Roxanne.

— Et teeellement gentiiiiil ! renchérit Jessica.

— OK, OK ! Excusez-moi de vous casser les oreilles avec lui, mais... C'est vrai ! Il est tellement beau, et gentil, et attentionné ! Et ses chansons sont tellement bonnes, et il embrasse tellement bien...

— Aussi bien que moi ? se moque Jessica.

— Assez ! Vous allez me rendre jalouse ! persifle Roxanne.

J'éclate de rire.

— Et avec Rébecca ? Toujours pas de développement ? demande Jessica qui a appris lors d'une de nos fameuses soirées l'histoire de cœur de Roxanne.

— Ben non. Quand on se voit, on ne fait qu'étudier. Je suis tellement nulle en anglais... Rébecca m'aide beaucoup. Elle est vraiment bonne. On passe nos soirées à réviser nos leçons ou à regarder des séries télé en anglais. Mais, côté «rapprochement», il ne s'est toujours rien passé.

— Au moins, tu aimes quelqu'un, soupire Jessica. Moi, ça commence à me peser d'être toute seule. L'été arrive, et j'aurais envie d'aller me promener dans le Vieux-Port avec un amoureux. On marcherait en se tenant par la main. On s'étendrait sur la pelouse en regardant le ciel étoilé, et on ferait des vœux quand on verrait une étoile filante. On irait à mon chalet, aussi, et on se baladerait autour du lac pendant des heures...

— Tes parents te laisseraient y aller seule... avec un gars ? m'étonné-je.

— Oui. Pour ça, ma mère est assez ouverte.

— Et ton beau-père ?

— Bah, il ne la contredit jamais...

— J'aimerais tellement qu'Axel puisse dormir chez moi ! Mais je ne crois pas que mes parents accepteraient.

— Leur as-tu demandé ? s'enquiert Jessica.

— Non. Pas encore. Mais je vais le faire bientôt.

— Tu ne vas jamais chez lui ? demande Roxanne.

— Je n'y suis allée que deux fois. La première fois, on était ensemble, tu te rappelles, Roxanne ?

Axel nous avait invitées à regarder des films, mais on était restés au sous-sol. Et la deuxième fois, je n'ai eu le temps de voir que le rez-de-chaussée. Il ne fallait pas faire de bruit : ses parents travaillent à la maison...

— Que font-ils dans la vie ?

— Je ne sais pas. Axel esquive la question chaque fois que je le lui demande...

— Donc il ne t'a encore jamais présentée à ses parents ?

— Non. Il va le faire bientôt, sûrement.

Bon, Roxanne a réussi à semer le doute dans mon esprit. Pourquoi Axel ne m'a-t-il jamais présentée à ses parents ? A-t-il honte de moi ? Ou peur que ses parents ne me trouvent pas assez bien pour lui ? Après tout, le peu que j'ai vu chez lui, c'était super beau ! Maison à deux étages, murs de briques, riche moquette blanche, bibliothèques gigantesques, piano à queue... Pas le gros luxe clinquant, mais l'aisance, le bon goût.

Voici l'heure de partir pour les filles. C'est chouette qu'elles s'entendent bien maintenant. Il arrive même à Roxanne d'accepter les petits conseils beauté de Jessica. Bon, on est encore loin du look de miss Univers, mais tout de même, elle fait des progrès.

La semaine dernière, elle s'est même risquée à porter une jupe ! Ce matin-là, quand Roxy est apparue « habillée en fille », il y a eu comme une commotion à la poly. Tout le monde s'est tu un moment, on aurait dit que la terre avait arrêté de tourner.

Holà ! Déjà 22 h. Il faut que je téléphone à Axel, je lui ai promis un petit coup de fil.

* *
*

Méchant « petit coup de fil » ! On reste deux heures scotchés au téléphone...

— Axel, pourquoi tu ne m'as jamais présentée à tes parents ? Tu as peur que je ne sois pas à la hauteur ? Que je ne leur plaise pas ?

— Mais non, voyons ! Seulement mes parents adorent tellement leur travail qu'ils passent leur vie dans leur bureau. Même moi, quand je veux leur parler, je dois prendre rendez-vous !

— Et ça ne t'énerve pas que tes parents soient des forcenés du travail ?

— Ben, j'ai trouvé le moyen de tourner ça en ma faveur. Je me suis jeté à fond dans la musique, et mes parents m'ont toujours soutenu là-dedans. Maintenant, je ne leur en veux plus de m'avoir laissé à moi-même. Je suis même chanceux qu'ils m'aient autant fait confiance. Je me trouve pas trop pire, aujourd'hui. Contrairement à beaucoup de jeunes qui ne s'intéressent à rien, moi, j'ai une passion, je veux en vivre, et j'ai une super blonde... En tout cas, ne t'inquiète pas pour mes parents, je vais te les présenter bientôt. Je pensais pas que ça te préoccupait tant que ça. Mais je te préviens, tu vas avoir toute une surprise !

— Je n'aime pas les surprises, Axel ! Allez, dis-moi... Et puis d'abord, qu'est-ce qu'ils font dans la vie, tes parents ? Je sais. Ce sont des stars du rock. Ou de la télé. C'est pour ça que tu ne veux pas me les présenter.

— Je crois que je vais devoir raccrocher, là... À demain, ma belle !

Aïe. J'entends mon cœur battre contre mes tympans quand je pose le cellulaire. J'ai bien hâte de savoir quelle surprise m'attend. Mais là, trêve de rêverie ! Je dois dormir.

* *
*

8 juin

Premier cours : morale. Depuis mon histoire avec Justin, je me rends avec un peu moins d'entrain qu'avant à mon cours préféré : être en rupture avec un gars de la classe, ce n'est pas de la tarte.

Justin semble l'avaler de travers, notre rupture. Le soir du spectacle, il s'est montré très mature, pourtant... mais ça s'est gâté depuis. J'ai d'abord eu droit à quelques crises, à des lettres d'insultes... puis il s'est mis à m'ignorer complètement, sauf pour me lancer un regard hostile à l'occasion.

Bah, j'ai d'autres chats à fouetter : préparer mes examens de fin d'année, par exemple ! Plus que trois semaines et l'école sera terminée ! Que ça va faire du bien, les longues vacances d'été ! Axel est moi, on s'est promis un tas d'activités, comme des millions de baisers et des soirées romantiques.

— Je voudrais que, pour la semaine prochaine, vous prépariez un exposé oral. Ce sera votre examen de fin d'année. Je veux que vous me racontiez ce que cette année vous a appris sur vous-même.

Tout un sujet ! Je pourrais le développer pendant des semaines...

— Pour ceux qui ne souhaitent pas trop se révéler, ajoute Guy, vous pouvez orienter l'exposé sur un sujet à questionnement moral : par exemple, les valeurs...

Oh, que ça me donne une bonne idée !

— Guy !

— Oui, Ariane ?

— Est-ce que je peux faire mon exposé sur le bonheur ?

— Bonne idée ! me félicite Guy. Bien sûr ! Vous voyez, vous pouvez choisir un sujet comme celui d'Ariane.

Yé ! Il me semble que ça va bien terminer l'année scolaire : se concentrer sur le bonheur. On n'en parle pas assez. Tout le monde est toujours braqué sur ce qu'il y a de négatif, c'est épuisant à la fin.

Du fond de la classe, Justin me toise avec rancœur. Il n'a pas fini de me faire la gueule, celui-là. Bah, c'est son choix, après tout. Moi, j'ai décidé d'être heureuse.

Une fois le cours terminé, je file à ma case, sourire fendu jusqu'aux oreilles : Axel est censé m'y attendre. J'ai hâte de lui faire part de mon idée d'exposé.

Une fois arrivée, je sursaute. Axel me regarde, navré. Quelqu'un a défoncé ma porte et tout vandalisé : mon blouson de cuir, que j'adore, est en lambeaux. De la sauce tomate recouvre l'extérieur et l'intérieur de mes cahiers ; mes notes sont foutues ! Le sac contenant mon costume d'éducation physique dégage une horrible puanteur : on y a versé de la litière et des crottes de chat.

— Ce n'est pas tout… Regarde.

Axel me tend une photo de nous deux que j'avais collée à l'intérieur de ma porte. Quelqu'un s'est amusé à nous dessiner avec du sang qui coule de notre gorge, de notre bouche, de nos yeux.

— Maintenant, je suis à peu près sûre de savoir qui c'est.

— Justin ?

— Qui d'autre ? Il faudra que nous ayons une bonne discussion, lui et moi !

— À quoi bon ? Il est frustré… Moi, je te conseillerais de porter plainte au directeur. Ça lui ferait beaucoup plus peur que si c'est toi qui lui parles.

— Tu as peut-être raison…

— En attendant, tu mettras tes choses dans ma case. Pour tes notes de cours, tu peux sûrement emprunter et photocopier celles de tes amies.

Axel me serre contre lui. Je roucoule et profite de son amour. Non, Justin ne me démoralisera pas ! Personne ne détruira mon bonheur. J'ai le droit d'être heureuse, bon !

9 juin

Quelle mauvaise journée ! Aujourd'hui, en sortant de chez moi pour me rendre à la poly, j'ai failli trébucher sur un rat décapité qu'on avait jeté sur notre perron. Puis, j'ai constaté que quelqu'un avait crevé les pneus et égratigné la peinture de notre auto. Quand il a vu ça, mon père était dans une colère noire ! Je ne lui ai pas dit que je crois savoir qui a fait le coup. J'aurais eu peur qu'il débarque chez Justin pour lui arracher la tête !

Après les cours, j'attends devant le casier d'Axel pour y déposer quelques affaires. Justin se pointe, en furie. Il est rouge de colère ! C'est à peine s'il n'y a pas de la fumée qui sort de ses oreilles.

— T'es juste une maudite folle, Ariane ! Tu es allée te plaindre au directeur que j'avais vandalisé ta case, hein ? Pourquoi as-tu fait ça ?

— Parce que ce n'est pas toi, peut-être ? Et les pneus de l'auto de mon père, ce n'est pas toi non plus, je parie ?

— Quoi ? Quoi ? s'énerve-t-il.

Il se prend la tête à deux mains, puis tape avec fureur sur une case.

— Tu es juste une maudite folle ! hurle-t-il encore.

Le cercle des élèves grossit autour de nous. Roxanne fait irruption et fonce vers Justin.

— Toi, tu arrêtes de la traiter de folle, sinon tu vas avoir affaire à moi ! le menace-t-elle.

Justin l'ignore et revient à moi.

— Tu n'es pas satisfaite de m'avoir brisé le cœur, de t'être retrouvée avec un autre garçon cinq minutes seulement après qu'on se soit quittés, maintenant il faut que tu m'accuses de choses que je n'ai pas commises ! Tu es vraiment dérangée, Ariane Labrie-Loyal. Dérangée !

C'est étrange, mais je commence à douter de la culpabilité de Justin. Sa colère semble tellement sincère...

— Ce n'est pas toi qui as recouvert mes cahiers de sauce tomate ?

— Non.

— Ni égratigné l'auto de mon père et crevé ses pneus ?

— Je te le jure !

— Ni répandu de la litière et des crottes de chat sur mon costume d'éducation physique ?

— Ariane... Je n'ai pas de chat !

Un point pour lui. Et s'il disait la vérité, après tout ?

— La prochaine fois que tu voudras m'accuser de tous les maux de la terre, viens donc me le dire en pleine face ! me balance-t-il avant de tourner rageusement les talons.

Axel arrive sur les entrefaites. Justin l'affronte du regard quelques secondes, puis poursuit son chemin.

— Qu'est-ce qui se passe ? s'informe mon amoureux.

Je lui raconte ce qui vient de se produire et lui fais part de mes doutes. Roxanne en profite pour ramener sa paranoïa :

— Et si c'était Josh ?

— Attends, dit Axel, je vais rappeler au centre pour savoir où il a été transféré. Je dois avoir le numéro dans la mémoire de mon cellulaire.

Axel fouille dans son téléphone et recompose le numéro. Il s'éloigne du brouhaha du couloir pour parler à la secrétaire. Après quelques minutes, il nous rejoint.

— Ils m'ont confirmé que Josh avait été transféré, mais ils ne veulent pas me dire où, ni pourquoi.

Je ne sais plus quoi penser. D'accord, Justin n'a pas de chat, mais de la litière et du caca de minou, ça se trouve facilement ! Faudra-t-il que je joue aux *Experts* pour découvrir le coupable ?

Axel vient me reconduire chez moi et soupe à la maison, puis on passe la soirée ensemble. On s'installe au sous-sol, qui a conservé ses allures de casbah depuis le party, et on travaille chacun de son côté : Axel à sa guitare et moi, à l'exposé sur le bonheur que je dois présenter la semaine prochaine.

Pendant que je trouve les points à aborder pour mon sujet, Axel remplit l'espace d'arpèges. C'est hypnotisant. Au bout d'un moment, je cesse de me creuser les méninges pour le regarder. Il est si beau. Quand il s'aperçoit que je le regarde, il s'approche doucement de moi et m'embrasse sans cesser de jouer.

Je voudrais que des moments pareils n'aient jamais de fin. C'est ça, le bonheur...

Allez, au travail ! Mon premier point sera le suivant : il faut savourer le bonheur quand on a les deux pieds dedans, de manière à l'emmagasiner dans une petite banque intérieure afin de pouvoir y puiser aux jours plus sombres. Moi, dans ma banque intérieure, il y a plein de ces moments avec Axel.

En fait, je n'ai qu'à regarder Axel, et les idées bondissent dans mon esprit. Le bonheur, ce n'est pas de posséder une télé à écran géant HD, une console

Wii et un portable qui fait tout, même le café ! Les biens matériels n'apportent pas le bonheur. Bien sûr, on est content quand on en possède, ça apporte un certain bien-être. Mais à quoi ça sert d'avoir tout ça si on n'a personne avec qui en profiter ?

Le bonheur, ce n'est pas non plus d'avoir une collection infinie d'amis virtuels. Il y a une fille à la poly qui se vante d'avoir 1400 amis sur Facebook ; mais elle est toujours toute seule. Pour être heureux, on n'a besoin autour de soi que de quelques bonnes personnes qu'on aime, qui nous aiment et avec lesquelles on partage de réelles affinités. Ça, c'est du bonheur en barre. Moi, je suis bien entourée : Roxanne, Jessica, Axel. Ce sont des personnes que je chéris. Et je ne voudrais pas qu'il leur arrive quelque chose. Parfois, quand je me fais mes scénarios catastrophes et que je les imagine mal pris, je me transforme en lionne pour leur venir en aide.

Justement, dans *Heureux, le devenir et le rester*, le livre que je feuillette pour ma recherche, l'auteure Joan Duncan Oliver affirme que créer des liens mène au bonheur. Encore faut-il entretenir ces liens, en passant du temps avec les gens qu'on aime, mais aussi en établissant des limites avec eux. Ben oui, il faut savoir leur dire non parfois, pour conserver une belle amitié.

— Hé, Ariane !

— Hein ? Quoi ?

— Tu as le « fixe » ! Ça ne va pas ?

— Au contraire, ça va super bien ! Je n'arrête pas d'avoir des idées pour mon sujet. Tu dois m'inspirer…

— J'adore être ta muse ! me taquine-t-il. Dis donc, as-tu pensé à ça aussi : faire du bien autour de soi ?

— Ah ! Non. Bonne idée. C'est vrai que, quand on fait du bien aux autres, on se sent mieux dans sa peau.

— Mais il ne s'agit pas de donner vingt-cinq cents à un sans-abri et d'espérer en retour qu'on gagnera le million à la loto ! Ceux qui pensent comme ça sont toujours dans l'attente. Les bouddhistes affirment que, pour être heureux, il ne faut avoir ni attentes, ni désir…

— Pas de désir ? Ce n'est pas évident… C'est le désir qui nous propulse vers nos buts, non ? Si on n'a pas de but, on a juste envie de rester couché et de regarder la télé…

— Les moines bouddhistes méditent, immobiles, des heures durant. Des chercheurs qui les ont observés se sont rendu compte que ces moines stimulaient ainsi les zones de leur cerveau associées au bonheur. Bref, quand ils méditent, leur cerveau sourit !

— Wow ! Mais… comment sais-tu tout ça, Axel ?

— Mes parents s'intéressent beaucoup à ces sujets-là.

— Qu'est-ce qu'ils font dans la vie, tes parents ?

— Curieuse ! Je te laisse le découvrir quand tu les rencontreras.

— Et toi, Axel, te considères-tu comme heureux ?

— Tu parles ! J'ai la plus merveilleuse des blondes et, quand je joue de la guitare, j'ai l'impression d'être à ma place. La musique et toi donnez du sens à ma vie. Ça, c'est une des clés du bonheur.

— Ben oui ! Donner un sens à sa vie : voilà un autre point. Pourquoi n'y ai-je pas pensé ?

— Tu y aurais pensé même sans moi, Ariane, c'est sûr. Pour réussir sa vie, il faut écouter son cœur. Faire ce que l'on aime le plus possible. Ça ne veut pas dire qu'il n'y a pas de choses moins agréables à affronter avant de réaliser son rêve. Ça ne peut pas être Noël tous les jours ! Mais quand on a un but, on est poussé vers l'avant. Mes parents m'ont déjà raconté cette histoire sur le sens de la vie, écoute bien.

Axel dépose sa guitare et s'installe confortablement sur des coussins.

« Il y a de ça très longtemps, un marcheur allait sur les routes lorsqu'il rencontra un homme à la mine renfrognée, qui pestait contre son sort.

« — Que faites-vous ? lui demanda le marcheur.

« — Je casse des cailloux, répondit l'homme. C'est mal payé. Je brûle au soleil toute la journée. J'ai chaud. C'est très dur comme travail.

« Le marcheur laissa l'homme à ses plaintes et poursuivit sa route. Il vit un autre homme qui s'affairait lui aussi à casser des cailloux.

« Le marcheur lui demanda : qu'est-ce que vous faites ?

« — Eh bien, répondit le deuxième homme, je suis casseur de cailloux. C'est un bon emploi qui me permet de nourrir ma famille. Je passe mes journées au grand air. Je me sens libre. Et le soleil brille toute la journée. C'est merveilleux.

« Le marcheur poursuivit son chemin. C'est alors qu'il aperçut un troisième casseur de cailloux. Celui-là semblait en extase. De son être émanait une joie formidable.

« — Que faites-vous ? demanda le marcheur.

« — Eh bien, ça se voit ! Je suis en train de bâtir une cathédrale ! »

— Quelle belle histoire, Axel ! Tes parents sont-ils bouddhistes ?

— Non, ils sont casseurs de cailloux.

— Tu te fiches de moi ?

— Qu'en penses-tu ? Allez viens m'embrasser, espèce de chanceuse !

* *
*

Quelle belle soirée ! Avec toutes ces réflexions sur le bonheur, je me sens encore plus heureuse. Et puis, ce soir, les baisers d'Axel me rendent toute chose… Un autre point pour le bonheur : être dans les bras d'Axel. Mais ça, je ne le dirais pas en classe. J'ai trop peur que des filles se mettent à faire la queue pour se jeter sur lui !

Depuis la porte qui mène au sous-sol, la voix de mon père interrompt le cours de mes pensées.

— Les enfants ! Il est 22 h. Je pense qu'il est temps que vous vous quittiez.

— Oui papa. Tout de suite.

— Axel, j'aimerais aller parler deux petites minutes à mes parents. J'ai quelque chose d'important à leur demander. Peux-tu attendre un moment avant de partir ?

— Euh, ben oui. Je t'accompagne ?

— Non, joue encore un peu de guitare, je reviens tout de suite.

Le rouge aux joues et le cœur gonflé de joie, je monte affronter mes géniteurs.

Ils sont assis dans le salon. Ma mère regarde des magazines de déco pendant que mon père pianote sur son portable.

— Papa, maman, j'aimerais vous parler.

— Est-ce que ton copain est parti ? demande mon père.

— Pas encore. Je lui ai demandé d'attendre que je vous aie parlé.

— Eh bien, qu'as-tu à nous demander, chérie ? s'enquiert ma mère avec un petit sourire en coin, comme si elle le savait déjà.

— Est-ce qu'Axel pourrait dormir ici ?

— Il a une maison, des parents, un lit, répond mon père. Pourquoi dormirait-il ici ?

— Ça m'inquiète, qu'il rentre seul chez lui si tard.

— Alors il n'a qu'à rentrer plus tôt !

— Mais papa, on veut passer du temps ensemble !

— Je crois que tu es un peu jeune pour que ton amoureux dorme avec toi, dit ma mère. Tu ne trouves pas ?

— Ben, non. Jessica, elle, ses parents sont d'accord.

— Pas son beau-père en tout cas, tranche mon père. Il m'en a justement parlé hier.

— Au moins, sa mère est *open*, elle...

— La mère de Jessica a le droit d'élever sa fille comme elle le veut, répond ma mère. Nous, nous élevons la nôtre à notre façon.

— Ce n'est pas juste ! Si Nadia vous avait demandé la même chose, vous auriez accepté, j'en suis sûre ! Elle était votre chouchou !

— Tu mélanges tout, Ariane. D'ailleurs nous aurions répondu la même chose à ta sœur.

— Mais si Axel dormait dans le salon, sur le sofa... Hein ? Ça serait OK ?

— Ariane, pourrais-tu au moins nous laisser un peu de temps pour y penser ? suggère ma mère.

— ...

— En tout cas, poursuit-elle, il me semble que le moment est mal choisi pour commencer ça. Vous êtes tous deux en période d'examens ; il faut que vous soyez bien reposés. On reparlera de tout ça cet été, veux-tu?

— Ce que vous êtes vieux jeu! crié-je.

Je m'en retourne auprès d'Axel, en colère, déçue de mes parents qui ne veulent rien comprendre.

— Qu'est-ce que tu as, Ariane? Tu es toute rouge...

— Ah, mes parents! J'ai l'impression qu'ils sortent tout droit des années cinquante! Ils ne veulent pas que tu dormes ici...

— Ben... moi non plus, je ne veux pas dormir ici.

— Quoi?!

— Ariane... Je n'ai pas de vêtements de rechange, mes livres sont chez moi, et puis je dois nourrir mon poisson rouge... La prochaine fois, demande-moi mon avis! En plus, tes parents vont penser que je te fréquente uniquement pour profiter de leur hospitalité. Déjà que je mange ici pas mal souvent...

— Ben non, ils ne penseront pas ça! Ils t'apprécient beaucoup.

— Quoi qu'il en soit, je dois y aller.

On s'embrasse, mais je sens un petit froid entre nous. Moi et mes désirs... Les moines bouddhistes n'ont peut-être pas tort, après tout!

10 juin

Je me suis réveillée à quatre heures ce matin! Plus capable de dormir. Je me sens un peu mal à propos du petit accrochage que j'ai eu avec Axel hier soir. Moi et ma sensibilité à fleur de peau! Mais bon, moi aussi je peux faire des erreurs... Hé! voilà un autre point à ajouter à mon exposé: se donner le droit à l'erreur! Personne n'est parfait. Et vouloir la perfection à tout prix ne peut mener qu'à la déception. En revanche, on apprend beaucoup de ses erreurs. Et puis, ces «erreurs» ne seraient-elles pas plutôt des «coups d'essai»? Les plus grandes personnalités de ce monde disent fréquemment qu'elles se sont plantées plus souvent qu'à leur tour, mais qu'à force de persévérance, elles ont su parvenir à leur but. Donc, j'ai le droit à l'erreur. Même avec mon bel Axel!

En attendant, je trouve le temps long. Six heures du matin: encore une grosse heure avant de partir pour la poly. Je vais écouter les nouvelles du matin.

Partout dans le monde, violence, séismes, attentats! Rien de bien réjouissant. Heureusement, au

Québec, c'est beaucoup plus tranquille. À part des ministres qui se gourent dans leur discours et quelques accidents de la route, il ne se passe rien.

J'ai parlé trop vite. Un adolescent a été conduit d'urgence à l'hôpital cette nuit, après avoir fait du *car surfing*. Ça, c'est tellement stupide ! Se tenir debout, en équilibre, sur le toit d'une voiture, comme sur une planche de surf... Je n'en reviens pas. Hé ! Ça s'est passé dans notre coin, en plus. Pas un élève de la poly, j'espère ? Il y en a quelques-uns d'assez fous pour faire ce genre de truc. Alexis, par exemple...

Alexis ! Pourquoi n'y ai-je pas pensé plus tôt ? Et si c'était lui qui avait vandalisé ma case ? Après tout, aux dernières nouvelles, il m'en veut toujours d'avoir divulgué son secret. Je vais faire ma petite enquête aujourd'hui...

Juste avant de partir pour la poly, je reçois encore un de ces fameux appels anonymes.

— Alexis... C'est toi, hein ?

— ...

— Je suis certaine que c'est toi. Arrête de te comporter en bébé. Je me suis excusée mille fois pour ce qui est arrivé. Je te l'accorde, je n'aurais jamais dû révéler à mes amies ce que tu m'avais confié. Ça ne se fait pas, tu as raison. Mais l'erreur est humaine ! Je suis sincèrement navrée de t'avoir causé du tort. S'il y a quoi que ce soit que je puisse faire pour t'aider, dis-le moi. Mais en attendant, cesse de jouer au psychopathe !

— ...

— Alexis, je vais raccrocher maintenant. Quand tu voudras me parler, je serai là.

Quel grand bébé, ce sportif ! Bon, c'est vrai, tout le monde a appris par ma faute qu'il est gay. Mais ce n'est tout de même pas la fin des haricots ! Un jour ou l'autre, il aurait bien fallu qu'il sorte du placard de toute façon. Qu'est-ce qu'il y en a qui ont du mal à s'assumer ! J'espère au moins que ces fichus appels vont cesser. Sinon, je changerai de numéro.

En sortant dans la rue, je remarque des traces de craie rouge sur l'asphalte. Ce sont des flèches qui conduisent jusqu'à un grand dessin au milieu de la chaussée.

Des frissons me parcourent l'échine. Quelqu'un a fait ma caricature avec une corde autour du cou. Je ne suis pas sûre de trouver ça drôle. Alexis va vraiment trop loin... si c'est bien Alexis. Je vais en avoir le cœur net. Tantôt, à la poly, je vais le faire demander au bureau du directeur. Ça fera ! Mais avant, je dois faire disparaître ce méchant dessin; je ne veux pas que mes parents tombent dessus et s'inquiètent. En le piétinant, je parviens peu à peu à l'effacer.

Les rumeurs vont vite. Tout le monde ne parle que du gars qui s'est retrouvé à l'hôpital à cause du *car surfing*. Je ne savais pas qu'autant de jeunes regardaient les nouvelles le matin, ça m'étonne. Roxanne aussi est au courant. Elle est venue me rejoindre à la case d'Axel et m'en parle depuis tantôt!

— Il paraît que c'est un gars de l'école.

— Ah oui! Sais-tu qui c'est?

— Non, mais on va sûrement l'apprendre bientôt! Ce genre de nouvelle-là ne reste jamais secret bien longtemps.

— Est-ce que le gars va s'en sortir?

— On ne sait pas. Il paraît qu'il est dans le coma. La police enquête. Il y a quelque chose de louche avec cet accident. J'ai hâte d'en savoir plus.

— Parlant d'affaire louche... Je crois savoir qui est derrière ces fameux appels: Alexis.

— Ah, ç'a du sens. En tout cas, si c'est lui, il est vraiment épais!

— En tout cas, j'ai décidé de le confronter devant le directeur. Il faut que ça se règle rapidement, je commence à être fatiguée de tous ces appels. Et puis, il y a le graffiti...

— De quoi parles-tu ?

— Ce matin, en sortant de chez moi, je me suis retrouvée devant un dessin qui me représentait la corde au cou !

— Crime, Ariane ! C'est grave ! Ce n'est pas seulement au directeur qu'il faut que tu en parles, mais à la police ! Ce sont des menaces de mort qu'on te fait là !

— Ben non... Ça doit être Alexis qui essaie de m'intimider ! Ou peut-être Justin...

— Ou peut-être Josh ?

— Roxy ! Combien de fois va-t-il falloir que je te répète ? Josh est en maison de correction. Tu as la tête dure !

— Oui, pis je veux la garder sur mes épaules ! Contrairement à certaines, je ne suis pas trop aveuglée par l'amour pour me méfier du grand méchant loup ! Parlant d'amour, Axel n'est pas là ?

— Ben non, c'est vrai !

La cloche sonne. Axel n'est jamais en retard. Il aurait dû être déjà arrivé depuis belle lurette. Et, tiens, nulle trace de Justin non plus. Ça paraît que c'est la fin de l'année scolaire. Les gars sont de plus en plus paresseux.

Premier cours : arts plastiques. Au moins, ça va être relaxe. Peut-être aurai-je un peu de temps pour penser à mon exposé ? Peut-être trouverai-je d'autres points tout en dessinant.

Le cours est à peine commencé qu'on annonce mon nom à l'interphone. Le directeur me demande à son bureau.

Je m'y rends avec des inquiétudes plein la tête. S'il était arrivé quelque chose à ma famille ? Depuis la mort de Nadia, je crains toujours le pire.

J'arrive au bureau de la direction. La secrétaire m'accueille en me regardant d'un drôle d'air, un mélange d'inquiétude et d'empathie.

— Voici Ariane Labrie-Loyal, annonce le directeur aux deux policiers qui se tiennent debout devant son bureau.

Mon inquiétude redouble. Je n'ose rien dire. Le directeur pose une main sur mon épaule.

— Ariane, il va falloir que tu sois forte. C'est Axel. Il…

Mes jambes flageolent. Mon cerveau et mon estomac se transforment en ciment. La réalité se met à vaciller. Mes oreilles bourdonnent. Je m'effondre.

— Axel ! Axel !!!

DOSSIER 13 :
D'un deuil à finir pour de bon

10 juin

On m'assoit. On me donne un verre d'eau. Je suis encore sonnée. On me parle, aussi. En fait, c'est comme si j'étais un poisson et qu'on essayait de communiquer avec moi à travers la vitre d'un aquarium. Je nage en eaux troubles : Axel a eu un accident. Mais était-ce bien un accident ? Les deux policiers debout devant moi, un blond et un brun, n'ont pas l'air convaincu. C'est pour ça qu'ils sont là : ils veulent en savoir plus.

Nous sommes dans le bureau de M. Gagnon, le directeur. Je commence seulement à reprendre mes esprits. Je me suis évanouie. Mon absence n'a duré que quelques secondes, mais mon état de panique, lui, persiste depuis un bon quart d'heure.

— Ça va mieux, Ariane ? s'inquiète M. Gagnon.

Je lui fais un sourire. Je voudrais lui répondre, mais on dirait que mes lèvres sont soudées.

— Il faut que tu te ressaisisses, me dit le policier blond. On a besoin de ton aide.

Pourquoi ont-ils besoin de moi ? On se croirait dans un épisode de *CSI*. Je ne comprends plus rien. M. Gagnon me regarde avec inquiétude. Je ne veux pas qu'il se fasse du souci pour moi. Ça va. Je n'ai rien. Ce n'est pas à moi qu'il est arrivé quelque chose, mais à... À qui donc ? Nadia ! Nadia est dans le coma. On s'est chicanées juste avant qu'elle tombe dans les pommes. Je lui ai dit des choses méchantes qui ont affecté son cerveau.

— C'est de ma faute, pour Nadia. Je suis la seule à blâmer, bredouillé-je, les larmes aux yeux. Vous pouvez me conduire en prison. Je suis prête.

— De quoi parle-t-elle ? demande le flic brun au directeur.

M. Gagnon lui répond discrètement quelque chose que je ne comprends pas. Le policier me regarde avec compassion. Il reprend :

— On a besoin de toi, Ariane. Allez, prends quelques grandes respirations. Fais comme moi.

Il s'accroupit devant moi et me donne l'exemple. Je l'imite. Après quelques secondes, je vais un peu mieux.

— Ariane, ce qu'on a voulu te dire tantôt, c'est qu'il est arrivé un accident à Axel. C'est pour ça que les policiers sont ici.

— Qu'est-ce qui s'est passé ?

— Savais-tu que ton ami faisait du *car surfing* ? me demande le policier blond.

— Axel ? Jamais il ne ferait ça !

— C'est ce que je vous disais, renchérit M. Gagnon. Axel n'est pas le type de garçon à prendre de tels risques. C'est un artiste, un passionné de guitare, qui a beaucoup de talent.

Heureusement, le directeur n'est pas au courant de la séance d'escalade au gym avec Justin le mois passé. Je ne suis pas certaine qu'il dirait la même chose.

— Donc, tu es sûre que ton ami ne pratiquait pas le *car surfing* ? s'enquiert le policier brun.

— Oui, je suis sûre. Dites… Axel est le garçon dont on a parlé aux infos ?

Le directeur et les deux policiers opinent du bonnet.

— C'est impossible ! Pas Axel. En plus, il était avec moi hier soir. Quand on s'est quittés, il rentrait directement chez lui.

— Crois-tu que quelqu'un pourrait lui en vouloir ? me demande le policier blond.

— Axel ? Je ne lui connais aucun ennemi... Comment peut-on le détester ? Il est si gentil, si généreux, si compréhensif ! À moins que...

Les deux policiers m'écoutent avec attention.

— Récemment, j'avais un petit ami que j'ai laissé pour Axel. Mais ça ne peut pas être lui. Je crois qu'il souffre de dépendance affective, mais ce n'est sûrement pas un criminel.

— Son nom ?

— Il s'appelle Justin. Mais...

— Vous nous donnerez ses coordonnées, demande tout de suite le policier brun à M. Gagnon, qui s'empresse de consulter son ordinateur.

— Penses-tu à qui que ce soit d'autre ?

— Ben, il y aurait un autre garçon... Il s'appelle Josh Bernard. Mais il est en maison de correction, à cause de moi d'ailleurs. Il est donc hors d'état de nuire.

— Je peux vous mettre en contact avec lui, intervient le directeur. C'est mon neveu. Ce n'est pas un garçon facile. Il taxait les autres élèves. Mais je ne vois pas comment il aurait pu s'en prendre à Axel, puisque, en effet, il est en maison de redressement.

— On va vérifier ça, dit le policier brun.

— Il y a quelque chose que je ne comprends pas,

reprends-je. Comment Axel a-t-il pu se retrouver sur le toit d'une voiture à pratiquer ce sport débile... ce n'est pas un accident, hein ?

— Bien, quand nous l'avons trouvé, ses poignets semblaient avoir été attachés...

— C'est affreux ! Il faut que je le voie. Tout de suite ! À quel hôpital est-il ?

— Il est à Maisonneuve-Rosemont, répond le flic blond. Mais...

Je me lève d'un bond. Ma tête tourne, je vacille.

Le directeur vient me soutenir.

— Ariane, je vais te ramener chez toi. Attendsmoi deux petites minutes à l'extérieur du bureau, veux-tu ?

Avant que je sorte, le policier blond se tourne vers moi :

— Ariane, si jamais tu as des flashs, ou si tu apprends quelque chose qui pourrait nous aider dans notre enquête, appelle-nous, me dit-il en me tendant sa carte.

Je sors du bureau et laisse le directeur parler avec les agents. La secrétaire vient tout de suite me rejoindre et m'offre une tasse de thé. Elle me fait asseoir en me tenant par les épaules. Sans un mot, ce que j'apprécie. Le simple fait de sentir la chaleur du thé et la compassion de la secrétaire me fait beaucoup de bien. Puis le directeur quitte son bureau en compagnie des policiers.

J'évolue comme dans un monde parallèle. Je n'ai presque pas conscience du trajet.

Quand la voiture du directeur s'arrête devant chez moi, j'en sors telle une automate, comme si je n'avais pas de volonté propre. Ma mère, que le directeur a prévenue, a quitté son travail pour venir m'accueillir. Elle m'attend sur la galerie et me prend dans ses bras. Je n'ai plus de force. Mais je n'ai qu'une seule idée en tête.

— Maman, conduis-moi à l'hôpital, s'il te plaît. Il faut que je voie Axel.

— Bien sûr, ma chouette. On y va. Attends-moi une minute dans l'auto, OK ?

Ma mère va remercier le directeur. Ils échangent quelques mots que je n'entends pas. Puis M. Gagnon repart pendant que ma mère va prendre son sac à main.

* *
*

L'urgence déborde. Un bébé hurle. Une femme se tient le ventre à deux mains. Un homme gueule après

444

une infirmière. Un vieux monsieur en jaquette bleue, branché sur un soluté, se cache dans un coin sombre pour fumer une cigarette. Ma mère et moi fonçons jusqu'au bureau des renseignements. Puis, on prend l'ascenseur et on monte à je ne sais quel étage. J'ai beaucoup de difficulté à me concentrer. Je ne fais que penser à Axel. J'ai tellement peur pour lui.

On sort de l'ascenseur. Je suis sur l'adrénaline. Le soleil de juin inonde le corridor. Les malades qui circulent ont l'air de fantômes illuminés. On dirait qu'on est au paradis. Mais le paradis se transforme vite en enfer : en marchant dans le corridor, j'aperçois Axel par une porte entrouverte. Mon Axel. Au même moment, ma mère reçoit un appel sur son cellulaire. Je m'approche seule de la chambre.

Axel est couché dans un lit blanc, un tube dans la bouche. Il est branché, comme ma sœur l'a été, sur des machines électroniques qui émettent des sons bizarres. La moitié de son visage est violacée. L'une de ses jambes est plâtrée, l'autre est couverte de bandages. Ses bras et ses mains semblent miraculeusement épargnés, hormis quelques contusions et des éraflures. Fiou ! Je me précipite vers lui.

— Oh, Axel ! Il n'est rien arrivé à tes mains, tu pourras continuer à jouer de la guitare. Ça va bien,

Axel. Je suis là. C'est moi, Ariane. Dis-moi, ce n'est pas vrai ce qui t'arrive, hein ? Dis-moi que je fais un cauchemar, que je vais me réveiller et que tu seras là, près de moi, pour me prendre dans tes bras. Tu n'es pas dans le coma. Non. Pas toi ! Tu n'as pas le temps, on est en pleine période d'examens ! C'est une farce que tu nous fais, là, hein ? Tu n'avais pas envie d'étudier, c'est ça ?

Je me mets à pleurer comme un bébé.

Des mains se posent sur mes épaules et me ramènent doucement vers l'arrière. On me soulève. Une femme me parle. Encore sous le choc, je n'entends que des bribes.

— Ariane... Ça va aller... médecins... encourageants... réveil... pertes de mémoire... quelques bleus...

Je me tourne vers l'inconnue, qui s'avère une très belle femme.

— Il ne va pas mourir, hein ?

— Non. Pour l'instant, on ne peut qu'attendre qu'Axel sorte du coma et qu'il prenne du mieux. Mais tu fais bien de lui parler. Même dans le coma, il nous entend peut-être. Il est bon de garder contact avec lui pour l'inciter à revenir parmi nous.

Je renifle. Je me sens un peu mieux. Les paroles de cette femme me font du bien. Peut-être est-ce une infirmière ou une bénévole qui a l'habitude de dire des paroles réconfortantes ?

— Qui êtes-vous ? lui demandé-je en essuyant mes larmes.

— Je suis la maman d'Axel. Et voici son père.

Un grand et bel homme que je n'avais pas vu s'approche de moi. On dirait Axel dans trente ans ! Je ne peux détacher mon regard de son visage, ce qui le fait sourire.

Un ange passe.

— On aurait aimé faire ta connaissance en d'autres circonstances, poursuit-il. Mais bon...

Les parents d'Axel s'approchent de leur fils.

— Axel t'aime beaucoup, dit sa mère en plaçant les oreillers derrière sa tête. Depuis le début de l'année scolaire, il n'arrête pas de nous parler de toi. Ariane par-ci, Ariane par-là... Nous avions hâte de rencontrer cette fameuse Ariane qui a conquis son cœur.

Ses deux parents sourient affectueusement en regardant leur fils dans le coma. Leur calme m'impressionne. Moi, j'ai juste envie de pleurer comme un veau et de me péter la tête sur les murs pour cesser de ressentir la douleur de voir Axel ainsi.

— Comment faites-vous pour être si...

— Calmes? devine le père d'Axel. Eh bien... D'abord, ça ne servirait à rien de paniquer et d'arracher les rideaux. Ensuite, comme a dit ma femme, les médecins sont très encourageants.

— Mais il est dans le coma ! Il risque de ne jamais s'en sortir !

— Il s'en sortira, affirme son père d'un ton ferme.

Un second ange passe. Le père d'Axel reprend :

— Nous sommes au courant pour ta sœur, Ariane. Axel nous a tout raconté. Tu sais, chaque cas est différent, chaque situation est différente. Il faut que tu gardes espoir. Ne te laisse pas abattre. La vie te force, en ce moment, à affronter quelque chose d'important.

— Peut-être, mais... Ce n'est pas le temps... Je ne veux pas...

Encore une fois, j'éclate en sanglots.

Ma mère, qui vient de terminer son appel, nous rejoint. Elle me conduit hors de la chambre, puis m'assoit sur une chaise. Une fois que mes larmes ont cessé de couler, elle s'accroupit devant moi pour me parler.

— M. Gagnon m'a téléphoné. Il vient d'apprendre que son neveu a réussi à obtenir des permissions de sortie. Il est vraiment désolé. Son frère, le père de Josh, ne l'avait pas mis au courant.

Cette nouvelle me jette par terre. Là, j'ai peur. Là, je ne me sens pas en sécurité. Roxanne avait raison sur toute la ligne. Si c'est Josh qui a commis ce crime, il est vraiment dangereux. Ça va bien au-delà du simple taxage... Ce garçon est un vrai criminel ! C'est une tentative de meurtre qu'il a commise !

Ma mère va s'entretenir avec les parents d'Axel. Moi, je tremble de partout. J'ai froid, j'ai peur, j'ai mal à la tête. La mère d'Axel vient me trouver et, voyant mon état, elle enlève sa veste et la met sur mes épaules.

— Tiens, ma belle-fille. Je pense que ça serait bien que tu retournes chez toi et que tu te reposes.

— Oui, Ariane, acquiesce ma mère. Laisse tomber les examens pour aujourd'hui, j'ai tout arrangé avec M. Gagnon, il parlera à tes professeurs. Viens, on rentre à la maison.

— Mais Axel... Je ne peux pas le laisser.

— Nous allons rester avec lui, intervient son père. S'il se réveille, nous t'appellerons aussitôt.

Nous quittons l'hôpital. Arrivées à la maison, pendant que ma mère s'assure que toutes les portes et fenêtres sont bien verrouillées, j'entre chez moi comme un zombie et me couche dans mon lit, Florida contre mon ventre. Je m'endors illico.

* *
*

Quelque temps plus tard, je me réveille. On frappe doucement à ma porte. Florida saute en bas du lit. J'entends la voix de mon père :

— Ariane... Est-ce qu'on peut entrer ?

— Oui !

Mon père, ma mère et mon frère entrent tous dans ma chambre avec des mines désolées.

— Oh ! Ma chérie, ta mère vient de tout me raconter. Est-ce que nous pouvons faire quelque chose pour que tu te sentes mieux ? demande mon père.

— C'est hier qu'il aurait fallu faire quelque chose : laisser Axel dormir ici ! crié-je. Mais vous n'avez pas voulu... Et voyez ce qui est arrivé par votre faute !

Mes parents gardent un silence gêné. Mais ma petite voix intérieure, elle, me dit que je n'ai pas vraiment le droit de les blâmer.

— Excusez-moi, soupiré-je. Je me suis emportée. Ce n'est pas votre faute, je le sais... D'ailleurs, Axel m'a lui-même dit qu'il préférait rentrer chez lui.

— Ma pauvre chérie, tente de me consoler ma mère, en me caressant les cheveux. On aimerait tellement faire quelque chose pour toi...

— Je vais appeler les parents d'Axel pour avoir des nouvelles, dit mon père en sortant de ma chambre.

Je me lève d'un bond et le suis jusque dans la cuisine, ma mère et mon frère sur les talons. Mon père compose le numéro, parle quelques instants, puis raccroche.

— Toujours dans le coma. État critique, mais stable...

— Donc, rien de neuf ?

— Non, rien. Sinon que, dorénavant, on ira te reconduire à la poly. Pas question que tu circules seule avec ce maniaque de Josh en liberté.

En temps normal, je m'opposerais, mais là, j'ai la trouille. Ce Josh est vraiment un truand, et je ne suis pas de taille. Pour une fois, je sais que je ne peux pas tout régler seule.

— Là, il faudrait que tu te reposes. Tu as l'air épuisée, me dit ma mère en me poussant doucement vers ma chambre. Je t'apporte un petit quelque chose à manger et dodo.

Je suis épuisée en effet. En plus, demain, c'est mon examen de mathématiques. Et puis, il y a mon exposé oral qui approche... Comment parler du bonheur alors que le garçon que j'aime va peut-être mourir ?

Je m'en retourne me coucher, la mort dans l'âme. J'ai peur pour Axel. J'ai peur pour moi.

* *

*

11 juin

Aux infos de ce matin, ils l'ont dit. C'est un crime commis par un garçon détenu en maison de correction. Il aurait commis son délit alors qu'il était en permission de sortie, et il n'est toujours pas rentré. Ils n'ont pas dit son nom, car il est mineur. Mais moi, je le sais : Josh Bernard. À travers Axel, c'est à moi qu'il a voulu s'en prendre. Et il court toujours. Je suis en danger.

Mon père me reconduit à la poly. Il attend que je sois entrée dans l'édifice avant de s'en aller.

Dès que j'arrive à la case d'Axel, qui est maintenant la mienne, les larmes me montent aux yeux. Axel n'est pas là pour m'attendre. Je prends son foulard d'hiver qui se trouve encore sur son crochet et je respire son odeur.

— Ariane ! On s'inquiétait pour toi ! dit Jessica en se précipitant sur moi.

Roxanne l'accompagne. Je reprends mes esprits.

— On a essayé de te téléphoner, mais ton cellulaire ne marche pas, dit Roxanne. Et on n'avait pas le numéro de chez toi, précise-t-elle.

— Zut ! Mon cellulaire est fermé depuis deux jours ! Je l'avais éteint quand Axel a passé sa dernière soirée avec moi. Je ne voulais pas qu'on soit dérangés par les appels importuns. Et si Axel s'est réveillé et qu'il me cherche ?

Je réactive mon appareil. J'écoute mes messages avec attention... Roxanne... Jessica... Rien d'Axel. Je suis un peu soulagée.

— Ariane, je suis désolée pour toi, me dit Jessica en me prenant dans ses bras.

— Je t'avais avertie, pour Josh, dit Roxanne. Tu n'as pas voulu m'écouter...

— Je sais, tu avais raison, Roxy. Si tu savais combien je m'en veux...

— Et Axel, comment va-t-il ? demande Jessica.

— Je ne sais pas. Après l'examen de maths, je vais retourner à l'hôpital.

— On y va avec toi, s'empresse de dire Roxanne. Pas question que tu ailles seule là-bas. Tu es en danger.

— Oui, Ariane, renchérit Jessica. On va trouver un moyen pour que tu sois en sécurité, on ne va pas te laisser risquer ta vie.

— Mon père va venir me reconduire à la poly jusqu'aux vacances.

— Oui, mais pour tes autres déplacements ? insiste Roxanne. Tu n'es pas en sécurité, Ariane. On va trouver une solution. Pour l'instant, tu nous attends après ton examen. On ira avec toi à l'hôpital.

Comme on s'apprête à monter vers nos salles de classe, Justin se braque devant nous. Furieux.

— Ariane ! Vas-tu finir par me lâcher, un jour ?

— Justin, ce n'est pas le moment, s'interpose Roxanne.

— Toi, je ne t'ai pas sonnée ! lui lance-t-il bêtement.

Mon amie se la ferme, mais lui lance un regard assassin.

— Tu as voulu me faire jeter en prison ! Qu'est-ce qui te prend ?

— Non, Justin, ce n'était pas mon intention. Quand les policiers m'ont questionnée, je leur ai dit que tu n'y étais pour rien...

— Comment as-tu cru que j'aurais pu poser un tel geste ? Ariane !

— Excuse-moi, Justin... C'est trop gros, ce qui m'arrive. Je n'ai de recul sur rien. Ni de contrôle... Ma vie me fuit entre les doigts.

Je me remets à pleurer et me sauve vers ma salle de cours, laissant Jessica et Roxanne avec Justin et le reste de sa colère. Je ne suis plus capable d'en prendre. Émotionnellement, je suis saturée.

J'entre dans mon cours et m'assois sans regarder le pupitre où devrait être Axel. Je me concentre sur la surface en faux bois devant moi. Mais je sens des regards de pitié. Je sais que plein d'élèves sont au courant de mon drame. En montant l'escalier, quelques-uns m'ont même dit qu'ils me soutenaient par la pensée...

L'examen de maths se déroule bien. Je réussis, je ne sais pas comment, à me dissocier du drame et à me concentrer entièrement sur les questions. Mais, dès que je termine, la réalité me retombe dessus.

Comme nous en avions convenu, Jessica et Roxanne viennent avec moi à l'hôpital. En chemin, on croise Sarah. Mes amies lui parlent d'Alexis, je ne sais pas ce qu'elles se disent exactement, mais Sarah affirme qu'elle va faire quelque chose. Toute mon attention va vers mon amour.

On arrive à l'hôpital. Les filles font la connaissance des parents d'Axel. Puis tout le monde se rend à la cafétéria de l'établissement. Je reste seule avec mon amoureux.

Je m'assois au bord de son lit et lui caresse les cheveux.

— Axel, on va retrouver Josh, et il va être puni pour ce qu'il t'a fait. Personne n'a le droit de te faire du mal.

Puis, je lui parle de mon examen qui s'est plutôt bien passé malgré tout. Je décide de poursuivre la recherche pour mon exposé en morale : le bonheur.

— Il y a un point auquel j'ai pensé : s'exprimer. Il me semble qu'on est plus heureux quand on s'exprime. Quand on dit ce qu'on ressent. Quand on dit qui on est. Toi, tu l'as bien compris. D'ailleurs, depuis le début de notre histoire, tu n'as jamais eu peur d'exprimer tes sentiments à mon égard. Tu m'as dit très tôt que tu m'aimais. Tu me l'as chanté, et prouvé de mille façons aussi. Peut-être que c'est parce que tu es un artiste et que c'est plus facile pour toi que pour un autre ? Moi aussi je t'aime, Axel. Immensément. Et je ne sais pas si je l'ai exprimé comme il faut. Il y a quelques semaines, j'avais appris un poème par cœur que je voulais te dire, mais je n'y arrivais pas. J'avais peur que tu me trouves ridicule. Mais là, je peux... C'est un poème de W. H. Auden. Le plus beau poème que j'aie jamais entendu.

Je ferme les yeux et je récite :

... Je t'aimerais, chère, je t'aimerai

Jusqu'à ce que l'Afrique rejoigne la Chine

Que le fleuve bondisse par-dessus la montagne

Et que les saumons chantent dans la rue

Je t'aimerai, jusqu'à ce que la mer...

— C'est vrai que c'est beau...

Je sursaute :

— Axel ?

— Non, c'est seulement moi... désolé.

Justin se tient dans l'embrasure de la porte, la mine contrite. Derrière lui, Alexis.

— Qu'est-ce que vous faites là ? Si vous êtes venus me faire des reproches, ce n'est pas le moment, je ne...

— Non. Ariane. Ni Alexis ni moi ne t'en voulons. Bon, oui, j'aurais aimé que ce poème soit pour moi, mais on ne peut pas forcer un cœur à aimer, soupire Justin.

— Mais pourquoi êtes-vous venus ?

— Jessica, Roxanne et Sarah peuvent être persuasives, répond Justin avec un petit sourire en coin.

— Et toi, Alexis, tu n'es plus en colère contre moi ?

— Non. Cette sortie du placard, c'était la meilleure chose qui pouvait m'arriver. Non seulement, je n'ai pas perdu mes amis, mais j'ai gagné leur respect. Et chez moi, ça va bien aussi. J'ai finalement parlé à mon père. Il a trouvé la nouvelle dure à avaler, c'est vrai, mais il ne m'a pas rejeté. On apprend lentement à se comprendre, lui et moi. Ça se passe vraiment mieux que ce que j'avais anticipé... Tu te souviens ? J'étais convaincu qu'il me jetterait à la porte ! Bon, OK, ce n'est pas super évident tous les jours entre nous, mais ça évolue...

— Et le garçon qui te faisait craquer... ?

— Ça, non, ça n'a pas marché. Il n'est pas gay, finalement. Mais c'est correct. En tout cas, Jessica, Roxanne et Sarah nous ont engagés pour être tes gardes du corps.

— Ben voyons ! Pas question qu'elles vous payent...

— On ne demande pas d'argent ! Ça va nous faire plaisir de mettre le grappin sur ce terroriste d'école ! dit Alexis en se frappant le poing dans la main.

— Eh ben, dis donc, tu entends ça, Axel ? J'ai des gardes du corps maintenant !

* *
*

14 juin

Axel n'est pas encore sorti du coma et je m'inquiète toujours autant pour lui. Je fais donc la navette entre l'hôpital, la poly et chez moi, escortée soit par mes parents, soit par mes amies, soit par Justin et Alexis qui prennent leur rôle de garde du corps très au sérieux. Plus moyen que j'entre quelque part sans qu'ils inspectent les lieux.

Là, c'est l'heure de mon exposé oral. Guy m'a dit que je n'étais pas obligée de le faire, qu'on aurait pu s'arranger autrement, mais j'ai voulu être traitée comme les autres.

Je m'installe donc devant la classe. Tous les yeux sont braqués sur moi avec inquiétude. Chacun a peur que je perde mes moyens. Moi aussi, je dois bien l'avouer. Tant pis ! Je me lance.

— Vous êtes tous au courant de ce que je vis. Mon amoureux est à l'hôpital entre la vie et la mort et moi, je vais vous parler du bonheur. C'est absurde ! Mais la vie est souvent absurde. C'est entre autres pour cela que lorsqu'on est heureux, il faut en profiter. Je vous le dis. Car le bonheur peut disparaître bien vite. Trop vite. On est jamais à l'abri d'une tuile et...

Et là, je commence à faire état de tous les points que j'ai trouvés. Profiter de la vie. Apprécier les grands, mais aussi les petits plaisirs de la vie. Profiter des gens qu'on aime, passer du temps avec eux. S'exprimer. Exprimer sa créativité. Trouver un sens à son existence. Je raconte même la petite histoire qu'Axel m'a apprise, celle du casseur de cailloux. J'avais prévu conclure avec un dernier point... que je n'arrive plus à me rappeler. Ce sont les parents d'Axel qui m'y ont fait penser, hier. Mais là, néant total. Ma conclusion est donc un peu incomplète. Tant pis. Après tout, on a le droit à l'erreur, hein ?

Une fois l'exposé terminé, je me rassois et tout le monde m'applaudit.

Kim prend alors la parole.

— Ariane, tu as essayé toute l'année de nous aider avec nos problèmes psychologiques. Tu as toujours été là pour nous. Et maintenant, c'est à notre tour d'être là pour toi. Avec Guy, on t'a fait cette carte d'amitié, et on veut que tu saches que, si tu as besoin de nous, on est tous là.

Kim me remet la carte. Une carte géante. Sur le dessus, une caricature de Sigmund Freud, le père de la psychanalyse. À l'intérieur, tout le monde m'a écrit un petit mot gentil.

— Je ne sais pas quoi vous dire... Vous... Vous allez me faire pleurer.

— Ne dis rien, Ariane. Accepte juste notre carte avec toute notre reconnaissance, rajoute Kim.

Je garde donc le silence. Je suis touchée. J'ai hâte de raconter ça à Axel.

* *
*

15 juin

Ça sonne !

C'est mon cellulaire. J'ouvre un œil : 3 h 40 du matin ! Qui peut bien m'appeler à cette heure-là ?

— Allô !

— Ariane, c'est Justin, tu vas bien m'écouter...

— T'es fou ! Je dormais ! Qu'est-ce...

— Ariane. Écoute-moi et fais exactement ce que je te dis. Tout d'abord, sois cool au téléphone. Fais semblant de me consoler d'une peine de cœur.

Des frissons parcourent mon échine. Je comprends tout. Je joue mon rôle.

— Ah, pauvre toi... Tu lui as dit ce que tu ressentais ?

— C'est bien, Ariane. Maintenant, tout en continuant de parler, sors de ta chambre et dirige-toi vers la porte d'entrée. Alexis et moi, on est là.

Je poursuis ma conversation imaginaire avec d'immenses frissons dans le dos. Je me doute trop de ce qui se passe. Josh doit être là, quelque part dans la maison ou dans la cour, en train de m'épier. J'ai peur ! Il ne faut pas que ça se sente.

Je continue :

— Oh non, ne me dis pas que cette fille t'a fait ça !

— C'est bien, Ariane. Alexis a appelé la police. Ils arrivent. Josh a pénétré dans ta maison, je ne sais pas comment... Ne panique pas.

— Mais qu'est-ce que tu vas faire ?

— Dès que tu auras ouvert la porte, on pourra rentrer chez toi et te protéger. On te voit à travers le rideau. On est juste là. Ouvre-nous, maintenant. Ariane ! ARIANE ! DERRIÈRE TOI !

Je me retourne. Trop tard. Josh est déjà sur moi. Il me serre le cou de son bras, tout en plaquant sa main contre ma bouche. Il a de si grandes mains qu'il m'empêche de respirer. Je me débats en vain, il est très fort. J'essaie d'accrocher quelque chose autour de moi, mais rien. Justin et Alexis sonnent et cognent super fort dans la porte. Ça va réveiller ma famille. De toute façon, Josh ne pourra pas s'en sortir. Pourquoi fait-il ça ?

— Tu pensais ne plus jamais avoir de mes nouvelles, hein, ma petite chienne, me dit-il. Ça fait des mois que je pense à te rendre la monnaie de ta pièce. Des mois dans mon centre pour jeunes délinquants à ne rien faire d'autre que rêver que je te défonce le crâne avec une barre à clous. Je pourrais bien te violer aussi, hein, t'aimerais ça, ma petite chienne ?

Il est fou ! Il est vraiment fou ! C'est un psychopathe. Avec un psychopathe, inutile de parler. Il me voit comme un objet et non comme une personne. Vite, les policiers. J'ai peur. Pourquoi ma famille n'intervient-elle pas ?

Je me débats tellement que je réussis un moment à me tirer de ses griffes. Malheureusement, la distance entre nous deux lui permet de me servir un terrible coup de poing dans le ventre. Je tombe par terre. Josh me prend par les cheveux, me force à monter l'escalier et me conduit à travers le corridor, jusque vers ma chambre. Josh sort un couteau et m'ordonne de la fermer. J'ai tellement peur. J'ai peur pour moi. Pour ma famille. Et Alexis et Justin qui cognent comme des fous sur la porte d'entrée. Mon père et ma mère aussi, maintenant, frappent contre la porte de leur chambre. Josh a dû les y enfermer.

— Qu'est-ce qui se passe ? demande Fred à moitié endormi, debout dans l'encadrement de la porte de sa chambre.

— Va te recoucher, mon petit gars. Je suis un ami de ta sœur. On s'amuse, lui dit Josh avec son mauvais sourire.

Fred le regarde sérieusement, mais semble gober l'histoire.

— Ariane, est-ce que je peux aller me chercher un verre de lait ?

— Oui, Fred, réponds-je en essayant d'avoir l'air le plus calme possible, mais en tentant de lui faire comprendre, en fronçant les sourcils, que nous sommes en danger. Malheureusement, Fred n'a pas l'air de comprendre. C'est horrible. C'est probablement mon dernier jour sur terre. Pourvu que Josh en finisse avec moi le plus vite possible et qu'il ne fasse pas de mal aux gens qui m'entourent.

Josh me traîne dans ma chambre et me projette sur mon lit. Il prend une longue corde dans son sac à dos. Justin et Alexis ne cognent plus. Peut-être pensent-ils eux aussi que c'est trop tard ?

Josh me regarde avec un air sadique.

— Comment ça va, Ariane ? Tu dois être excitée, hein !

Il s'apprête à me ficeler comme un jambon pour me faire je ne sais quoi. Mon père entre soudainement dans ma chambre avec un bâton de base-ball. Il en assène un gros coup entre les omoplates de Josh, qui émet un immense cri et tombe sur moi. Derrière mon père surgissent Alexis et Justin, puis ma mère qui tient Fred dans ses bras.

Mon père laisse tomber le bâton et me serre contre lui.

— C'est fini, ma chouette. C'est fini !

Les policiers viennent de faire irruption dans la chambre à leur tour. Ils menottent Josh et l'emmènent. Mon père, Justin et Alexis félicitent mon petit frère. C'est lui qui a ôté la chaise qui bloquait la porte de nos parents. C'est lui aussi qui a ouvert à Justin et

Alexis. Son histoire de verre de lait était un subter-fuge. Il est brillant, mon petit frère. Mon père n'en finit plus de remercier Justin et Alexis d'avoir été là. Les garçons sont fiers d'avoir réussi à faire coffrer un jeune truand.

Mon cellulaire sonne. Ma mère répond :

— Oui, oui. On arrive tout de suite.

Elle raccroche.

— Ariane... Axel est sorti du coma.

* *
*

25 juillet

Je suis avec Roxanne, Jessica, Justin et mon bel Axel qui progresse un peu laborieusement à cause de ses béquilles. Mais il tenait à venir malgré le long trajet en autobus pour se rendre au cimetière Côte-des-Neiges. En temps normal, on aurait rigolé, poussé des farces tout le long du trajet, mais on dirait que ma démarche a favorisé le recueillement. On avance en silence dans les allées à la recherche de la tombe de Nadia. C'est la première fois que je viens visiter ma sœur depuis son enterrement.

La voilà.

J'arrête de marcher et me place devant sa tombe. Mes amis restent un moment, puis s'éloignent sans bruit.

«Salut Nadia! C'est drôle, hein, que je vienne te voir le 25 juillet, le Noël des campeurs! C'est mon amie Roxanne qui m'y a fait penser. En fait, dans ma vie, on dirait que c'est Noël tous les jours depuis quelques semaines. Tout va bien. D'ailleurs, c'est pour cela que j'ai souhaité venir te voir avec tous mes amis. Je voulais te les présenter. Je voulais aussi te donner de nos nouvelles...

«Papa a inventé une antenne qui va probablement sauver des vies. Je ne peux pas t'expliquer, car c'est très compliqué, mais ça a rapport avec les gens qui font des crises cardiaques. En tout cas. Il a été élu personnalité de la semaine passée dans *La Presse*. Et cette semaine, c'est au tour d'Alexis et de Justin d'être honorés: ils ont sauvé héroïquement la vie d'une pauvre ado en chemise de nuit attaquée par un jeune détraqué...

«Josh n'est plus en maison de correction, mais à l'institut psychiatrique. La corde qu'il voulait utiliser pour me ficeler — peut-être même pour m'étrangler, qui sait? — lui avait aussi servi à escalader la maison pour entrer par la fenêtre de la salle de bain de l'étage. Il a reconnu être l'auteur du vandalisme et des menaces dont j'ai été victime. Pauvre garçon, il a vraiment une araignée dans le plafond. En tout cas, je suis contente qu'il soit sous traitement médical et surtout hors d'état de nuire.

« Maman, elle, eh bien, des producteurs lui ont fait une offre qu'elle n'a pu refuser : une émission non pas sur le câble, mais à Radio-Canada. Son rêve. Elle jubile. Fred ne fait plus pipi au lit et, en quelques mois, il a gagné en assurance pour devenir un vrai petit leader.

« Et avec mes amis, ça va pour le mieux. Axel, mon amoureux, est le garçon le plus merveilleux de la terre. Jessica et Roxanne sont en amour par-dessus la tête. Non, pas l'une avec l'autre ! Jessica sort maintenant avec William, et ç'a l'air de bien aller. Roxanne, quant à elle, s'est fait harponner par sa petite amoureuse qui en avait assez que Roxanne ne l'embrasse pas. C'est dire comment chaque être humain est un roman. Moi, de mon côté, je vais bien, très bien. Je peux même dire que je goûte au bonheur et que j'en apprécie chaque parcelle. Mais il y avait un dernier point que je devais faire pour être parfaitement sereine et c'est celui-là qui m'a poussée à venir te voir. C'était le point que j'avais oublié à la fin de mon exposé oral : faire la paix avec son passé. Ce sont les parents d'Axel qui m'y ont fait penser. En passant, tu sais ce qu'ils font dans la vie ? Ils sont psychologues ! Trop drôle !

« Aujourd'hui, j'ai compris que ce n'était pas ma faute... ta tumeur au cerveau. Tu la portais en toi depuis longtemps, ça n'avait rien avoir avec moi. Et je sais que tu ne m'en veux pas pour ce que je t'ai dit, le jour même où tu es entrée à l'urgence. Ce n'était qu'une petite chicane entre sœurs. Je sais que tu m'aimais comme moi, je t'aimais.

Et comme je t'aimerai toujours. »

NOTE : Extrait de « *Un soir que j'étais sorti* », in W.H. Auden (1907-1973), Poésies choisies. Trad. Jean Lambert, Gallimard, coll. « *Du monde entier* », 1976. Rééd., coll. Poésie/Gallimard, 2005.

Marie-Sissi Labrèche

Lorsqu'elle était jeune, Marie-Sissi voyait son avenir tracé : elle voulait devenir sexologue. Mais un jour, à dix-sept ans, la jeune Montréalaise commence à lire *La grosse femme d'à côté est enceinte* de Michel Tremblay. C'est la révélation. Elle se tourne vers la littérature et obtient une maîtrise en création littéraire. Depuis, elle n'a cessé d'écrire : journaliste pour la presse féminine, auteure et scénariste. Elle a entre autres coscénarisé le film *Borderline*, tiré de ses romans, qui a notamment reçu le prix Génie de la meilleure adaptation en 2008. Précisons que Marie-Sissi écrit souvent devant la télé, sur son divan rouge, en position dite « de la crevette ».

Achevé d'imprimer
en mai deux mille quatorze, sur les presses
de l'imprimerie Gauvin, Gatineau, Québec